www.tredition.de

AF185482

Diethard Dr. Friedrich

Kein langweiliges Leben Teil 1/3

Woher ich komme, wohin ich ging.

© 2017 Diethard Dr. Friedrich

Verlag und Druck: tredition GmbH
Halenreie 40-44
22359 Hamburg

ISBN
Paperback: 978-3-7439-7364-0
Hardcover: 978-3-7439-7571-2
E-Books: 978-3-7439-7696-2

Inhaltsverzeichnis:

Die Kindheit in Frieden

Vor achtzig und mehr Jahren war es nicht nur in der Landwirtschaft, sondern auch den Firmenbesitzern und Geschäftsleuten sehr wichtig, dass der Erstgeborene ein Junge war. So läuteten nach meiner Geburt am 9. April 1938 in ganz Deutschland die Glocken. Nicht nur ein kurzes Bimmeln, es soll schon machtvoll gewesen sein. So erzählte es mir später meine Mutter stets mit einem verschmitzten Lächeln. Ich konnte ja damals noch nichts davon mitbekommen haben. Der Grund dieses Geläute war selbstverständlich ein anderer: Durch eine nicht saubere Volksabstimmung der Österreicher am 10. April 1038 wurde der schon vollzogene Anschluss an Deutschland bestätigt. Und der Verursacher dieses zunächst noch harmlos aussehenden politischen Schachzuges, ein gewisser Adolf, sollte die nächsten sieben Jahre bis 1945 direkt und danach indirekt auch meine Kindheit bestimmen.

Zur Welt kam ich wie damals durchaus üblich, im Ehebett meiner Mutter und nicht in einem Krankenhaus wie heutzutage, nur unterstützt von einer Hebamme und, weil meine Eltern es sich leisten konnten, einer sogenannten Kinderschwester namens Erna, die mich noch viele Jahre später umhegte. Dieses Bett stand im ersten Stock des Wohn- und Bürohauses der Kronenwerke in Bückeburg, auf der gegenüberliegenden Seite des Bahnhofs. Das Haus und das Fabrikgebäude stehen noch heute so da wie vor gut einhundert Jahren, nur etwas abgewrackt. Aber immerhin unter Denkmalschutz. Mein Großvater Wilhelm Friedrich hatte vor dem ersten Weltkrieg dort die Brauerei mit drei Kompagnons gegründet.

Schon eineinhalb Monate später wurde ich in der Bückeburger Stadtkirche getauft. Anschließend feierte man bei herrlichem Sommerwetter im Garten des Hauses meine Taufe. Es muss wohl sehr gediegen zugegangen sein, denn nicht nur meine Mutter, sondern ebenso beide Großmütter und die Tanten trugen lange Kleider sowie die männliche Gesellschaft ausnahmslos in schwarz gekleidet war, wie man auf einem alten Foto sieht. Meine Großmutter Wilhelmine war an dem Tag besonders stolz. In ihren Armen durfte sie gleich drei Enkelkinder halten, außer mir meine Cousine Hiltrud und meinen Vetter Hartmut, die beide in kurzem Abstand nach mir das Licht der Welt erblickt hatten. Bei der Taufe dabei waren auch meine beiden Patenonkel: der Bruder meiner Mutter, Herbert, und der Vetter meines Vaters, Walter aus Göttingen.

Eineinviertel Jahr später im August 1939 kam meine Schwester Barbara zur Welt. Es wurde nicht so pompös gefeiert. War der Grund die Erwartung auf einen beginnenden Krieg, der tatsächlich nur einen Monat später mit Deutschlands Einmarsch in Polen begann? Auf jeden Fall meldete sich mein Vater Wilhelm Friedrich noch im gleichen Jahr freiwillig zur Marine zurück. Ein Bruder meiner Mutter war schon vorher begeistert zu den Waffen geeilt. Er hatte bereits 1936 im Gegensatz zu meinen Eltern statt einer kirchlichen Trauung auf einer mit Runenfahnen beflaggten Burg ohne den christlichen Beistand geheiratet.

Meine Säuglings- und Kindeszeit in Frieden endete also schon nach eineinhalb Jahren.

Eine abwechslungsreiche Kindheit

Bückeburg liegt östlich des Knicks, bei dem die Weser bei der sogenannten Porta Westfalica in einem engen Tal das Wesergebirge durchbricht und sich in die norddeutsche Tiefebene ergießt. Diese Ebene war immer moorig gewesen. Modrig oder sumpfig hieß im Altgermanischen „buk". So wurde dieses Gebiet auch als Bukigau bezeichnet. Daraus entwickelte sich später dann Bückeburg. Als die Sachsen 775 unter Karl dem Großen einen Feldzug gegen die Ostwestfalen führten, wurde Bukigau erstmalig erwähnt. Bekannter aber wurde es erst, als der Graf Adolf IV. von Schauenburg und Holstein-Pinneberg etwa 500 Jahre später begann, dort eine Wasserburg zu bauen. Richtig bekannt aber ist der Ort erst seit dem Dreißigjährigen Krieg, obwohl damals nur es nur fünfhundert Bürger gab, die aber wegen der ständig wechselnden protestantischen und katholischen durchziehenden Truppen sehr zu leiden hatten. Das aber hinderte den in der Zwischenzeit an die Regierung gekommenen Graf Ernst zu Holstein-Schaumburg 1606 nicht, den Umbau der Wasserburg zu einem Schloss, den Bau eines Marstalls, eines pompösen Schloss- Tores, der Lateinschule und schließlich auch 1611 den Bau der Stadtkirche mit der eindrucksvollen Fassade in Angriff zu nehmen. Der in Osnabrück und Münster 1648 geschlossene westfälische Frieden führte dann noch zu einer Teilung des Landes in einen südlichen „Lippe"- und einen nördlichen „Schaumburg-Lippe"-Teil. Danach aber trat für fast zwei Jahrhunderte in Bückeburg Ruhe und Frieden ein. Der bauwütige Ernst war mittlerweile, nicht ohne Napoleons Hilfe, zum Fürsten avanciert. Dessen Nachfolger legte mehr Wert auf die geistige Entwicklung. So weilte nicht nur Voltaire auf dem Schloss, sondern Johann Gottfried Herder redete von der Kanzel der Stadtkirche und leitete die Lateinschule. Über viele Jahrzehnte spielte der Sohn Bachs Johann Christoph auf der Orgel und leitete das Orchester, das dank seiner Führung zu den drei besten Orchestern im deutschen Raum seiner Zeit zählte. Im neunzehnten Jahrhundert sorgte sich der fürstliche Leibarzt Bernhard Christoph Faust um die Impfung der Kinder gegen Tuberkulose. Nachdem schon über zwei Jahrhunderte die jungen Bürger die Lateinschule in der Schulstraße besuchen konnten, besaß die kleine Stadt mit nur etwa 8000 Einwohnern ab 1874 ein nach seinem Erbauer Fürst Adolf Georg benanntes Gymnasium mit dem Namen „Adolfinum". An diesem Gymnasium machte mein Patenonkel Herbert sein Abitur und ging mein Vater bis zur sogenannten Mittleren Reife zur Schule. Dieser Fürst ließ auch für seine Mutter das Herminen Palais am Harrl bauen, während sein Sohn Adolf II. die nur 6,7 km lange Eisenbahnlinie nach Bad Eilsen anlegen ließ, einem kleinen Ort, der mit seinen großzügigen Anlagen zur Erholung des Adels und reicher Bürger diente. Der Strom für die Elektromotoren der Bahn, auch „Minchen" genannt, kam von den Turbinen, die am Ende der aufgestauten Schlossgracht eingelassen waren. Auch als nach dem Ende des ersten Weltkrieges der Fürst abdanken musste, änderte sich in dem beschaulichen Bückeburg nicht viel. Der Dichter Hermann Löns flüchtete aus dem Ort, weil es ihm zu spießig war. Und genau in dieser so ruhigen Stadt, in der zunächst durch einen besonnenen Bürgermeister trotz der aufkommenden Nazis alles im Lot war, kam ich am 9. April 1938 zur Welt.

Mein Spielplatz umfasste etwa dreißig bis vierzig Hektar. Groß genug mit all seinen großen Betriebsgebäuden samt Maschinen, Garagen, Ställen, Gemüsegarten und Wiesen mit Sommer- und Boskoop Apfelbäumen. Auf dem Heimweg von der Schule konnte ich auch, wenn die Bahnschranken nicht gerade einmal wieder geschlossen waren, mich auf einer kleinen Fußgängerbrücke vom Dampf der durchfahrenden Lokomotiven umschmeicheln lassen. Wenn ich Glück hatte, kam aus einer lang gestreckten Kurve mit großem Tempo eine Güterzugmaschine mit oft vierzig und mehr Waggons in Sicht oder es wartete auch pustend und dampfend direkt vor meiner Nase an der Schranke eine D-Zuglokomotive mit den riesigen roten Rädern und den geschlossenen D-Zugwagen auf Abfertigung. Ich kannte sie alle, die unterschiedlichsten Lokomotivtypen. Wenige Male sah ich auch eine „Null eins", eine Dampflokomotive in stromförmiger Blechverkleidung, die über 160 Stundenkilometer fuhr, für die damalige Zeit eine superschnelle Reisezeit. Bei dem Personenzug zwischen Bielefeld über Minden nach Hannover handelte es sich um die kurze, stämmige Dampflok der Baureihe 28. All diese Dampfloks werden heute von der Firma Märklin en miniature originalgetreu nachgebaut. Die Lokomotiven, die Achsen der Waggons, die Halte- und Durchfahrtssignale, die Schranke und mich an der Schranke wartend, beobachtete und überwachte höchst aufmerksam der Stellwerker, der von seinem Erker des hohen Stellwerkhauses auf alles die beste Sicht hatte. Am Erker des Stellwerkhauses war eine Kohlenstoffglühlampe installiert, mit deren präzis schmalkegelartigem Schein der Bahnbeamte auch nachts die Achsen der Züge kontrollierte und mit deren Strahl er mich manchmal, wenn es schon dunkel geworden war, auf der Lehnstraße, die sonst außer am Ende den Kronenwerken kein Haus hatte, sicher heim geleitete. So ging ich dann brav die Lehnstraße entlang bis zum Werkseingang. Rechts konnte ich kilometerweit über die Felder sehen. Nach einem Schrebergarten kamen dann auch gleich unsere eigene Gartenhecke und die ersten Tore der Garagen, die einstmals zu Brauereizeiten noch Pferdeställe gewesen waren, was man noch an den Tränken erkennen konnte. Hinter dem Werkstor öffnete sich mir ein großer Platz: zur Linken das Wohnhaus mit dem Eingang zum Büro oder Kontor, wie man noch heute verwaschen lesen kann, und dem gläsern überdachten Aufgang zum Wohntrakt. Gegenüber auf dem Bahngelände bemühte sich eine kleine dieselgetriebene Rangierlok, die Waggons in die richtige Reihenfolge zu bringen. Rechter Hand erhoben sich neben einer einstöckigen Fabrikationshalle zwei große vier bzw. fünfstöckige, backsteinerne Fabrikgebäude, die über eine mittig geschlossene Holzbrücke verbunden waren.

Sehr bald nach meiner Geburt war die Herstellung von Margarine eingestellt worden, da wegen der Kriegssituation Deutschland nicht genug Rohöle mehr bekam. Für die Produktion waren auch nur ein paar kühle Lagerräume für die Rohfette und die lichtdurchfluteten flachen Hallen zur eigentlichen Herstellung und zur Verpackung genutzt worden. Alle anderen Räume beider großen Gebäude, in denen Anfang des zwanzigsten Jahrhunderts einmal Bier gebraut worden war, standen bis auf wenige Materiallager leer und waren somit mir und meinen Spielkameraden frei zur Erkundung und Eroberung. In einem Schuppen war noch Heu aus der Zeiten der Brauerei gelagert, als mein Großvater, wie meine Großmutter mir erzählte, mit Pferd und Kutsche die Kunden auf dem Lande besucht hatte. Gleich daneben waren dann die Schweine- und Hühnerställe. Die rechtsseitigen Gebäude waren geschlossen. Im linksseitigen Gebäude gab es noch einen funktionierenden Lastenaufzug. Den aber benutzten wir fast nie, da er laut quietschte und so den Hausmeister auf uns Eindringlinge aufmerksam gemacht hätte. Also schlichen wir heimlich durch die arg verstaubten, völlig leer stehenden Hallen mit ihren butzenartigen Metallfensterrahmen, durch die man gen Süden das gesamte Bahngelände von oben beobachten konnte. Über die geschlossene Holzbrücke kamen wir auf die andere Seite und von dort konnte man von irgendwo durch eine Öffnung in die Margarineproduktionshallen sehen, als diese dort dann später nach dem Krieg wieder in Betrieb waren.

Auf Streiche waren wir immer aus. Einmal war auf der rechten Seite die Verbindungstür eines Lagers zu den Herstellungsräumen der Margarine nicht abgeschlossen, was wir Knaben sofort bemerkt hatten. Also schlichen wir an einem Wochenende in die kühlen Hallen mit vielen Maschinen, die auf sauberen Terrazzoböden montiert waren. Überall standen große fahrbare Kübel mit einem Fassungsvermögen von circa einer Tonne, abgedeckt und gefüllt mit Margarine, aber verschiedensten Sorten, was wir nicht wussten. Selbstverständlich wollten wir unsere Kräfte messen und schoben die schweren, mit ihren Eisenrädern auf dem glatten Boden leicht laufenden Kübel sämtlich durcheinander. Am Montagmorgen wunderten sich die Arbeiter und der Meister. Nichts stand mehr an seinem gewohnten Platz. Da nicht klar war, welcher Kübel welche Sorte Margarine enthielt, mussten erst sorgfältige chemische Analysen durchgeführt werden, bevor man sie weiter verarbeiten konnte. Die Übeltäter hat man wohl erahnt. Dagegen ist die folgende Geschichte harmlos. Mit Ernst aus der Jetenburger Straße war ich zusammen eingeschult worden. Sein Bruder Ralf war damals zwölf bis vierzehn Jahre alt und in dem schwierigen pubertären Alter. Die meisten Fabrikräume waren über zehn Jahre nicht benutzt und auch nie gereinigt worden und dementsprechend staubig. Also kam von Ralf der Vorschlag, unsere Kleider doch abzulegen, und zwar völlig, um diese nicht staubig zu machen. Dann sollten wir, nackt wie Gott uns geschaffen hatte, durch die Hallen streifen. Wir fanden das ungeheuer spannend, zumal es äußerst peinlich gewesen wäre, wenn wir erwischt worden wären. Auf jeden Fall muss mich dieses so harmlose Versteckspiel so beeindruckt haben, dass ich das Bild mit den etwa sechs nackten, spielenden, präpubertären Knaben mit einem „kleinen Pillermann" nicht vergesse. Ralf war es auch, der einmal beim Spielen sein eigenes Leben unnötig riskierte. Am Ende des linken großen Gebäudes gab es ein Heizwerk mit einem vierzig Meter hohen Schornstein und damit über viele Kilometer sichtbar. Während der Kriegswirren und danach war das Heizwerk nicht in Betrieb gewesen und mit Sicherheit auch der Schornstein nie gewartet worden. Zwischen dem Heizkessel und dem Schornstein selbst befand sich zur ebenen Erde eine etwa gut einen Quadratmeter große Luke, deren nicht gesicherte Abdeckung man aber relativ leicht öffnen konnte und durch die man in einem mannshohen Gang mit nur wenigen Schritten zum Schornsteingrund gehen konnte. Im Schornstein waren Sprossen zum Aufstieg für Kontrollgänge bis zur Spitze angebracht. Nur waren diese Metallteile zum Teil sehr rostig und auch nicht mehr fest im Mauerwerk. So weit wie bei Ralf sollte mein Mut aber nicht gehen. Er hatte es sich trotz unserer Warnungen in den Kopf gesetzt, uns von oben von der Spitze winkend zu begrüßen, was er auch schaffte. Um eine Wiederholung zu vermeiden, gab ich meinem Vater später einen Wink, der darauf die Luke mit einem Schloss sichern ließ. Aber auch ich hatte dort unten bei der Luke etwas gelernt. Obwohl es bei unserer Exkursion am Schornsteingrund außen völlig windstill war, gab es beim Öffnen der Luke am Boden aufgrund der Höhe von vierzig Metern unten am Schornstein einen enormen Absog nach oben. Praktische Erfahrung über Strömungslehre schon vor Beginn des späteren schulischen Physikunterrichtes.

Wie eine Dampfmaschine funktioniert, wie man Strom produziert und andere physikalische Zusammenhänge, konnte ich ebenfalls schon als kleiner Junge lernen. Direkt neben dem großen Hauptgebäude befand sich noch aus den alten Brauereizeiten eine Kältemaschine. Das benötigte Wasser wurde hier auf einem Zwischendach über sprossenartige Wände geleitet, um so durch Verdunstung die Temperatur des Wassers herunterzufahren. Mit Hilfe einer Kältemaschine wurden Eisstangen von etwa einem Meter Länge produziert und von regionalen Kneipenbesitzern und Privathaushalten abgeholt. Auch wir selbst und meine Großeltern waren dankbare Abnehmer. In vielen Haushalten stand früher in den Küchen ein Kühlschrank, der auch teils heute noch Eisschrank genannt wird, bei dem hinten ein Fach zum Aufnehmen einer großen Eisstange war. Diese kühlte dann für ein bis drei Tage, bis sich alles in Wasser aufgelöst hatte. Die benötigte Energie zur Eisherstellung kam aus dem benachbarten Maschinenhaus, in dem über zwei unterschiedlich große Dampfmaschinen mit Hilfe von Transmissionsriemen verschiedene Geräte und auch Generatoren angetrieben wurden, die für elektrischen Strom sorgten. Der Dampf selbst kam aus dem danebenliegenden Kesselhaus mit seinen drei Feueranlagen, die mit Koks beheizt wurden, und seinen Kesseln, die so groß waren, dass man zu Reinigungen darin spazieren konnte. In der freundlichen, weiß gekachelten Halle des Maschinenhauses mit hohen nach Süden gerichteten Fenstern stand auf der einen Seite eine blitzblank geputzte Dampfmaschine mit einem etwa drei Meter hohem Schwungrad, das unter großem Pusten von einem etwa acht bis zehn Meter langen ebenfalls blitzblanken Kolben in Schwung gehalten wurde. An allen beweglichen Teilen und Gelenken sah man mit klarem Öl gefüllte Glasbehälter von der Größe eines westfälischen Bierglases von 0,2 Litern, aber oben versehen mit einem Metallverschluss. Die sorgten für eine ordentliche Schmierung aller kleinen und großen Teile. Das aber hielt den Maschinenmeister nicht davon ab, in der einen Hand mit einer funkelnden Messingölkanne mit langer schnabelartiger Tülle und in der anderen Hand einem weichen Putzlappen, sorgfältig seine regelmäßige Runde zu machen. An der einen Seite der Wand war hoch oben ein Transmissionsgestell montiert, das über einen breiten, frei laufenden Lederriemen seine Kraft bekam. Für mich war es ein Wunder, dass der

Riemen mit der vollen Breite eines Herrenschuhs nie einmal daneben lief. In umgekehrter Richtung wurden über diese Transmission wiederum andere Geräte wie beispielsweise der Generator angetrieben. Durch einfaches mechanisches Verschieben des Riemens von einem größeren auf ein kleineres Rad konnte man die Umdrehungen und damit den Antrieb, Belastung und Effektivität der Endgeräte verändern. Auch von den Generatoren gab es gleich mehrere in unterschiedlicher Größe. Der Größte von ihnen mit dem Durchmesser von etwa einem Meter sorgte für den hochvoltigen Strom im Betrieb. In diesem Raum war alles gleich doppelt angelegt. Meist arbeitete nur eine Dampfmaschine. Zwar durften wir als Kinder niemals allein in diesem Maschinenhaus sein, aber wer selbst so eine große Dampfmaschine jemals pusten und die kräftigen Kolben schwingen gesehen hat oder auch nur als Kind eine kleine Dampfmaschine von Wilesco zum Spiel hatte, der wird verstehen, dass wir uns doch an den Fenstern die Nase plattgedrückt haben, wenn wir uns schon nicht allein im Raum aufhalten durften.

Daneben war das Kokslager, etwa so groß wie ein Siedlungshaus. Doch wie kam der Koks dorthin? Früher muss wohl einmal ein direktes Bahngleis an das Lager zum Abladen herangeführt haben. Doch das existierte nun nicht mehr. Dafür kam in unregelmäßigen Abständen ein riesiger Waggon voller Koks, festgezurrt auf einem zehnachsigen, zwanzigrädrigen niedrigen Straßenroller von einer Kaelble Zugmaschine gezogen. So ein imposanter Transport ist auch für einen Erwachsenen ein richtiger Hingucker. Diese Transportform eines ganzen Waggons samt Ladung von den Gleisen zum Ziel zur Ent- oder Beladung ist heute in der Ära der Container völlig vergessen. Damals war es ein Kundenservice der Bahn. Mit dem Koks wurden ein oder auch zwei Heizkessel zur Dampfproduktion beheizt. Ein dritter Heizkessel stand betriebsbereit für mögliche Ausfälle oder notwendige Reinigungen. Der Dampf wurde nicht nur für die Dampfmaschinen und elektrische Energiegewinnung benötigt, sondern diente auch zur Beheizung. So wurde der heiße Dampf zu den Heizkörpern der Betriebsräume, da wo es erforderlich war, der Hausmeisterwohnung und des Wohn- und Geschäftshauses mit seinem Büro und unserer Privatwohnung durch dicke isolierte Rohre geschickt. Dies aber hatte oft auch eine böse Nebenwirkung. Denn Wasserdampf ist bekanntlich heißer als hundert Grad. So konnte man sich leicht auch einmal die Finger an den Heizkörpern zumindest sengen. Außerdem kondensiert Dampf ja schließlich zu Wasser und strömt auch nicht so gut. So knallte es manchmal ziemlich laut in diesem System fast einem Gewitter ähnlich. Tagsüber wusste man ja den Grund und war auch etwas vorbereitet. Aber nachts wurde man doch manchmal grob aus seinen Träumen jählings hochgejagt.

Neben dem Kesselhaus auf der anderen Seite des Hofes befanden sich von weitem gut sichtbar in kräftigem Gelbrot zwei Säulen einer Tankstation zum Auftanken der Werksautos. Wenn man die Türen der Tanksäulen öffnete, sah man einen großen gläsernen Zylinder, dessen strichgenaue Einteilung ein maximales Fassungsvermögen von zwanzig Litern aufwies. Beim Tanken durften wir Steppkes manchmal helfen. Dabei lösten wir an der Tankstelle unter Aufsicht des Fahrers einen großen Hebel, warfen diesen zur anderen Seite und begann mit einer riesigen Handpumpe den großen Glasbehälter mit dem goldgelben, manchmal auch etwas rötlich getönten Benzin oder Diesel zu füllen. Ein mit Textil ummantelter, etwa sechs Zentimeter dicker Schlauch mit einem Hebelverschluss wurde in die Tanköffnung des Personen-oder Lastkraftwagens gesteckt und nach dem Lösen der Hebel, oben an dem gefüllten Glasbehälter und unten an dem pistolenartigem Griff, floss der Sprit allein durch die Schwerkraft in den Tank. Um festzustellen, ob eine Füllung auch reichte, nahm der Fahrer einen markierten Holzstab und steckte diesen in den Tank des Autos. Tankfüllungsanzeigen waren noch unbekannt.

Während des Krieges hatten wir bis auf einen kleinen Dreitonner Mercedes Lieferwagen kein Auto. Denn die Margarineproduktion war stillgelegt, die Autos vom Militär konfisziert worden. Und mein Vater war auf dem alten Segelschulschiff Gorch Fock, das meist vor Stralsund auf Reede lag. Aus dem Krieg zurückgekommen versuchte mein Vater sofort, irgendwie an ein Auto zu kommen. Auch die Herstellung von Margarine begann spätestens mit der Währungsreform 1948. Es war aber in den ersten Nachkriegsjahren auch schwer, Sprit zu bekommen. Unser allererstes Auto nach dem Krieg hatte mein Vater in einem Schuppen eines Bauern gefunden. Das Auto war und ist auch heute eine absolute Seltenheit. Ein kleiner Mercedes mit etwas kugeligen Formen und einem Heckmotor. Er stammte aus der Zeit vor dem Kriege und war in seinem Versteck von der Wehrmacht nicht konfisziert worden. Anders als heute bei den Pkws üblich, waren alle Türen hinten angeschlagen, was für einen Einstieg bequemer ist.

Das Auto war in einer kurzen, gemeinsamen Entwicklungsphase zwischen Daimler-Benz und VW gebaut worden. Nur ein einziges Mal habe ich diesen Typ später wieder gesehen, in Wolfsburg im VW Museum. Lange fuhren wir den Wagen nicht, da er ständig streikte. Später kam etwa um 1950 das erste neue Auto, ein Mercedes 170 V. Auch dieses Modell war vor dem Kriege schon gebaut worden und motormäßig dem Mercedes mit dem Heckmotor gleich. Der neue Mercedes 170 V wurde von der gesamten Familie genutzt. Allerdings habe ich stets nur meinen Vater hinter dem Steuer gesehen und unseren Fahrer. Wenn dieser meine Großmutter chauffierte, wickelte er sie immer in eine große Decke ein, da die Heizung nicht überragend war. Auch wenn mein Großvater nicht mehr selbst ein Auto steuerte, so war er doch wohl ein Mercedes-Narr, was sich auch auf meinen Vater und auch ein wenig auf mich vererbt hat. Auf jeden Fall fuhr vor dem 2. Weltkrieg mein Großvater nicht gerade die kleinsten Autos. So gibt es ein Bild mit mir als kleiner Junge und meinen Großeltern in einem riesigen, offenen Mercedes-Fünfeinhalb-Liter-Cabrio. Solche Staatskarossen werden heute restauriert und in gutem Zustand mit fast einer halben Million Euro gehandelt. Mein Vater ist als junger Mann Autorennen gefahren und war in den dreißiger Jahren Mitglied eines Sportwagenclub.

Mit diesem Benzin im Blut genetisch belastet war es dann auch kein Wunder, dass ich schon mit zwölf Jahren in einem Ford-Buckeltaunus, ebenfalls schon vor dem Krieg entwickelt und dann 1948 in den VW Werken und bei Karmannn in Osnabrück im Auftrag gebaut, meine ersten selbstständigen Fahrversuche auf dem Werksgelände machte. Nachdem ich nach und nach das vorsichtige Loslassen der Kupplung bei gleichzeitigem Gasgeben gelernt hatte, wagte ich mich auch an die größeren Lastkraftwagen heran. Damals wurden die Zündschlüssel der Autos quasi nie abgezogen. Wenn mein Vater dann am Wochenende sein Mittagsnickerchen machte, öffnete ich leise das Garagentor und fuhr mit unserem Mercedes Lieferwagen in hellem butterfarbenen Gelb, auf der Hecktür und an den Seiten das Markenzeichen der Firma, ein großes Dreieck mit einem Schaumburg-Lipper Paar in voller Tracht, vorsichtig durch das Werkstor hinaus und dann die unbebaute Lehnstraße entlang oder mutig um das ganze Werksgelände herum. Zum Glück hat mich niemand dabei erwischt oder aber man tat auch nur so, als wüsste man nichts. Denn unsere Fahrer überließen mir manchmal auf den Fahrten nach Hannover auf der Autobahn auch das Steuer. In dem großen Büssing NAG Lastwagen war im Führerhaus so viel Platz, dass ich gut auch links vom Fahrer sitzen konnte. Der rutschte dann nach rechts und überließ mir das Steuer. Damals gab es aber auf den Autobahnen und Straßen kaum Verkehr.

Jedoch wäre es einmal fast gefährlich geworden, es hätte auch ein großes Unglück passieren können. Früher gab es noch keine Müllverbrennungsanlagen. Auch gab es herzlich weniger Müll und Abfall. Aber irgendwie sammelte er sich doch. Dann wurde dieser auf dem Hof, begleitet von stinkendem Rauch, verbrannt oder aber mit dem Lastkraftwagen zu einer nahe gelegenen Tongrube gefahren und dort hinunterbefördert. Beides heute unvorstellbar und auch verboten. So stand der große Büssing NAG Lastkraftwagen am Rande einer Tongrube und die Arbeiter schoben den Müll seitlich die Böschung hinunter. Ich spielte im Führerhaus. Da alle wussten oder meinten, ich könne den Wagen auch fahren, forderte man mich auf, den LKW einen Meter weiter zu fahren. Nun, ich schmiss den Motor an, drückte die schwere Kupplung herunter, legte den ersten Gang ein, löste die Bremse und gab mit dem rechten Fuß Gas. Der Wagen fuhr an. Aber er blieb nicht wie gewünscht nach einem Meter stehen. Ich weiß bis heute nicht, was ich falsch gemacht habe, aber der Wagen fuhr langsam, Meter für Meter, auf die steile Kante der Tongrube zu. Die Arbeiter schrien, ich wurde nervös. Dann im letzten Moment hangelte sich ein Mann irgendwie ins Führerhaus und zog den Zündschlüssel ab. Der riesige Mehrtonner stand mit einem donnernden Ruck nur einen einzigen Meter vor der Grube, bevor es steil abwärts ging. Von dem Zeitpunkt an war man nicht mehr so großzügig, mir das Steuer eines Autos zu überlassen. Dafür gab es aber bisweilen eine Kompensation. Mein Onkel besuchte manchmal meine Großeltern in Bückeburg in der Parkstraße mit der weitläufigen Parkanlage, deren Wege so breit und so lang waren, dass man dort auch mit einem Auto herumkurven konnte. Während mein Onkel sich um seine Eltern kümmerte, schnappten mein Vetter und ich uns die Autoschlüssel und fuhren mit dem wunderschönen BMW 501, der wegen seiner schwulstigen Form auch später Barockengel genannt wurde, im Park herum. Dessen Sechszylindermotor war so gutmütig und elastisch, dass er uns Jungen alle Fehler verzieh. So kurvten wir langsam vorbei an den Tuffsteingrotten und unter den hohen Bäumen des Parks und Rasenanlagen. So lange nichts passierte hatte auch mein Onkel keine Einwände. Im Jahr 1951 im Alter von dreizehn Jahren hatte ich ein

Erlebnis, was ich nie vergessen werde. Daimler Benz hatte seinen ersten ganz großen Wagen nach dem Kriege wieder herausgebracht, den Mercedes 300, später auch Adenauer-Mercedes genannt. Als gute Kunden hatten mein Großvater und mein Vater von Daimler eine Einladung zu einer Probefahrt auf der Eilenriede in Hannover bekommen. Die Eilenriede ist ein großes, altes Waldgebiet Hannovers, direkt an das Stadtzentrum grenzend. Ähnlich der Avus in Berlin waren dort früher auf einem fünf Kilometer langen Rundkurs, der bis an den Maschsee heranführte, vor allem Motorradrennen ausgetragen worden. Heute kennt man einen Teil der Strecke als Messeschnellweg. Mein Vater hatte mich zu dieser Probefahrt mitgenommen. So saß ich nun in diesem „Dreihunderter Mercedes" auf den weichen ledergepolsterten Hintersitzen, während der Wagen mit 150 km/h die Eilenriede geradezu langschoss. Ein Tempo, was heute mit Leichtigkeit jeder Kleinwagen schafft. Damals etwas ganz Besonderes und auch Beeindruckendes. Mit den Autos, die wir daheim hatten, fuhren wir, wenn es schnell war, achtzig, maximal hundert Stundenkilometer. Diese allerdings auch oft innerhalb einer Ortschaft, denn in meiner Kindheit und später bis Anfang der sechziger Jahre durfte man auf den Landstraßen und auch innerhalb einer Ortschaft noch so schnell fahren wie es beliebte. Das Wort Geschwindigkeitsbegrenzung war unbekannt. Über zwanzig Jahre danach wurde mir so ein Adenauer-Mercedes in Finnland für einen Spottpreis angeboten. Heute bedaure ich es, dass ich damals nicht zugeschlagen habe. Denn so ein gepflegter großer Dreihunderter ist heute gut und gern eine Drittelmillion Euro wert. Als ich fünfzehn Jahre alt war, wollte mein Vater meinen Autofahrdrang legalisieren und meldete mich bei der Fahrschule an. Denn schon damals konnte man mit einer besonderen Begründung eine Fahrerlaubnis im Alter von sechzehn Jahren erhalten. Nur, daraus wurde nichts. Als ich mit einem schlechten Schulzeugnis heimkam, wurde kurzerhand alles wieder gestrichen. Samstags unterstützte ich dann oft unsere Fahrer, mit einem großen Schlauch die Wagen abzuspritzen. Denn zu der Zeit wurde noch überall in allen Berufen bei einer Wochenarbeitszeit von über vierzig Stunden auch am Samstagvormittag gearbeitet. Ebenso war auch samstags Schule für ein paar Stunden. Das änderte sich in Deutschland erst Mitte der sechziger Jahre. Genauso wurde bis dahin auch zu jedem Wochenende das Gehalt in einer sogenannten Gehaltstüte in bar ausgezahlt.

Wir wohnten Im Geschäftshaus in der oberen Wohnung über dem Kontor. Betrat man das Büro über einen Seiteneingang, so führte vom Vorraum mit der Anmeldung links eine abgeschlossene Tür zum Juniorchef, also zu meinem Vater. Die rechtsseitige, mit Leder gepolsterte, geschlossene Tür führte zum Seniorchef, meinem Großvater Wilhelm Friedrich, Gründer und Inhaber der Firma. Hier thronte dieser an einem großen und schweren Schreibtisch, auf dem außer einer Lampe mit grünem Schirm und einem schweren und schwarzen, aus Marmor angefertigten Schreibset nichts weiter lag oder stand. Dem Schreibtisch gegenüber standen ein kleines, ledernes Zweiersofa sowie zwei weitere dicke dunkle Ledersessel an einem sogenannten Rauchertischchen. An der Wand war auf einer großen hölzernen Tafel zu lesen: *Ich will, das Wort ist mächtig, sagt´s einer ernst und still. Die Sterne reißt´s vom Himmel, das eine Wort „ich will".* Diesen Satz habe ich so häufig gelesen, auch wurde er von meinem Großvater so häufig betont, dass ich ihn bis heute nicht vergessen habe. Auf der rechten Wandseite lächelten der Reichskanzler der Kaiserzeit Bismarck und daneben - aus heutiger Sicht leider auch - der Reichstagspräsident Hindenburg herunter, der Hitler zum Kanzler gekürt hatte. Ansonsten aber sah man in diesem Zimmer wie auch sonst im ganzen Büro nie einen Hinweis auf die Nationalsozialisten. Es gab auch nirgendwo eine Hakenkreuzfahne oder ein Bild des Reichskanzlers, wie sonst häufiger zu sehen.

Lieber aber ging ich in den großen Büroraum, wo die Bürovorsteherin, von mir Tante Mu genannt, residierte. Sie hatte in ihrem kleineren Arbeitszimmer einen Schreibtisch, an dem man im Sitzen arbeiten konnte. Im Gegensatz dazu waren in dem größeren Raum mit drei großen Fenstern nach Süden und Blick auf die Bahngleise zwei höhere, pultartige Schreibtische, an denen man nur im Stehen arbeiten konnte. Die gesamte Buchführung wurde noch mit der Hand sehr säuberlich geführt. Füllfederhalter aber gab es schon, meist der Firma Pelikan im klassischen Design. Außerdem gab es dort zwei große, mechanische Rechenmaschinen, die aber nur selten benutzt wurden. Oft bewunderte ich meinen Vater, wie er mit einer unnachahmlichen Geschwindigkeit seitenlange Zahlenreihen addierte, während ich mich damit in der Schule sehr schwer tat. Im Gegensatz zu der doch alten Möblierung stand fast auf jedem Schreibtisch ein Telefon, die alle miteinander verbunden waren und zu denen auch eine direkte Verbindung zu unserer Wohnung im ersten Stock und zur Amtsleitung bestand. Mein Großvater hatte es also ganz einfach, seine rechte Hand, Tante Mu, zu sich zu bestellen. Er griff zum Hörer und schon trippelte die circa 50 Jahre alte, schlanke, hochgewachsene Frau, früher sagte man Spätjungfer, zu ihrem Chef, angeblich zum Diktat, welches stenographisch aufgenommen wurde. Ich selbst sollte später noch auf der Schule einen Stenographie Kurs belegen. Ob es immer nur das Diktat war, war sich meine Großmutter Emilie aber nicht so sicher. Meine Mutter schmunzelte nur über dieses Gerücht, was sich aber nach dem Tode meiner Großmutter bewahrheiten sollte, denn da saß Tante Mu sehr wohl auf dem Schoß meines Großvaters, wie ich mit eigenen Augen sah. Sie aber war mir Zeit ihres Lebens wohlgesonnen und hatte als gute erste Sekretärin stets alles im Griff. Vom Büro kam man direkt auch in das Treppenhaus und weiter in die obere Wohnung. Die Holztreppe dort war stabil und breit mit einem festen Geländer, auf dem wir als Kinder trefflich herunterrutschen konnten. Im Treppenhaus befanden sich außerhalb der eigentlichen Wohnung, wie damals üblich, jeweils auf halber Höhe die Toiletten. Im unteren Toilettenraum war auch ein riesiger Schuhschrank. Eine halbe Treppe höher lag unsere Familientoilette mit Waschbecken und einer großen Emaille Wanne. Unsere Wohnung im ersten Stock war zum Treppenhaus hin durch eine große Holz-Glaswand abgetrennt. In der Küche gab es einen vierflammigen Gasherd und zusätzlich einen mit Holz zu beheizenden Küchenherd, der aber nie benutzt wurde, und einen echten Eisschrank. Auf den Regalen der angrenzenden Speisekammer standen neben sonstigen Utensilien jede Menge Flaschen mit Flüssigkeiten in den grellsten Farben standen. Bei dem Inhalt handelte es sich um Lebensmittelfarben, die gerade in Mode waren. Sie würden heute bei einer chemischen Analyse bestimmt nicht mehr erlaubt sein. Aber das kümmerte niemanden und meine Mutter färbte mit voller Begeisterung ihre Torten in den buntesten Farben. Das elterliche Schlafzimmer war ganz im Chippendale-Stil möbliert mit Daunensteppdecken im kräftigen Rot, bei dem das am Rande bestickte Bettlaken nur zum Teil umgeschlagen war. Darauf zwei riesige, weiße, filigran gestickte, große Kissen zur Dekoration. Links und rechts davon standen zwei Chippendale-Nachtschränke. Anfangs schliefen meine Eltern noch beide in diesem Schlafzimmer, später nutzte mein Vater es nur allein. Die ersten Vorzeichen einer späteren Trennung meiner Eltern. Mein Vater war ein großer, kräftiger Mann, der auch allein aufgrund seines Übergewichtes ins Schwitzen kam. Zu der Zeit war es auch nicht üblich, sich täglich zu duschen. Noch Jahrzehnte lang war der Samstag der Badetag für die ganze Familie. Tägliches Duschen kannte man nicht. Auch gab es noch keine Desodorantien. Dies führte dazu, dass der Raum doch sehr streng roch, ein Geruch, den ich noch heute unangenehm in der Nase habe. In einem kleinen Zwischenzimmer mit überdachtem, verandaartigem Balkon schlief ich als Schuljunge in einem Klappbett, was ich jeden Abend wieder aufbauen musste. Meine Schwester hatte das angrenzende größere Zimmer mit zwei Betten. In meinem Zwischenzimmer stand auch mein Klavier, ein IBACH in schwarzem Lack. Nach dem Kriege blühte in ganz Deutschland der schwarze Markt. Die alte Reichsmark war nichts mehr wert. Und so lief alles nur über Tauschgeschäfte. Meine Großeltern hatten mit jemandem ein überzähliges Schlafzimmermöbel gegen einen Teppich getauscht. Dieser Teppich wechselte dann den Besitzer mit dem Anbieter des IBACH Pianos. Ein Ringtausch, wie er allgemein üblich war. Auf diesem Klavier hämmerte ich dann oft stundenlang. Noch heute tun mir die Büroangestellten leid, die unter meinem Zimmer ihre Arbeit verrichten sollten. Sowie ich von der Schule kam, schmiss ich meinen Schulranzen hin und spielte oft stundenlang. In der völlig falschen und naiven Vorstellung von einem elektrischen Klavier leitete ich auch einmal elektrischen Strom in die Klaviersaiten. Natürlich veränderte sich der Ton nicht. Aber es grenzt fast an ein Wunder, dass ich nicht einen elektrischen Schlag bekommen habe. In dem gemeinsamen Kinderzimmer mit meiner Schwester fand so manche Kissenschlacht statt. Aber auch die Masern machten wir mit trockener, rot gepunkteter Haut und spröden Lippen gemeinsam durch. Behandelt wurden wir mit allerlei Tropfen wie Echinacin, einem Wundermittel aus der Hausapotheke meines Großvaters mütterlicherseits, der sein Brot als Heilpraktiker verdiente. Esszimmer und Wohnzimmer waren durch eine weit zu öffnende Schiebetür miteinander verbunden. Das Wohnzimmer hatte einen nach Süden gehenden Erker, von dessen Fenster man auf die riesigen Platanen des Bahnhofvorplatzes, den rechteckigen Turm der Kleinbahnverwaltung, das eigentliche Bahnhofsgebäude mit seinen drei Bahnsteigen, seinen weiteren sechs Gleisen für den Güterverkehr und durch das rechte Seitenfenster auf den langen Gemüsegarten blicken konnte. In der Erkernische standen um einen kleinen Tisch herum zwei große, mit Mohair-Plüsch gepolsterte, manchmal in gleißender Sonne bunt changierende Sessel, die sich für kleinere Kinder wunderbar zum Herumspringen eigneten. An der Wand stand ein etwa sechs Meter langer Holzschrank, dessen Wände so massiv waren, dass es beim

Schließen der Türen wie bei einem schweren Geldschrank richtig zischte. Durch die mittleren Glastüren sah man auf die Bücherregale. Da diese Türen nicht abgeschlossen waren, konnte ich schon als kleinerer Junge dort Bücher nehmen, deren Kenntnis vielleicht für mich etwas verfrüht war. Aber sie haben mir nicht geschadet. Meist waren es nur harmlose Unterhaltungsromane wie von Ludwig Ganghover, aber auch der Roman des polnischen Schriftstellers Sienkiewicz „Quo vadis", der später mit Peter Ustinov verfilmt worden ist. Dagegen war die rechte Schranktür mit einem Extraschloss stets gesichert, wenn mein Vater es nicht vergessen hatte. Neugierig wie man als Kind ist und auch sein soll, versuchte ich mir doch Informationen über den Inhalt dieser Schrankseite zu holen. Als es dann gelang, fand ich neben ein paar Akten auch mehrere kleine Heftchen, auf deren Deck- und Innenseiten sich gezeichnete junge Frauen mit übergroßen Brüsten in aufmunternder Position zeigten, Pin-Up-Girls. Kein Mensch würde heute solche Bilder verstecken. So etwas sieht man heutzutage fast auf jedem dritten Druckwerk in vielfach besserer Qualität. Das gehörte zu der Prüderie jener Zeit. Dennoch für mich als präpubertären Knaben damals aber etwas irritierend. Zu dem großen Schrank passend war in dem Raum noch ein runder Tisch mit vier in dunklem Rot gepolsterten Stühlen sowie einer sogenannten Chaiselongue, auf dem der Hausherr seine Mittagsschläfchen hielt. Durch die große Schiebetür kam man ins Esszimmer, ebenfalls im Chippendale- Stil. Dieser Raum wurde nur sehr selten genutzt, was sich später als sehr vorteilhaft erwies, als wir Flüchtlinge bekamen. Durch eine Tür zum Treppenhaus konnte man auch diesen Raum verlassen. Außerhalb der Wohnung eine halbe Treppe höher war das schon beschriebene Badezimmer der Familie und noch ein Stockwerk höher der ausgebaute Boden mit vier oder fünf Zimmern, wo später eine weitere geflüchtete Familie wohnen sollte. Auf dem Spitzboden war ein weiteres Zimmer ausgebaut als Domizil unseres Hausmädchens.

Zum Ende der Kriegszeit und besonders danach half uns, dass wir einen sehr großen Gemüsegarten auf der ganzen Länge des Fabrikgebäudes hatten, dessen Produkte uns sehr gut über die schwierige Zeit brachten. So wuchsen direkt an der Mauer entlang viele Tomatenpflanzen, die ich jeden Abend zu gießen hatte. Dort gab es fast alles. So schmeckte im Sommer abends besonders der grüne frische Kopfsalat mit einer Zitronen-Sahne-Zucker-Soße. Obwohl nie gespritzt wurde, konnte man die Erbsen und Wurzeln direkt aus dem Garten essen. Maden gab es einfach nicht oder wir haben sie nicht bemerkt. Ganz am Ende des Fabrikgrundstückes neben dem Brunnen gab es eine Senke, in der viele Apfelbäume standen. Im Juli -August kamen die ersten hellen Sommeräpfel und später dann der Boskoop, ein alter kräftiger Baum, auf dem man trefflich herumklettern konnte.

Eigenartigerweise roch es aber hier immer ein wenig nach Rum oder Arrak. Das war keineswegs erfunden und hatte seinen Grund. In unmittelbarer Nähe befand sich nämlich der ehemalige Brunnen der Brauerei, der nicht mehr genutzt werden konnte, da aus diesem tatsächlich der Rum-Arrak- Geruch kam. Ein paar Wochen bevor Bückeburg von den Alliierten eingenommen wurde, hatten die deutschen Bürger die umliegenden Lagerhäuser am Mittellandkanal und eben auch die Keller der Fabrik gestürmt. Hier hatte eine Bremer Spirituosenfirma riesige Mengen an Cognac, Rum und Arrak in großen Fässern gelagert. Die Fässer waren herausgerollt und gewaltsam geöffnet worden. Der Schnaps floss beim Abfüllen in kleinere Kanister und Behälter wahrhaftig in Strömen auch die Gosse abwärts in Richtung Brunnen, wo noch fast ein Jahrzehnt später ein intensiver Geruch nach Arrak herausströmte. Einige Menschen sollen auch den hochprozentigen Rum direkt aus dem Schlauch im Fass getrunken haben und dann voll des Seelenwärmers für immer „in die ewigen Jagdgründe" abgedriftet sein. Als ich meine Mutter am Folgetag darauf aufmerksam machte, dass ein Mann leblos auf unserer Zufahrtsstraße läge, erklärte sie mir, dass der Mann tot sei, sein Durst war einfach zu stark gewesen. So sah ich schon im frühen Alter von erst sechs Jahren eine Schnapsleiche.

Auf dieser duftenden Obstwiese neben dem alten Brunnen weideten auch unsere Schafe, die nachts in einem Stall des Fabrikgebäudes untergebracht waren. Und da am Tage die neugierigen Lämmer öfter unter dem begrenzenden Zaun weglaufen wollten, war es für eine gewisse Zeit meine Aufgabe, wie ein Hirte auf sie aufzupassen. In der Erinnerung bleibt eine sehr muntere kleine Ziege. Oder war es ein Ziegenbock? Mein Vater nannte sie einen Zwitter. So begriff ich schon als Kind, dass es eben Wesen gibt, die weder männlich noch weiblich sind und die deswegen auch einfach keine Milch geben können. Trotz ihrer Unproduktivität, denn Wolle gab sie auch nicht ab, wurde sie von der ganzen Familie geliebt, weil sie so possierlich war und immer für Späße sorgte. Bei den Schafen sah das ganz anders aus. Wenn die Lämmer nicht mehr tranken, mussten die Mutterschafe gemolken werden. Wie man melkt, hatte man mir gezeigt. Da ich mich aber wohl sehr ungeschickt angestellt hatte, wurde ich von dieser Aufgabe befreit. Aber die Milchproduktion kam auch bald zum Stillstand. Denn meiner Mutter war die Schafsmilch für den normalen Haushalt einfach zu fettig. Und der Versuch meines Vaters, Schafskäse herzustellen, misslang. Dafür wurden die Schafe aber regelmäßig nach dem Winter geschoren. Die Wolle wurde zur weiteren Verarbeitung weggegeben und kam dann als Garn zurück. Hiervon strickte meine Großmutter Emilie nicht nur lange, wollene Strümpfe, die mit einer Art Strumpfhalter an der Unterhose hochgehalten wurden, sondern auch sogenannte Leibchen, die den Brustkorb warm halten sollten und die ganz fürchterlich kratzten. Zum Glück war diese Bekleidungsphase nur sehr kurz. Aber neben dem Milch- und Wollvieh hatten wir auch Schweine und Hühner. Da mein Vater auch Küken haben wollte, gab es auch immer einen Hahn. Nicht immer war der so friedlich wie die Hühner, wenn man sich ihm näherte. Wenn er einem auf den Kopf fliegen wollte, war es besser, schnell unter einer Rampe oder einem Wagen Schutz zu suchen. Wenn ein Huhn geschlachtet werden sollte, suchte ich schnell das Weite. Der Anblick des Kopfabschlagens mit einem Beil auf einem bereitstehenden Holzbock steigerte nicht gerade den Appetit eines heranwachsenden Jungen. Warum das ausgerechnet bei Hühnern so war, vermag ich nicht zu sagen. Denn gern waren wir Kinder dabei, wenn ein Schwein geschlachtet wurde, von denen wir etwa zwei oder drei immer im Stall hatten. Zwar gab es im Vorraum einen Kessel zum Dünsten der Kartoffeln für die Schweine, aber als Allesfresser bekamen sie damals auch alles, was man sonst noch irgendwie verdauen konnte, einschließlich sämtlicher Essensreste. So hatte früher fast jede Gastwirtschaft auf dem Hinterhof Ställe mit mehreren Schweinen, die allein durch diese Reste groß und fett wurden. Allerdings gab es noch keine Antibiotika in der Nahrungskette.

Die vielseitig genutzte Waschküche

Die alten Schweineställe stammten noch aus der Brauereizeit. Geschlachtet wurde meist in der kalten Jahreszeit. Dabei war direkt nach dem Zusammenbruch Deutschlands durch den Weltkrieg das Schlachten von Tieren ohne amtliche Genehmigung eine Zeit lang verboten. Nicht nur während des Krieges, sondern auch danach gab es Lebensmittelkarten, da das Wenige, was man hatte, auch noch rationiert war. Also schlachtete man ohne Erlaubnis, schwarz. Hausschlachter, die das besorgten, gab es noch genug. Ansonsten wurde die ganze Familie angestellt. Wir wohnten ja am Stadtrand und zu uns führte nur die eine längere, ansonsten unbebaute Straße. So war schon sehr weit und sehr früh erkennbar, falls ein Kontrolleur kommen sollte. Dennoch mussten wir Kinder mit aufpassen, ob wir nicht plötzlich unerwarteten Besuch bekämen. Aber selbst wenn der gekommen wäre, wäre es halb so schlimm gewesen. Auch ein hungernder Stadtbeamter oder Polizist drückt mal ein Auge zu, wenn er dafür ein schönes Stück Fleisch für seine Familie bekommt. Das Dumme war ja nur, dass das Schwein seine letzte Stunde wohl ahnte und fürchterlich quiekte, wenn es in die Ecke getrieben wurde bis ein kräftiger Schlag auf den Stirnbolzen dem ein Ende machte. Das alles passierte auf dem betonierten Hinterhof unseres Wohnhauses, zu dem man nur schlechten Einblick von den Bahngleisen oder anderswoher hatte. Das getötete Schwein, damals konnten es auch mal dreihundert Kilo wiegen, wurde mit vereinten Kräften auf einen Bock gehoben und anschließend die Kehle durchschnitten. In großen Eimern fing man das warme Blut auf. Die Aufgabe von uns Kindern war es dann, dieses Blut ständig mit einem großen Holzstab zu schlagen oder umzurühren, damit es vor der Weiterverarbeitung nicht gerinnen konnte. In der Kellerwaschküche des Hauses hatte man in dem großen, mit Holz beheizten Waschkessel reichlich Wasser erhitzt, das nun über das Schwein gegossen wurde, um dann mit einem scharfen Messer die Borsten zu entfernen. Wenn das Schwein rosig und sauber aussah, hievte man es mit den an einen Bügel gespreizten Hinterläufen auf einen großen Haken an der Wand. Nun spaltete der Schlachter mit einem großen Beil die Sau, während die Hilfskräfte in einem Gefäß die herausquellenden Därme auffingen, die dann gesäubert wurden. So lernte ich schon als Knirps, dass der Dünndarm eigentlich sauber ist und nicht stinkt, sondern erst der Inhalt des Dickdarms. Da man seinerzeit aber keine künstlichen Därme zur Wurstherstellung hatte, wurde nicht nur der Dünndarm, sondern auch der Dickdarm ebenso wie die Harnblase mit Wasserdruck kräftig durchspült, bis alles frei und sauber war. Anschließend wurden diese zur Desinfektion und zur späteren Verarbeitung im heißen Kesselwasser gekocht. Doch unter welchen Umständen auch immer geschlachtet wurde, ohne Trichinenbeschauer lief nichts. Er kam zwar als Amtsperson, aber diesmal privat. Ob eine Genehmigung zum Schlachten vorlag, fragte er nicht. Hauptsache war, das Fleisch war trichinenfrei. Das war das Wichtigste. Dazu schnitt er mit einem scharfen Rasiermesser an zwei bis vier Stellen eine hauchdünne Schicht vom Muskelfleisch ab und legte dieses Stück unter sein mitgebrachtes Mikroskop, um nach Trichinen zu suchen. Besonders Schweine, aber auch Füchse und Bären sind mit diesen Fadenwürmern behaftet. Auf uns Menschen gehen sie meist durch den Genuss von rohem Fleisch wie Mett über und verursachen nicht nur Bauchschmerzen und Übelkeit, sondern auch Schwindel. Wenn man auch in der Regel nicht daran stirbt, so können doch die sehr unangenehmen Symptome bis zu einem Jahr anhalten. Im Studium lernte ich später, dass besonders Bärenfleisch mit Trichinen verseucht sein soll. Obwohl ich an einer Probemahlzeit interessiert war, habe ich zwei Jahrzehnte später in Finnland das Angebot für eine Bärenfleischportion abgelehnt. Dumm von mir, denn ich wusste nicht, dass dieses Fleisch offiziell im Handel war und grundsätzlich von finnischen Veterinärmedizinern untersucht wird. Das Fleisch soll aber sehr trocken sein. Konnte der Untersucher nichts finden, hob er den Daumen und der Hausschlachter begann fachgerecht das Schwein zu zerlegen. In der Waschküche mit dem heißen Wasserkessel kam ein Teil der Bauchlappen, die meist je nach Lage und Ernährungszustand des Schweines eine acht bis zu zehn Zentimeter dicke Fettschicht und etwas Muskelfleisch unter der entborsteten Haut enthielten. In diesen Sud kamen dann auch später die Würste, die gebrüht werden sollten. Das Ganze köchelte so vor sich hin und der Geruch zog durch das ganze Haus. Daneben stand ein großer Holzbottich auf Stelzen, in den man ebenfalls Schicht für Schicht Fleisch legte und mit einer dicken Schicht groben Salzes überschüttete, um so den Pökelprozess einzuleiten. Schließlich wurden mittelgroße Fleischstücke bereitgelegt, um sie später mit Gewürzen zu Wurst zu verarbeiten. Den Frauen liefen die Tränen, dass sie fast kaum noch etwas sehen konnten. Nicht etwa, weil sie dem armen Schwein nachtrauerten, sondern weil sie die Aufgabe hatten, Zwiebeln in unvorstellbaren Mengen zu enthäuten und zu schneiden. Wenn dann alles in Stücke zerlegt war, musste man sich erst einmal stärken und auch Kräfte für den nächsten Schritt, der Wurstherstellung, gewinnen. Aus dem Sud wurden ein paar geselchte Bauchstücke herausgefischt und auf die auf einem großen Tisch bereitstehenden Teller, auf dem auch ein Brotkorb und ein großer Senfpott standen, verteilt. Doch zunächst einmal einen Schluck, den Oma gönnerisch verteilte. Klarer Steinhäger, denn Bückeburg liegt von dem westfälischen und bekannten Schnapsbrennort Steinhagen nur knapp 50 Kilometer entfernt. Wenn die typischen braunen Steintopfflaschen einmal leer waren, waren sie später an kalten Winterabenden die idealen Wärmflaschen im Bett. Na denn Prost. Und jeder langte so richtig zu. Das Fett des Bauchfleisches lief von den Mundwinkeln und die Augen strahlten ob eines solchen Genusses. Selbstverständlich gehörten reichlich Senf, Salz und viel Pfeffer dazu.

Wir wundern uns, wenn wir in Filmen sehen, wie Eskimos rohes Robbenfleisch essen. So viel anders ist es mit dem Bauchfleisch auch nicht. Es kommt eben darauf an, was und wie man etwas in seiner Kindheit gegessen hat und ob man wirklich schon einmal in seinem Leben wirklichen Hunger und Entbehrung über eine längere Zeit erlebt hat. Vor zwei Generationen aß man im Durchschnitt weniger und vor allem auch seltener Fleisch, dafür aber auch sehr viel fettiger. Vor ein paar Jahren sah ich in einer Frankfurter Markthalle im ersten Stock etwas abseits gelegen einen Stand, an dem besonderes Fleisch von einem besonderen Schwein mit einem fast handbreiten Fettrand für teures Geld als Spezialität angeboten wurde. Heute freue ich mich, wenn hier in Norddeutschland bei einem typischen Kohl-und-Pinkel-Essen außer den Kochwürsten, dem Kassler und dem Braten auch frisch geselchter Speck angeboten wird, dessen Fettstreifen aber längst nicht mehr so dick sind. Dann verzichte ich gern auf alle weiteren Beilagen. Genauso wie früher beim Schlachtfest: nach dem fetten Essen noch einen kräftigen Schluck oben drauf. Denn Alkohol soll ja Fett auflösen und damit angeblich auch verdaulich machen. So gestärkt konnte die Arbeit fortgesetzt werden.

Alles musste gut verarbeitet werden, denn Tiefkühltruhen zur Aufbewahrung gab es noch nicht. Da gab es einmal das schon begonnene Einpökeln des Fleisches. Aber dessen Zeit war auch begrenzt. Man konnte diese gepökelten Fleischstücke nach einer gewissen Zeit kurz räuchern. Dann hatte man das sogenannte Kassler. Oder man kochte es ebenfalls kurz im Sud. Dann entstand das, was man in Süddeutschland Ripple nennt. Zwar konservierte man vor sechzig Jahren schon Lebensmittel in Konservendosen. Optimal aber war das nicht, da das Innere der Dosen noch nicht neutral beschichtet war, der Inhalt sich also mit der Zeit von der Konsistenz und vom Geschmack her verändern konnte. Es war aber durchaus üblich und für eine begrenzte Zeit auch gut. Besser aber war das Einmachen in sogenannte Weckgläser. Hier hat man den Vorteil, dass man sofort, anders als bei der Dose, den Inhalt und die Qualität erkennen kann. Außerdem konserviert und gart man in einem Arbeitsgang.

Diese Methode des „Einweckens" hatte ein Rudolf Rempell in der Mitte des neunzehnten Jahrhunderts entwickelt und sich patentieren lassen. Dieses Patent wurde später von Johann Weck gekauft. Bald breitete sich diese Methode nicht nur über ganz Deutschland, sondern auch über alle Nachbarländer aus. Nicht nur die Gläser und Gummiringe trugen den Namen „Weck", auch sämtliches Zubehör wurde so genannt. Das Wort „Weckgläser" war so in die Sprache eingedeutscht wie für die Küchenwürze das Wort „Maggi". Liebstöckel wird auch manchmal heute „Maggikraut" genannt. Natürlich gab und gibt es Nachahmer wie in Österreich, wo die Firma Rex heißt und das Einmachen mit „Einrexen" bezeichnet wird. Auf dem Trödelmarkt findet man heute manchmal noch so einen großen Einmachtopf aus dem grauen Zink, oft mit einem Loch im Deckel für das Stabthermometer zur Kontrolle, auch von der Firma Weck. Diese Art der Konservierung war bei meinen beiden Großmüttern sehr beliebt. So ganz neu war die „Weck-Methode" aber auch nicht. Denn schon 1804 hatte der Franzose Francois Nicolas Appert den von Napoleon Bonaparte ausgesetzten Preis von 12.000 Goldfrancs für die Erfindung der Konservierung von Lebensmittel erhalten. Im Hintergrund stand die Versorgung der Soldaten Napoleons mit haltbarer Nahrung auf seinen Kriegszügen. Die Lebensmittel sollten in luftdicht abgeschlossene Flaschen gefüllt und dann 30 Minuten lang gekocht werden. Allerdings zerbrachen die Flaschen allzu häufig.

Ältere Menschen essen bekanntlich nicht mehr so viel und außerdem haben sie fast alle eine echte Hunger- und Notzeit erlebt. Darum konnten meine beiden Großmütter auch keine Nahrungsmittel einfach wegschmeißen. Als der Kühlschrank noch Eisschrank hieß und mit richtigem Stangeneis kühl gehalten wurde, wodurch die Wirksamkeit einer vernünftigen Kühlung begrenzt war, und als es noch keinen Tiefgefrierkühlschrank gab, wurden also fast alle übrig gebliebenen Essensreste, und sei es auch nur ein Hühnerbein, kurz „eingeweckt". Das ging schnell und mühelos. So hatte man stets, wie heute aus der Kühltruhe, schnell wieder etwas zu essen.

Doch zurück zum Schlachten, denn mit dem Einwecken war noch nicht das gesamte Fleisch, der Bauchspeck und Sonstiges verarbeitet. Einen ganz wichtigen Teil nahm die Wurstherstellung ein. Neben der Leberwurst, die meist in passende kleine Gläser abgefüllt wurde, wie man sie heute noch in Lebensmittelgeschäften kaufen kann, sollte auch die Mettwurstbrät, mit und ohne Zwiebeln, vorbereitet werden. Was neben der Leber noch zusätzlich zum Leberwurstinhalt kam, kann ich nicht sagen. Aber schon damals nutzte man wie heute Majoran als Gewürz, nach dem dann der ganze Raum angenehm roch. Die abgefüllten Leberwurstgläser wurden in einem großen Bottich kurz gekocht und so gleichzeitig alles gut konserviert. Da ein Teil der Mettwurst nach regionaler Art, also wie man es in Schaumburg-Lippe liebte, auch Zwiebeln enthalten sollte, mussten meine Großmutter, meine Mutter und unsere Haushaltshilfe Berge von Zwiebeln schälen. In der Waschküche im Keller auf einem langen Tisch, an dessen einen Ende man einen großen Fleischwolf befestigt hatte, standen große, lange Holztröge für all die Zutaten. Auf einem Hocker standen ein mittelgroßer Steintopf mit grob gemahlenem Salz und ein weiterer Behälter mit einer größeren Menge an dunklem Pfeffer sowie weitere Gewürze. Am Tisch stand der Schlachter in blau weiß gestreifter Berufskleidung, die Mütze schief auf dem Kopf. Auf einem großen Hackbrett zerschnitt er zunächst das Fleisch und dann die geschälten Zwiebeln in kleine Stücke, wobei er die ganze Zeit auf Plattdeutsch redete, was ich aber als Kind nicht verstand. Nur wenn er meinem Vater zunickte, das kleine Glas erhob und „Prost" sagte, verstand ich, dass er damit den Steinhäger meinte. Dabei wurden beide Männer immer rede- und leutseliger. Bei den Arbeitsaufgaben wechselten sich beide ab. Der Eine drehte die Hantel des schwergängigen Fleischwolfes und der Andere stopfte von oben immer abwechselnd Fleisch- und Zwiebelstücken in die Tülle. Aufgefangen wurde alles wieder in einem Holzbottich. Dann wurden die Ärmel noch höher gekrempelt und mit kräftigen Armbewegungen walkte der Schlachter die Fleischmasse durch, dabei immer wieder Salz und Pfeffer oder auch Gewürze über die Masse mit einer großzügigen Handbewegung streuend. Ob die Salz-Pfeffer-Gewürzmischung jemals abgemessen worden war, kann bezweifelt werden. Das ging nach „Gefühl und Schnauze" im wahrsten Sinne des Wortes. Das gewürzte und durch den Fleischwolf gedrehte Schweinefleisch nennt man in Norddeutschland Mett oder auch Hackepeter, einmal mit und einmal ohne Zwiebeln. Will man es weiter verarbeiten, wird es auch Brät genannt.

Aber es gab auch noch eine dritte Variante, die heute kaum noch jemand kennt, da sie verboten ist, zumindest in der Öffentlichkeit. Das ist die Brägenwurst. Wer die plattdeutsche Sprache kennt, weiß, dass Brägen zu hochdeutsch Gehirn heißt. Und darum handelt es sich auch. In früheren Zeiten hatte man keinerlei Bedenken, Gehirn und seine weiteren Bestandteile wie das Rückenmark zu verarbeiten und zu essen. Mein Großvater mütterlicherseits pulte mit größtem Genuss mit einem spitzen Löffel und einer Sonde das Gehirn aus dem Kopf einer gebratenen Gans, um in winzigsten Portionen das Gänsehirn mit strahlend Augen zu genießen. So wurde das Gehirn des Schweines gekocht und dann meist zusammen mit dem gewürzten Mett vermischt und verarbeitet. Hieraus entstand dann die besonders gut schmeckende Brägenwurst, die manchmal auch heute noch so nach altem Brauch und Rezept hergestellt wird, allerdings allein für den Privatgenuss. All das ist heute verboten. In den neunziger Jahren des letzten Jahrhunderts trat gehäuft besonders bei Wiederkäuern eine zum Tode führende Krampfbereitschaft auf, bovine spongiforme Enzephalopathie oder BSE genannt. Beim Menschen nennt man ähnliche Symptome CJK oder Creutzfeldt-Jakob-Krankheit, die immer zum Tode führt. Ursache soll bei Wiederkäuern der Verzehr von erkrankter Hirnsubstanz durch Verfütterung von Tiermehl an normalerweise nur Grünzeug fressende Tiere sein. Durch rigorose, durchgreifende Maßnahmen hat man diese Erkrankung heute quasi völlig eindämmen können. Aber leider gibt es nun keine Brägenwurst mehr im Handel. Sollte man sie in den Regalen der Lebensmittelgeschäfte unter der Bezeichnung dennoch finden, so enthält sie mit Sicherheit keine Gehirnsubstanz mehr, ist aber durch eine andere spezielle Würzung oft schmackhafter.

Nach diesem Exkurs zurück in den Wurstkeller. Auf den Fleischwolf wurde ein Rohr geschraubt und über dieses Rohr dann der gesäuberte, gewaschene und gekochte Darm gestülpt. Während der Eine den Fleischwolf ständig mit dem Fleischgemisch füllte und dabei die Hantel langsam nach Anweisung des Schlachters drehte, füllte der

Andere durch das tüllenartige Rohr die Därme mit Wurst-masse. Mit einer geschickten drehenden Handbewegung wurde der Arbeitsgang abgeschlossen, die Wurst aber noch nicht abgeschnitten. Das geschah erst, nachdem eine der helfenden Frauen mit einem festen Hanfbindefa-den die Wurst abgebunden hatte. Die fertigen Würste wurden dann sortiert. Den größten Teil, dazu gehörten neben den Mettwürsten auch die Brägen Würste, brachte mein Vater ebenso wie den Schinken später in eine Räu-cherei, von wo sie später zum Reifen wieder zurückka-men. Ein kleinerer Teil ging aber direkt an seinen Bestim-mungsort zur Lufttrocknung. Unser Haus hatte einen so großen und hohen Spitzboden mit großen Fenstern zur Belüftung von zwei Seiten. Dorthin kamen nun als Erstes die Würste, die man ohne Räuchern an der Luft trocknen und reifen lassen wollte, ähnlich wie in Parma oder Ser-ano, allerdings eben ohne den Duft der mediterranen Kräuter. Später gesellten sich die anderen Würste und der Schinken aus der Räucherei dazu. Letzterer war dann aber in das Tuch eines frischen und heiß gebügelten Kopfkis-senbezuges eingeschlagen. Den Duft dieser privaten Rauchwarensammlung habe ich heute noch in der Nase, denn der große Boden war auch mein Spielplatz. Dort hatte ich meine Märklin-Eisenbahn, Spur 0, weit ausge-baut und brauchte sie nicht immer täglich abzubauen wie in meinem Kinderzimmer. Aber noch heute nach über ei-nem halben Jahrhundert wundere ich mich, dass dort keine der Fleischwaren verdarb oder auch angenagt wurde. Oder habe ich das nicht mitbekommen? Die Idee mit dem eingeschlagenen Schinken habe ich später in Finnland noch einmal mit einem auf der Reise in Deutschland gekauftem Schinken nachempfunden mit dem Ergebnis, dass sich leider nach ein paar Monaten der ganze Schinken leider von allein bewegte.

Nachdem die schwere Arbeit getan, das Geschirr, die Bottiche, Zuber und Tische gesäubert und die Waschküche gereinigt war, setzten sich alle an einen großen Tisch. Jeder nahm einen Teller und angelte sich aus dem noch siedenden Kessel ein großes Stück Fleisch und/ oder Brühwurst. Wer keine Pellkartoffel wollte, schnitt sich eine dicke Scheibe frisches, gut schmeckendes Roggenbrot ab. Und weil das dicke Fett gewürzt besser schmeckt, nahm man einen großen Löffel Senf dazu. Auch war man mit Salz und Pfeffer nicht gerade geizig. Die Bierflaschen hatten zu der Zeit noch keinen Kronenkorkenverschluss, sondern einen sogenannten Bügelverschluss, den ein jeder genießerisch mit einem richtigen Knall wie das Flensburger Pilsener öffnete. Dazu mundete der Steinhäger, der Wacholderschnaps aus dem Teutoburger Wald, ausgeschenkt aus einer Kruke, der typischen Tonflasche, mit mindestens 38 „Umdrehungen" zum angeblichen Fettlösen. Wir Kinder bekamen Saft. Das Selchfleisch oder Geselchte, wie man es nannte, schmeckte uns Kindern damals auch ohne Schnaps ebenso gut wie es mir heute schmeckt.

Nicht nur zur Fleischverarbeitung wurde unsere Waschküche genutzt, sie diente auch ihrer eigentlichen Funktion und mehr. Denn heute im dritten Jahrtausend ist so eine Waschküche, meist im Keller mit einem mit Holz zu beheizenden, großen Kessel, einem oder mehreren großen und kleinen Waschzubern und mit einem Bottich mit Rollen zum Auswringen der nassen Wäsche, den meisten Menschen völlig unbekannt. Selbst auf dem Lande hat sie meist ausgedient. Dieser Arbeitsraum diente nicht nur zur Wäsche und zur Wurstverarbeitung e cetera. Der Raum konnte auch noch anderweitig genutzt werden.

Nach dem zweiten Weltkrieg versuchte jeder so gut durchzukommen wie es ging. So benötigt der Mensch auch zur Ernährung nicht nur Eiweiß, sondern auch Kohlehydrate und wichtige Vitamine. Besonders Letzteres findet man im Kohl. Dieser wächst fast auf jedem Boden, benötigt nicht sehr viel Pflege, ist haltbar und preisgünstig. Im Organisieren war mein Vater meisterhaft. Irgendwann tauchte er mit einer riesigen Menge an Weißkohl auf. Da man nicht mit einem Male alles essen konnte, musste er haltbar gemacht werden. Und das am besten in Form von Sauerkraut. Wieder war unsere Waschküche der geeignete Ort. Erstens konnte man dort wegen des Bodenabflusses mit einem großen Schlauch hantieren und außerdem bedenkenlos mit Wasser panschen. Nachdem der Kohl nun gespült war, wurde er über einer Schüssel mit einem großen Krauthobel in kleine Streifen geschnitten. Nach uralter, tausend Jahre alter Sitte presste mein Vater, von Statur ein großer und kräftiger Mann, den geschnittenen Kohl in einen riesengroßen Steinbottich, abwechselnd immer wieder großzügig grob gemahlenes Salz darüber streuend. Der Kohl muss sehr fest gepresst werden, damit er nicht während der Fermentation zu fäulen beginnt. Dieses Pressen musste wohl auch für meinen Vater sehr anstrengend gewesen sein. Denn plötzlich schnappte er mich, der ich neugierig daneben stand, setzte mich auf einen Tisch, zog mir die Schuhe und Strümpfe aus und begann meine hängenden Füße fein säuberlich zu waschen, trocknete sie ab, hob mich mit kräftigen Armen in den auf dem Boden stehenden Bottich und forderte mich auf, auf dem geschnittenen und gepressten Sauerkraut quasi zu tanzen, was ich dann auch gern und vergnüglich tat. Zwischendurch füllte er, während ich pausierte, immer wieder Kraut und Salz nach. Nachdem alles Kraut verarbeitet war, hob mich mein Vater herunter, legte auf das Sauerkraut ein schweres Holzbrett und beschwerte alles mit einem schweren Findling. Nach etwa vier bis sechs Wochen Fermentieren konnten meine Mutter und Großmutter die ersten Portionen aus dem Steinkrug holen. Aber Sauerkraut ist nicht gleich Sauerkraut. Entscheidend für den Geschmack sind nicht nur die kleinen Nuancen der Herstellung, sondern auch die Zeit der Gärung. Einige geben auch einen Schuss guten trockenen Weines dazu, im Elsass einen trockenen Riesling.

Da zu einem Wachküchenboden auch ein Abfluss gehört und außerdem Wasser zum Spülen des ganzen Raumes, eignet sich der Raum auch ideal am Anfang zur Aufzucht von Hundewelpen, wenn diese noch nicht sauber sind. So kam eines Tages mein Vater mit zwei noch sehr kleinen Hundewelpen an, die aber eben noch nicht stubenrein waren. Da es aber auch draußen für die jungen Hunde noch zu kalt war, hielt mein Vater die Waschküche für den geeigneten Ort. Es waren zwei Welsh-Terrier, die wir Bodo und Birka tauften, also mit B anfangend, der zweite Wurf der Hündin. Natürlich konnten sie mit acht bis zehn Wochen auch noch nicht stubenrein sein. Entrissen von ihrer Mutter jammerten sie erbärmlich, was bis zu uns in die erste Etage unserer Wohnung drang. Ich hatte Mitleid mit ihnen und ging, sooft ich konnte, hinunter, um sie zu beschäftigen, sich an die Trennung zu gewöhnen und um uns anzufreunden. Und weil man mir gesagt hatte, Hunde müssten sich auch an Musik erst gewöhnen, nahm ich mein kleines Akkordeon, auf dem ich noch 40 Jahre lang spielen sollte, mit hinunter in den Keller und spielte „meinen" Hunden etwas vor. Nachdem das Wetter besser geworden war und die Hunde gewachsen, kamen sie dann bald in einen Zwinger, der in unserem Garten errichtet worden war.

Aber die Waschküche wurde auch in ihrem eigentlichen Sinne, also zur Wäsche genutzt, und zwar in einer Form, wie sie heute kaum vorstellbar ist. Waschküchen lagen früher grundsätzlich im Keller oder in einem Extragebäude, da das Wäschewaschen eine sehr feuchte Angelegenheit war und sich deshalb die Holzbalkendecken in den meisten Häusern nicht dafür eigneten. In vielen Regionen Deutschlands war an jedem Montag Großwaschtag. Am Vorabend hatte man den mit Wasser gefüllten Waschkessel mit der gesamten Kochwäsche zum Einweichen gefüllt. Früh morgens wurde der eingemauerte Ofen mit dem Kessel von gut einem Meter Umfang beheizt. Wenn das Wasser dann kochte, machten sich die Frauen einschließlich meiner Mutter an die körperlich sehr anstrengende Arbeit. Mit einem paddelähnlichen, fast einen Meter langen Holzstab, auch Bleuel genannt, wurde die kochend heiße Wäsche immer wieder umgerührt. Als Waschmittel diente meist Kernseife, denn das Waschpulver von Persil war in meiner Kindheit kaum zu bekommen oder auch einfach zu teuer. Dann hievten die Frauen mit dem Paddel die klitschnasse, dampfende Wäsche in den auf drei Füßen stehenden großen Holzzuber, um darauf die nicht sauberen Stellen mit einem Waschbrett per Hand einzeln zu schrubben. Schließlich kam die Wäsche in eine große Zinkwanne, um mit klarem Wasser aus dem Schlauch gespült zu werden. Einige Wäschestücke wurden anschließend durch eine sogenannte Wringmaschine gezogen. Dabei handelte es sich um auf einem Bottich fest montierte, gegenläufige Holzwalzen, durch die mit einer Hantel bewirkte Drehung der Walzen und den entstehenden Pressdruck das Wasser aus dem Textil herausgepresst wird. Später kamen die ersten auf dem Boden stehenden elektrischen Schleudern auf, in deren Trommel mit einer Tiefe von circa 50 cm und einem Durchmesser von 30 cm das Wasser durch die Zentrifugalkraft bei hoher Geschwindigkeit herausgepresst wurde, ähnlich dem eingebautem Schleudersystem in heutigen modernen Waschmaschinen. Große Bettlaken, Tischtücher und andere weiße Textilien aus Leinen aber wurden nach draußen auf die Wiese transportiert, wo alles schön säuberlich in der Sonne ausgebreitet wurde. Da war es dann die Aufgabe von uns Kindern, die in der Sonne trocknende Wäsche immer wieder mit einer Wassergießkanne zu benetzen. Die Luft war früher noch so sauber, dass die Wäsche wirklich weißer wurde, zumindest, wenn man auf dem Lande wohnte. Von Max Liebermann gibt es hierzu ein sehr schönes Bild: die Rasenbleiche. Später als Student lernte ich dann, was bei diesem Bleichvorgang tatsächlich passiert. Durch den Luftsauerstoff und die UV-Strahlung der Sonne werden Peroxide gebildet, die dann ein Sauerstoffmolekül abgeben und eine Bleichung bewirken. In den sechziger Jahren hellten einige Frauen nach dem gleichen Prinzip mit Peroxiden ihre Haare auf. Das waren dann die Wasserstoffblondinen. Das gleiche Prinzip wie bei „Omas" Wäsche !

Die Großeltern väterlicherseits

Bisher habe ich über das Schlachten, über Autos und vieles andere berichtet, ohne ein einziges Wort über meine Familie zu verlieren, woher ich eigentlich stamme, woher ich komme. Fange ich also bei meinem Großvater Wilhelm Friedrich (1879) an, der in dem Dörfchen Langengeißmar, heute einem Stadtteil von Göttingen, zur Welt kam. Über seinen Werdegang, seine Jugend und seine Familie hat er nie viel gesprochen und das war auch kein Gesprächsthema in unserer Familie. Er soll noch weitere sieben Geschwister gehabt haben, zu denen keinerlei Kontakt bestand, bis auf eine Schwester, die irgendwann einmal in Bückeburg auftauchte. Nach dem Besuch der Grundschule verließ er seine Heimatregion und ging nach Dortmund, um dort die Brauerlehre mit der Meisterprüfung abzuschließen. Mit diesem Zeugnis in der Hand leitete er die Feldschlösschen-Brauerei in Herford. Leider existieren es trotz allen Recherchierens keine schriftlichen Unterlagen, denn mein Großvater, ein gut aussehender Mann mit scharf geschnittenem, schmalen Gesicht und weißen Stoppelhaaren, der im Gegensatz zu meinem anderen Großvater stets korrekt im Anzug und mit Hut bekleidet war, war diesbezüglich sehr schweigsam.

Mein Großvater tat sich um das Jahr 1906 herum mit drei weiteren Männern zusammen, um in Bückeburg im Alter von nur 27 Jahren eine Brauerei mit den Namen Kronenbrauerei zu gründen. Ein Kompagnon war ein Friedrich Heine, der im nahegelegenen Stadthagen eine Holzfabrik hatte und sein Vermögen mit der Herstellung von hölzer-

nen Zigarrenkisten gemacht hatte. Das ehemalige europä-
ische Zentrum der Zigarrenherstellung in der westfälischen Stadt Bünde lag nicht weit entfernt. Zu der Zeit
wurden fast mehr Zigarren als Zigaretten geraucht. Dessen Tochter Jutta, zwei Jahre jünger als ich, war eine allbekannte Olympionikin, die 1960 bei der Olympiade in
Rom als Sprinterin eine Silbermedaille gewann. Des Weiteren gab es den Rechtsanwalt Bosse sowie einen stillen
Teilhaber. Alle oben Genannten habe ich als Kind irgendwann im Büro meines Großvaters später einmal getroffen.

Vor Beginn des Baus einer großen Brauerei bedurfte es einer Baugenehmigung und der Erlaubnis des regierenden
Schaumburg-Lippe(r) Fürsten Adolf II., der zunächst ein
absoluter Gegner dieser Brauereiplanung war, zumal es
mitten in Bückeburg schon seit alters her ein kleines, gut
funktionierendes Bürgerbrauhaus gab. Innerhalb seiner
beschaulichen Stadt mit rund achttausend Einwohnern
lehnte er jegliche industrielle Ansiedlung ab, was sich im
Stadtkern bis heute auch so zum Glück erhalten hat.
Schließlich willigte er aber doch ein, mit der Auflage, dass
die Brauerei sich außerhalb des eigentlichen Stadtgebietes, möglichst jenseits der Eisenbahnlinien, ansiedelte.
Man erwarb das freie Gelände direkt gegenüber dem
Bahnhofsgebäude und den Gleisanlagen und baute dort
zwei große Brauereigebäude und ein Verwaltungs- und
Wohngebäude samt Ställen für die Zugpferde und Wagen.
Hier kam ich zweiunddreißig Jahre später zur Welt. Heute
steht alles unter Denkmalschutz, weil der Fürst seinerzeit
auch eine ansehnliche Fassade verlangt hatte. Denn auf
dem gegenüberliegenden Bahngleis pflegte der Fürst
seine hohen Gäste zu empfangen, die mit der Bahn aus

Richtung Hannover oder Minden ankamen und nicht sofort einen Schreck beim Anblick von Industriebauten bekommen sollten. Nun, anfangs ließ sich das *„Bückeburger Kronenbier"* auch gut verkaufen. Dazu trug auch bei, dass mein sehr aktiver Großvater die Gastwirte mit Pferd und Wagen persönlich besuchte. Kam er dann abends von seiner alkoholischen Dienstfahrt heim, konnte er sich ganz auf sein Pferd verlassen, das den Heimweg auch allein fand. Auf dem Brauereihof zurückgekommen, scharrte das Pferd mit den Hufen und meine relativ kleine Großmutter Emilie schleppte ihren bierseligen Ehemann mühselig ins Bett. Dass ihr dabei ein Pferdeknecht geholfen hat, verschwieg sie mir wohl bei ihrer Erzählung.

Nach dem ersten Weltkrieg stand es um den Hopfen, eine der Hauptsubstanzen des Bieres, schlecht. Auch setzte ab 1925 die Weltwirtschaftskrise in Deutschland den Firmen und Menschen gleichermaßen zu. Da der Absatz des Bieres nachließ, beschlossen die vier Inhaber der Brauerei, diesen Produktionszweig aufzugeben und stattdessen Margarine herzustellen. Die vielen Kühlräume und die gefliesten, hellen und lichten Produktionsräume eigneten sich ideal. Die Margarine ließ sich nicht nur regional gut verkaufen. Mein Großvater konnte sich seinem Hobby widmen und teure Autos kaufen, wie den erwähnten Mercedes Cabrio mit einem Hubraum von 5,4 Litern und andere. All diese schönen Autos wurden aber gleich anfangs des Weltkrieges konfisziert. Meine Großeltern wohnten zu der Zeit nicht mehr in der Werkswohnung über dem Büro. Dort waren meine Eltern nach ihrer Ehe 1936 eingezogen. Stattdessen wohnten meine Großeltern nun in einem wunderschönen Haus am Haarl, einem Bergzug am

Stadtrand. Zwar habe ich an die Familiengeschichte in diesem Haus keine guten Erinnerungen, aber das Haus war vom Architekten so gut konzipiert, dass ich viele Ideen der Zimmeraufteilung später bei der Planung meines eigenen Hauses in Zeven übernahm.

Mein Großvater brachte mich in Vertretung meines zur See fahrenden Vaters im April 1944 zur Einschulung in die Grundschule oder Volksschule, wie sie damals hieß. Nach Kriegsende kam es auch bei meinen Großeltern Friedrich zur Einquartierung von englischen Besatzungssoldaten. Sie wurden gezwungen, in eine kleine Mietwohnung im ersten Stock in unmittelbarer Nähe des Bahnhofs, also nicht weit von uns, zu ziehen. Fortan sahen wir uns häufiger. Besonders meine Großmutter Emilie, eine geborene Klöppner (1880), lud mich sehr oft zum Essen dorthin ein. Auch sie stammte aus Göttingen. Verwandte soll es noch im Raum Seesen gegeben haben. Mehr aber wurde über sie ebenfalls nicht berichtet. Geschwister oder irgendwelche Verwandte ihrerseits tauchten nie auf. Sie hatte auch keine Freundinnen, die man hätte ausfragen können. Irgendwann und irgendwie muss sie meinen Großvater kennengelernt und dann auch gleich geheiratet haben, dabei ihre gesamte Vergangenheit und ihre Persönlichkeit abgebend. Sie war von Statur eine kleine Person, die nur dunklere Kleidung in vierfünftel Länge trug, wie es zu der Zeit bei den Frauen dieses Jahrgangs Usus war, auch bei meiner anderen Großmutter bis diese Witwe wurde. Emilie war nur für ihren Mann da und machte, was er verlangte. „Ganz wie Du willst, lieber Willi" war so ein oft gehörter Spruch. Am Anfang der Ehe muss aber mein Großvater sie mit Geschenken überschüttet haben. Jedenfalls waren die

Vitrinen vollgepackt mit teurem Porzellan, unter anderem der Manufaktur Fürstenberg und Meißen. Emilie hatte dann 1909 meinen Vater zur Welt gebracht und das war es dann auch. Sie sorgte daheim dafür, dass mein Großvater sein Essen bekam und dass die Wäsche in Ordnung und die Anzüge gebürstet waren. Chemische Reinigungen kannte man noch nicht. Stattdessen bürstete man die Kostüme und Anzüge mit einer verdünnten Salmiakgeistlösung aus, wonach es dann im ganzen Haus nach Ammoniak stank. In manchen der heutigen chemischen Reinigungen kann man ab und zu noch diesen Geruch wahrnehmen, aber in erheblich geringerer Intensität. Mein Großvater behandelte sie höflich und korrekt. Anders als bei meinen Großeltern mütterlicherseits war diese Beziehung immer etwas auf Distanz. Meine Großmutter Emmy, wie mein Großvater sie nannte, liebte aber mich, ihren einzigen männlichen Enkel. Und wenn es einen Grund gab, mich zu umsorgen, so tat sie es. Nach dem Kriege hatte ich wohl gewichtsmäßig sehr abgenommen. So lud sie mich regelmäßig dann zum Essen ein, wenn sie Kartoffelklöße machen wollte. Sie wusste, dass es mein Lieblingsessen war. Angeblich soll ich bis zu zwölf Stück bei einer Mahlzeit vertilgt haben. Meine Schwester wurde nicht derartig umsorgt. Für diese Großeltern war ich unmissverständlich als späterer männlicher Erbe wichtiger. Doch zurück zu Emilie, die wirklich nichts zu sagen hatte und die still vor sich hinlebte, auch dann, als sie wieder in ihrem alten Haus in der Hermannstraße wohnte, wo sie anfing, ihrer Schwiegertochter, meiner Mutter, das Leben schwer zu machen. Vielleicht geschah das aber auch schon früher, nur war ich zu jung, um dies mitzubekommen. Damals erkrankte meine Großmutter an Brustkrebs, was ich aber als

Kind nicht wusste. Eines Tages sagte man mir, sie sei ganz plötzlich gestorben. Meine Mutter aber hatte den Mut, mir auch als Jugendlichen die Wahrheit zu sagen: sie hatte den Gashahn aufgedreht. In meiner Erinnerung bleibt für mich eine Frau, die still kam, still lebte und still wieder von dieser Welt ging.

Mein Großvater regelte und tat alles still ohne viel Aufheben. Er hatte sämtliche Fäden in seiner Hand. Doch nach dem Tode meiner Großmutter gab es noch einmal eine schwere Zeit für meine Mutter, die schon erheblich gesundheitlich angeschlagen war. Zu der Zeit lebten beide Familien in dem Privathaus in der Hermannstraße, oben die Großeltern, unten wir. Wobei aber mein Vater nachts im oberen Geschoss schlief. Nach dem Tode von Emilie musste meine Mutter auch für den älteren Herrn kochen, was nicht ganz einfach war. Denn mein Großvater lag wegen seines chronischen Magenleidens mindestens einmal pro Jahr im Bückeburger Krankenhaus St. Bethel, wo er mit einer längst vergessenen und auch nicht sehr wirksamen Salmiak-Rollkur behandelt wurde. Dabei musste der Patient in regelmäßigen Abständen eine Salmiaklösung zur Neutralisation der Magensäure trinken und sich zur Verteilung der Substanz ständig im Bett drehen. Da er nicht alle Nahrung vertrug, war die Essensauswahl nicht immer ganz einfach. Er saß bei Tisch am Kopfende. Missfiel ihm das Essen, zeigte er das durch lautes Aufstoßen, besser gesagt durch demonstratives Rülpsen, was wir Kinder als sehr eklig empfanden. Auf der anderen Seite aber blühte er auch auf, denn nun konnte ihn seine frühere Sekretärin Tante Mu ungehindert besuchen, jedoch nicht zum Diktat. Wie mein Großvater Gustav mütterlicherseits hatte aber auch mein Großvater Wilhelm sich stets persönlich fortgebildet. Obwohl beide in ihrer Kindheit nur die Grundschule besucht hatten, hatte er die französische Sprache im Fernunterricht gelernt. Seine Bibliothek war hochinteressant, informativ und umfassend. Während bei meinen Eltern mehr Romane in den Regalen standen, fand ich dort im neugierigen, wissensbegierigen Schulalter mehr Sachbücher. Einmal zeigte er mir auch zwei goldene Taschenuhren mit persönlicher Widmung vom Fürsten Adolf und vom Fürsten Georg von Schaumburg-Lippe. Ich solle sie nach seinem Tode bekommen, sagte er mir persönlich. Als er später starb— wir wohnten selbst nicht mehr in dem Haus— waren diese auch für Sammler und geschichtlich wertvollen Uhren nicht mehr aufzufinden. Mein Großvater soll sich auch als Ratsherr der Stadt Bückeburg politisch betätigt haben. In der Erinnerung bleibt ein durchsetzungsfähiger, bildungsbeflissener Mann, der nicht optimal verheiratet war, der aber die Kraft hatte, aus dem Nichts eine große Firma aufzubauen.

Die Großeltern mütterlicherseits.

Weil meine Großmutter mütterlicherseits eine von allen geliebte, energische und absolute Persönlichkeit war, fange ich mit ihr an. Johann Kaminsky, der Vater meiner Großmutter Wilhelmine (*1883), auch Wilma genannt, siedelte um Neuzehnhundert aus dem ostpreußischen Masuren mit seiner Frau Louise, geborene Bogumil (1852), und ihren sieben Kindern aus wirtschaftlichen Gründen nach Bielefeld gezogen. Bis auf meinen Urgroßvater, der als gelernter Schlachter sehr bald in dem aufblühenden Industriestandort erfolgreich war, jedoch 1919 früh verstarb, sollte ich alle meine Verwandten einschließlich meiner Urgroßmutter noch kennenlernen. Nach Bielefeld hatte es auch etwa um die gleiche Zeit meinen späteren Großvater Gustav Adolf (1881) nach seinem Militärdienst hingezogen, wo er nach kurzer ingenieurartiger Ausbildung beim Dampfkesselüberwachungsverein, dem heutigen Technischen Überwachungsverband, arbeitete. Irgendwie muss er da wohl seine „Wilma" kennengelernt haben. 1903 heirateten sie. Nach der Geburt zweier Söhne, Herbert (1904) und Alfred (1912), konnte meine Großmutter ihrem zu der Zeit im Kriege an der Westfront weilenden Ehemann 1915 die Ankunft eines gesunden Mädchens mitteilen, meine Mutter Ruth. Zurückgekommen aus dem Krieg war es schwer, die Familie zu versorgen. Mein Großvater machte darauf eine Ausbildung als Heilpraktiker. Kurz vor Ausbruch des ersten Weltkriegs 1914 war die Familie nach Bückeburg gezogen, wo die Berufsaussichten besser waren. Der Ort hatte damals eine

Einwohnerzahlzahl von rund achttausend. Nach einer Zwischenstation bot sich für meinen Großvater die Gelegenheit, in eine riesige Villa am Haarl, einer bewaldeten Anhöhe direkt an der Stadtgrenze, als Pächter einzuziehen. Hier konnten beide Großelternteile zum Lebensunterhalt beitragen. Mein Großvater eröffnete im Souterrain des Hauses eine Heilpraktiker-Praxis und zog im Garten Heilkräuter für alle möglichen Tees und Extrakte. Meine Großmutter vermietete die Räumlichkeiten meist an alleinstehende, liquide Rentner. Auch warf der Verkauf des Obstes aus den Plantagen etwas ab. Dabei war in diesem Ehegespann die Großmutter mit Abstand die Fleißigste, aber auch die Energischste. Die erste, mit einer großen Holz-Glaswand abgeteilte Etage des Hauses, war absolut tabu für uns. Hier wohnte bis zu ihrem Lebensende die Witwe des Erbauers der Villa, ein Apotheker. Um alles zu verstehen muss ich beschreiben, wie es zu diesem außergewöhnlichen Pachtkontrakt dieses ungewöhnlichen Objektes kam.

Während heute fast jeder Pharmazeut im Sinne der Berufsausübungsfreiheit eine Apotheke eröffnen kann, war dies bis in die zweite Hälfte des zwanzigsten Jahrhunderts keineswegs so. Apotheken benötigten eine Sondergenehmigung, die vom Landesherrn oder einer Stadtverwaltung ausgegeben wurde und dann quasi *„für alle Ewigkeiten"* galt. Diese Privilegien gab es bis vor ein paar Jahren auch in anderen Zünften wie Schornsteinfeger. Das führte dazu, dass es in den meisten Orten nur sehr wenige Apotheken, oft nur zwei, gab, die sich mit ihren Diensten gegenseitig abwechselten und die, wie man in alten Städten noch an ihrer museenhaften Ausstattung erkennen kann, oft über Jahrhunderte existierten. Aus dieser Zeit stammt auch noch die Bezeichnung *„Apothekenpreise"*, da sie so das Preisniveau für viele Artikel selbst bestimmen konnten. So gab es in Bückeburg nur zwei, die Hirsch-Apotheke der Familie Hey, neben dem Brauhaus in der Braustraße, und die Hof-Apotheke gegenüber dem Schlosstor, die um das Jahr 1900 von einem Apotheker namens König bewirtschaftet wurde, heute eine Gaststätte. Der Apotheker König war nicht nur ein guter Geschäftsmann, sondern auch erfinderisch. Und so entwickelte er das sogenannte Hühneraugenpflaster, das deutschlandweit reißenden Absatz fand. Herr König ließ es patentieren und wurde reich.

Das Herminen-Palais, für die verwitwete Fürstinmutter von ihrem Sohn Fürst Adolf I. Georg erbaut, war 1896 am nördlichen Hang des Haarl mit Blick auf die Stadt und das Schloss fertig geworden. Auf der südlichen Seite des Haarl mit direktem Blick auf den Weserbergzug befand sich ein viel schöneres, unbebautes Areal, mit einer Breite von etwa zwei- bis dreihundert Metern und einer Länge von rund siebenhundert Metern, das fast bis herunter zur Georgstraße reichte, jedenfalls keineswegs kleiner als das des benachbarten Palais. Dies konnte der Apotheker dank seiner guten Einkünfte und Beziehungen kaufen. Auf diesem hangartigen Grundstück ließ er dann eine fast schlossartige Villa mit dreieinhalb Stockwerken und einem Turm in der Hauptrichtung nach Südwesten bauen, wo auch das Fürstenschloss lag. Auf dem riesigen Gelände wurden ein großer Park mit teils sehr exotischen Bäumen sowie mehrere große Obstplantagen angelegt. Zum Süden hin, von Hecken gegen kalte Nordwinde geschützt, war ein langgestreckter Gemüsegarten, an dessen Rand die Apri-kosenbäume nicht nur blühten, sondern aufgrund der günstigen Lage auch reife Früchte trugen. Rechts vom Haus standen auf einer umzäunten Wiese am Hang viele japanische Kirschblütenbäume, deren Zweige kurz vor der vollen Blüte an die lokalen Gärtner zum Weiterverkauf ab-gegeben wurden. Durch den gesamten Park zogen sich in Schleifen breite Wege, immer wieder durch mit luftigem Lava-oder Tuffgestein gebaute Nischen aufgelockert. Vor dem Haus eine große Wiese, die nur selten gemäht wurde, damit die vielen Margeriten in ihrem strahlenden Weiß sich auch zeigen konnten. Überall riesige Bäume, die seit der Anpflanzung zur Jahrhundertwende im Laufe der Jahr-zehnte später sehr mächtig geworden waren, wie die große Rotbuche, auf der ich gern herumkletterte. Auf den Parkwegen machten mein Vetter und ich unsere ersten Fahrübungen mit dem BMW meines Onkels. Polizei hatten wir nicht zu fürchten. Denn es gab keine öffentliche Straße. Die offizielle Parkstraße endete blind damals schon nach einhundert Metern. Aus der Stadt kommend fuhr man einen Privatweg viele hundert Meter hinauf Richtung Villa, um die man herumfahren konnte. Auffällig war, dass das Haus seitlich nur eine winzige kleine Garage hatte, in der später der Opel Kadett meines Großvaters stehen sollte. Es gab aber auch keine, wie man für die Zeit der Gründung annehmen sollte, größere Stallungen für Kutschpferde. Ich vermute, dass durch den vorzeitigen Tod des Apothekers das bauliche Planungsziel nicht er-reicht worden war. Es gab zwei Hauseingänge, im Osten ins Treppenhaus führend und im Norden zur erdgeschos-sigen, sehr repräsentativen Wohnung, letzteren mit einer großen prächtigen Tür, in die buntes Merino-Glas im Jugendstil eingearbeitet worden war. Durch die Hanglage waren im Souterrain helle Räume und viele Funktionsräume, so auch später die Praxis meines Großvaters mit einem separaten Eingang. Doch wieso konnte mein nicht gerade begüterte Großvater Gustav Adolf mit seiner Ehefrau Wilhelmine dieses große Anwesen überhaupt zur Pacht erwerben?

Der Apotheker und Erbauer dieser riesigen, repräsentativen Villa war ein guter, aber auch wohl vorsichtiger Geschäftsmann. So hatte er testamentarisch festgelegt, dass im Falle seines vorzeitigen Todes seine Witwe eine Rente erhielt, die jeweils im aktuellen Handelswert von Naturalien und Grundnahrungsmitteln auszuzahlen oder umzurechnen sei, soundso viel Zentner Kartoffeln, Getreide, Äpfel, Eier, Mehl, Fleisch-und Milchprodukte et cetera. Mit einer Weltwirtschaftskrise, zwei Weltkriegen, Geldentwertungen, mehreren Hungersnöten allein in der Zeit von 1914 bis 1950 konnte dies für den Zahlungspflichtigen den Ruin bedeuten. Als ob er es erahnt hatte, starb der Apotheker schon in relativ frühen Jahren. Seine Witwe überlebte ihn noch um rund vierzig (!) Jahre. Diese sehr hohen Leistungen und Zahlungen an die Witwe konnte nur ein potenter, zahlungskräftiger Eigentümer wie in diesem Falle eine Versicherung mit Sitz in Hannover verkraften. Diese war wiederum froh, in meinem Großvater ein Pächter gefunden zu haben, bei dem sie davon ausgehen konnte, dass er sich um das Projekt kümmerte. Doch einen Clou landete der Apotheker König noch vor seinem frühen Tode. Der weite Blick aus den Fenstern der Villa, über die Hofwiesen des Schlosses und die am Hang liegenden kleinen Dörfer des langgestreckten Weserbergzuges gegenüber beeindruckte auch mich schon als Kind. Dort soll der Apotheker noch zu Lebzeiten auf der Anhöhe der Weserberge eine kleine Fläche Land gekauft haben, die Bäume freischlagen und ein kleines Mausoleum mit runder Kuppel hatte bauen lassen, auf dessen Rundfirst zu lesen war: HIER RUHT EIN KÖNIG. Wenn also seine hinterbliebene Ehefrau aus dem Fenster in die Ferne schaute, sah sie Zeit ihres Lebens auf diese Kuppel. Immerhin vierzig Jahre lang, in denen sie in dem mit einer großen Tür abgeteilten ersten Stock der Villa völlig zurückgezogen lebte. Weder verließ sie häufiger ihre große Wohnung, noch hatte sie überhaupt größeren Kontakt zur Außenwelt. Meine Mutter bildete da eine Ausnahme. Ihr schenkte sie dann auch einmal vier große Stahlstiche mit Darstellungen von einem Puppenspieler, einem Zahnzieher auf dem Markt und anderen Motiven, die ich heute besitze. Nie habe ich die alte Dame an der frischen Luft, im großen Park oder beim Einkaufen gesehen. Dies besorgte für sie eine Zugehfrau, heute nennt man sie Haushaltshilfe. Auch dreißig Jahre nach dem Tode ihres Mannes trug sie immer noch schwarze lange Kleider, so selten man ihr überhaupt begegnete. Ein einziges Mal war sie mit mehreren Menschen in einem Raum. Das war im April des Jahres neunzehnhundertfünfundvierzig, gezwungenermaßen im Keller des großen Hauses, als am Ende des Krieges das Haus beschossen wurde.

Gustav hatte nun seine Praxis im Souterrain, die besonders von der Landbevölkerung frequentiert wurde. Die Diagnosen stellte er nach der Irisanalyse, wie er sagte. Dabei schaute er sich durch ein Vergrößerungsglas die Iris genau an, bei der jedes Organ gleich einer Landkarte in ganz bestimmte Areale projiziert sein soll. Je nach dem Klar- oder Trübungszustand soll man dann angeblich erkennen, welches Organ wie schlimm erkrankt ist. Diese Iridologie soll seit dem 15. Jahrhundert bekannt sein und kam aber erst im 19.Jahrhundert in Mode. Inzwischen wurde aber eindeutig nachgewiesen, dass dieser Diagnostik eine wissenschaftliche Grundlage fehlt. Allerdings konnte mein Großvater etwas, was viele Ärzte heute vergessen haben, gut und ruhig zuhören. Dabei ist es allgemein bekannt, dass etwa Dreiviertel der Erkrankungen allein durch die genaue Beschreibung des Patienten und eine genaue Befragung erkannt werden können. Neben guten, alt bewährten medizinischen Ratschlägen gehörten auch alle möglich Kräuterextrakte und homöopathische Medikamente zum Therapiekonzept. In der Regel handelte es sich um pflanzliche Wirkstoffe, die das Immunsystem beeinflussen. Nicht selten waren auch Medikamente auf der Basis von selbst angebauten Pflanzen wie der gepresste Saft aus dem frischen, blühenden Purpursonnenhutkraut auf der Liste, der auch unter der lateinischen Bezeichnung *Echinacea* bekannt ist. Eine Lieblingsverordnung meines Großvaters, die ich selbst auch bei meinen sich ständig wiederholenden Mandelentzündungen neben sonstigen Rachenspülungen bekam, da Antibiotika erst in den sechziger Jahren in Deutschland in den Handel kamen. Wie sich die Patienten fühlten, die Extraktionen aus dem Fingerhut, einem Wegerich Gewächs, erhalten hatten, ob sie Herzrhythmusstörungen wegen Überdosierung bekamen, vermag ich nicht zu sagen. Immerhin lautet der lateinische Name des Fingerhuts *Digitalis,* dessen Wirkstoff die Mediziner zu den Herzglykosiden zählen und womit sie auch heute gern noch Patienten mit Herzschwäche behandeln, dann aber genau dosiert in Ampullen oder Tabletten und nicht in Tropfenform, dessen Konzentration ungenau und schwer abzuschätzen ist. Mein Großvater war glücklich in seinem neuen Beruf. Und da die Nachfrage der Patienten auch aus der weiteren Umgebung Bückeburgs groß war, fuhr er einmal in der Woche entweder mit dem Zug oder mit seinem Opel Kadett in das 13 km entfernte Stadthagen, um auch dort Sprechstunden abzuhalten. Nicht nur in seinen Heilpflanzen kannte er sich aus, sondern er konnte auch sämtliche Bäume, alle Pilze und viele unbekannte Pflanzen seinen acht Enkeln gut erklären. Im Gegensatz zu meinem Großvater väterlicherseits war er weder in seiner Kleidung so korrekt noch in seinem Wesen so streng. Er sah alles rundherum freundlich an und genoss persönlich sein Leben. War er mit seiner Familie am Strand, so war er stets zu Späßen aufgelegt. Unter seinen weißen, buschigen Augenbrauen in seinem leicht rundlichen Gesicht strahlten zwei große, stahlblaue Augen. Den weißen Haarkranz um die kleine zentrale Glatze ließ er nur selten stutzen, obwohl er nur zum Rasieren regelmäßig mindestens einmal in der Woche zum Friseur in die Stadt ging. Sein gewinnendes Lachen übertrug sich oft auf sein Gegenüber. Als musikalischer Mensch hatte er sich Geigenspielen selbst beigebracht. Spätestens in der Advents- und Weihnachtszeit holte er sein Instrument heraus, um dann frei und ohne Noten zu spielen. Die Musik kam vom Herzen. Und das hörte man auch. Als ich mit meinem erstverdienten Geld meinen ersten transportablen Schallplattenspieler gekauft hatte, spielte ich ihm Jazzmusik von Louis Armstrong vor. Im Gegensatz zu meinem Vater war er höchst interessiert. Er gab mir aber auch Anregungen und empfahl mir, mich mit Richard Strauß und seinen Dissonanzen zu beschäftigen. Ebenso wie mein anderer Großvater hatte auch er sich selbst die ersten Grundlagen der französischen Sprache beigebracht. Die englische Sprache war bis zum zweiten Weltkrieg noch nicht so in Mode. Wer sich bilden wollte, erlernte die französische Sprache, in der sich schon Friedrich der Große mit Voltaire unterhielt. Kurz, er war ein vielseitig interessierter Mann, der aber das Leben nie so ganz ernst nahm. Seine Eltern waren Landwirte in Masuren (damals Ostpreußen) gewesen und früh verstorben. So wuchsen er und sein nur wenige Jahre älterer Bruder Johann bei den Großeltern und einem Onkel auf. Als die beiden Jungen groß und alt genug waren, den fünfundzwanzig Hektar großen Hof der verstorbenen Eltern zu übernehmen, war von diesem nichts mehr vorhanden. Der Vormund hatte den ihm anvertrauten Hof verzockt.

So meldete sich mein Großvater enttäuscht zum Militär, um dann im Jahr 1900 vom deutschen Kaiser nach China zum sogenannten Boxeraufstand abkommandiert zu werden. Zu der Zeit gab es in China eine mächtige, sektenartige Gruppe, die sich Boxer nannte. Es war zu einem Aufstand dieser Gruppe gekommen, die diesem Konflikt den Namen geben sollte. Hierbei ging es um Opium und vor allem um die Machtverhältnisse zwischen chinesischen Christen und Nicht-Christen, zwischen der chinesischen Regierung und den westlichen, imperialistischen Staaten, so auch Deutschland. Heraus kam bei dieser Auseinandersetzung wie so häufig nichts. Aber mein Großvater bekam

Malaria, die später zwar mehr oder minder für die damalige Zeit ausgeheilt war, aber wohl nicht so hundertprozentig, was wir Enkel später mehrfach selbst erleben sollten. Zum einen bekam er hin und wieder plötzliche Schwitzattacken, zum anderen konnte er auch nachts fantasieren. Es werden in der Medizin Rezidive auch noch nach fünfzig Jahren beschrieben, meist in milderer Form, auch schubweise und nur schwer nachweisbar. Zwar wurde uns Kindern wiederholt gesagt, die nächtlichen Fantasien unseres Großvaters wären die Nachwehen der in China erworbenen Malaria, aber retrospektiv ergibt sich für mich heute ein völlig anderes Bild: die Parkinson-Erkrankung, im Volksmund auch als Schüttellähmungskrankheit bezeichnet. Die Krankheit wurde zwar schon vor über einhundertundfünfzig Jahren beschrieben. Was dabei aber im Gehirn passiert, weiß man erst seit 1960. Als ich während meines Medizinstudiums den Begriff Mikroskribie hörte, kam mir sofort mein Großvater in den Sinn. Mit zunehmendem Alter wurde die ansonsten sehr schöne und gut lesbare Handschrift meines Großvaters immer kleiner und schmaler. Zum Schluss hatte die handgeschriebenen großen Buchstaben fast nur noch die Höhe dieses gedruckten Textes. Außerdem konnte er sich nur mit sehr kurzen, trippelnden Schritten fortbewegen. Auch seine frühere lebhafte Mimik war im hohen Alter sehr arm. Ich denke, die Malaria war längst ausgeheilt.

Anfang des neunzehnten Jahrhunderts behandelte man üblicherweise die Malaria, vor allem die Malaria tropica, mit einem Pulver aus der Rinde des Chinarindenbaumes, Chinin genannt. Der Name stammt von der Bezeichnung dieses Baumes durch die Ureinwohner der Anden. Schon im Jahr 1638 wurde in den spanischen Kolonien dieses Mittel erfolgreich zur Heilung der Malaria eingesetzt. In Europa wurde es erst später durch die Jesuiten verbreitet. Wie sämtliche Medikamente hat auch das Chinin seine Nebenwirkungen abhängig von der Dosierung. Höher dosiert konnte man in der Geburtshilfe die Wehentätigkeit damit einleiten oder auch bei einer frühen Schwangerschaft als Abortivum nutzen. Im EKG sieht man ebenfalls Veränderungen wie die Verlängerung des Q-T-Intervalls. Es hat aber auch positive Eigenschaften, die man nutzen kann, wie die Lösung von neuromuskulären Krämpfen. Auch bei Wadenkrämpfen nach dem Sport hilft es. Heute setzt man es noch als Bitterstoff den Modegetränken wie Bitter Lemon oder Tonic Water bei. Man müsste aber diese Flaschen schon kistenweise in kurzer Zeit trinken, um negative Wirkungen zu erzeugen. In Deutschland sind bis zu dreihundert Milligramm Chinin pro eintausend Milliliter Grundflüssigkeit für diese Mixturen erlaubt.

Direkt nach dem zweiten Weltkrieg war das große Haus mit Menschen überbelegt. So schliefen meine Großeltern zusammen mit ihren sämtlichen Enkelkindern in einem großen Zimmer, das in seinen Ausmaßen, mit seinen hohen Decken und seiner großen Tür zur Terrasse ursprünglich einmal als Ballsaal konzipiert war. Das große Ehebett stand mittig im Raum mit dem Kopfende eine große Schiebetür zum großen Nebenzimmer verdeckend. An jeder Ecke des Saales befanden sich kleinere Betten für uns Enkelkinder. Für Kinder ist es stets ein Erlebnis, wenn sie irgendwie in sonst nicht üblicher Zusammensetzung schlafen können. Dann wird getuschelt und gewispert, dann werden Kissen geworfen, dann leuchtet die Taschenlampe unter der Bettdecke auf, dann ist es besonders schwer einzuschlafen. Wenn die Tür aufging, taten wir Kinder so, als schliefen wir schon fest. Unser Großvater zog sich splitternackt aus, während wir unter der Bettdecke heimlich blinzelten und uns oft das Lachen kaum verkneifen konnten. Dann machte er noch ein paar Kniebeugen, beide Arme gestreckt nach vorne haltend, sah noch einmal unter dem Bett oder im Nachttisch nach, ob auch der Pinkelpott dort leer und säuberlich stand, zog sich sein langes, weißes Nachthemd über und kroch ins Bett. Etwas später, das Zimmer war nun schon völlig dunkel, kam auf leisen Sohlen meine Großmutter Wilma bereits im langen, weißen Nachthemd hereingeschlichen. Sie hatte sich im nebenliegenden Wohnzimmer umgezogen, um dann neben ihren Gemahl ins Bett zu kriechen. Zunächst schliefen wir alle für eine längere Weile ein, begleitet durch das tiefe Atmen aller Anwesenden. Geweckt wurden wir nach einer Weile durch ein Geräusch, als wenn ein harter Flüssigkeitsstrahl gegen den Boden eines Porzellangefäßes prallt, dessen Wände diesen Klang nur trichterartig noch verstärkten. Abgeschlossen wurde dies durch einen kurzen, kräftigen, manchmal auch röhrenden Ton. Ein kurzes Geschirrklappern. Danach nur noch das kurze Rascheln einer Bettdecke und Ruhe war wieder im Raum. Morgens dann, meine Großmutter hatte schon längst das Schlafgemach verlassen, wurden wir durch einen kalten Windzug geweckt. Mein Großvater hatte sämtliche, mit schweren Übergardinen bedeckten, gut zweieinhalb Meter hohen Fenster geöffnet, um nackt, wie ihn Gott geschaffen hatte, seine morgendliche Gymnastik zu machen, mit Blick in Richtung Weserberge, wo auch die Kuppel des König-Mausoleums im Schein der langsam aufgehenden Sonne glänzte. Ob gleichzeitig nur ein Stockwerk höher die Witwe in die gleiche Richtung schaute? Danach entschwand er ins Badezimmer.

Zwar gab es in dem großen Haus eine groß dimensionierte, mit Koks zu beheizende Zentralheizung, die aber wegen der Kriegswirren und danach nicht mit Koks befüttert werden konnte. Zum Glück hatte aber der Bauherr diese Situation erahnt und in jeden Raum einen riesigen, zum Teil bis zu drei Meter hohen Kachelofen installieren lassen. Während wir alle noch schliefen, machte sich meine Großmutter in der Winterszeit jeden Morgen auf, diese Öfen zu beheizen. An diesen Kachelöfen wurden aber auch vor dem Schlafengehen unsere Kinderbettdecken vorgewärmt und in den dafür vorgesehenen Nischen die kupferglänzenden Wärmflaschen oder, in Ermanglung derer, die jetzt mit Wasser gefüllten Schnapsflaschen aus Steingut der Marke „Steinhäger" erhitzt.

Diesen Kachelofen gab es aber nicht in dem großen Badezimmer mit seinen großen bunten Fenstern mit jugendstilartigen Blumenmustern und den wunderhübschen Kacheln im gleichen Stil. Dort war es am Ende des Weltkrieges und noch Jahre danach im Winter schlichtweg eisig kalt, da die Zentralheizung nicht funktionierte. Deswegen wurden wir Kinder auch in der warmen Kellerküche in einem Zuber gebadet. In dem Badezimmer gab es aber auch eine Toilette mit einem schließbaren Deckel. Und genau dorthin schlich sich heimlich mein Großvater, um auf dem Deckel sitzend, täglich seine dicke Zigarre zu rauchen. Unsere Oma Wilma hatte ihm das Rauchen im Haus strengstens verboten. Aber im höheren Alter und auch schon kränkelnd, konnte er im tiefen Winter nicht mehr in den

Park gehen. Jeder von uns wusste, dass unser Opa wieder einmal auf seinem Lieblingsplatz saß, oft stundenlang. Nur angeblich meine Großmutter nicht, obwohl doch der dicke Zigarrenrauch durch die Tür auf den Flur zog. Und so geschah das, was alle befürchtet hatten: mein Großvater bekam eine Lungenentzündung, von der er sich nur schwer erholte.

An Werktagen traf man sich zum Frühstück in der großen Küche im Souterrain, die man von der Kellertreppe kommend über einen Vorraum erreichte, vorbei an einer Abseite, die wir Kinder möglichst mieden. Diese Abseite umkurvten wir deshalb, weil dort an einem Nagel eine zehnendige, lederne sogenannte Klopp-Peitsche hing. Ein Züchtigungsinstrument, was heute beim Einsatz ohne Wenn und Aber zu einer gerichtlichen Strafe führen würde, damals aber durchaus bei allzu starker kindlicher Renitenz zum Einsatz kam. Das Züchtigungsrecht der Ehefrau durch den Ehemann wurde schon 1928 in Deutschland gesetzlich verboten, die körperliche Strafe der Kinder zuhause und in der Schule aber erst im Jahr 2000. Oft reichte allein nur die Androhung, um das Kind gefügig zu machen. Von meiner Mutter aber weiß ich, dass dieses Marterinstrument in ihrer Kindheit wohl noch zum Einsatz gekommen sein soll. Gegenüber von diesem schrecklichen Raum, in dem auch Arbeitsschuhe standen, waren auch zwei große Kellerräume, deren Regalbretter sich von den vielen Einmachgläsern mit allem Köstlichem geradezu bogen. Der Nebenraum war gefüllt mit einer Unmenge an Flaschen von Apfelsaft aus eigener Produktion. Die sehr große Küche war, obwohl sie halb im Keller lag, hell und freundlich. Neben einem großen Arbeitstisch war auch ein

Esstisch vorhanden, an dem wir alle Platz hatten. In der einen Ecke war ein großer mit Holz zu beheizender Herd, diagonal auf der anderen Seite neben dem Fenster ein fast zwei Meter im Quadrat großes, gekacheltes, hochwandiges Becken, das außer mit dem aus einem normalen Wasserhahn kommenden Wasser auch mit Hilfe einer Handpumpe mit Brunnenwasser gefüllt werden konnte. Wenn also das Becken nicht zum Spülen benutzt wurde, konnten manchmal im Becken schwimmende Fische sich des Pumpenwassers erfreuen. Diese Pumpe sollte zu einer späteren Zeit noch eine wichtige Rolle spielen. Die ganze Küche roch oft nach Kaffee, obwohl es nicht immer echter Bohnenkaffee war. Die an einer Seitenwand hängende Kaffeemühle wurde nur selten benutzt, da Kaffee in unserer Kindheit während des Krieges und danach Mangelware war. Stattdessen röstete man in der Pfanne Gerstenkörner und andere Mischungen. Um eine bessere Farbe und eine gewisse Bitterkeit zu erreichen, setzte man der Mischung ein Pulver aus der getrockneten Wurzelzichorie hinzu, einer botanischen Verwandten des Chicorée-Salates, deren Anbau schon von Friedrich dem Großen gefördert wurde. Noch heute findet man diesen Kaffeeersatz Zichorie in den Lebensmittelregalen der Kaufhäuser. Statt dieses bitteren Gesöffs bekamen wir Kinder aber Saft oder Milch.

Wie überall auf der Welt war diese große Küche der soziale Mittelpunkt. Hier war die Schaltzentrale des einst früher herrschaftlichen Hauses, hier liefen früher auch alle Wünsche und alle Bestellungen ein. Von hier aus wurden auch die Speisen und Getränke in die einzelnen Etagen und Räume verteilt. Da ein internes Haustelefon zur Zeit der Erbauung des Hauses noch nicht üblich war, benutzte man elektrische Signale. In jedem Zimmer gab es eine Klingel, bei der, wenn man sie drückte, in der Küche auf einer Tafel mit einem Summen eine Zahl aufleuchtete, aus der man ersah, von welchem Zimmer her geläutet worden war. Da das aber allein nicht ausreichte, gab es noch zusätzlich von den größeren Aufenthaltsräumen kommend ein Rohrsystem aus feinem, glänzenden Messing, durch das man sprechen konnte. All das funktionierte folgendermaßen: Nachdem man ein Klingelzeichen gegeben hatte, zog man in der oberen Etage den Messingstöpsel aus einem an der Wand liegendem freien Rohr und blies ein oder zweimal kräftig hinein, um danach den Stöpsel durch einen kleinen Sprachtrichter zu ersetzen. Da auf der Gegenseite in der Küche statt eines einfachen Stöpsels eine Pfeife das Rohr abschloss, ertönte dort zusätzlich zu dem Klingeln jetzt unten ein Signalpfeifton, dass jemand sich zu dem Rohr begeben solle. Diese Person nahm dann Bestellungswünsche entgegen. Dieses etwas komplizierte System benutzte zu unserer Kinderzeit niemand mehr. Aber es funktionierte noch und war für uns Kinder deshalb ein Riesenspaß, weil sich im Laufe der Jahre mächtig Staub in den Rohren angesammelt hatte. Wenn man nun ein zweites Mal ohne Vorwarnung kräftig pustete, konnte man dem unvorbereiteten Hörer in der Küche eine Menge dreckigen Staub in die Gesichtshälfte blasen. Neben der Küche gab es auch einen mit dickem Tau auf und ab zu ziehenden Handspeiseaufzug, der durch alle Etagen ging. Nur im ersten Stock, wo die Witwe König wohnte, war der Zugang verschlossen. Dieser Aufzug für Speisen wurde viel benutzt, zumal ein Zugang direkt neben dem Esszimmer noch existierte.

Bevor ich das Wohn- und Esszimmer näher beschreibe, in dem sich das meiste Familienleben abspielte, berichte ich über meine Großmutter Wilhelmine, die an all dem einen großen Anteil hatte. Sie war eine wahre Persönlichkeit. Als Zwanzigjährige heiratete sie 1903 in Bielefeld ihren ebenfalls aus Masuren stammenden Gustav Adolf, der beim Dampfkesselüberwachungsverein arbeitete. Zu ihren Lebzeiten wussten sie nicht, dass sie gemeinsame Urgroßeltern hatten, denn mein Großvater war als Kleinkind Vollwaise geworden und kannte nicht den Mädchennamen seiner Urgroßmutter. Diesen Zusammenhang hat erst Jahre nach dem Tode unserer Großeltern meine Cousine Hiltrud bei ihrer Ahnenforschung aufdecken können. Das junge Paar zog dann in Bückeburg sehr bald von der Obertorstraße in die Villa in der Parkstraße. Meine Großmutter, die wohl bald bemerkt hatte, dass sie einen liebenswerten Träumer geheiratet hatte, übernahm in dieser Ehe die Zügel. Noch in Bielefeld war der erste Sohn (1904) zur Welt gekommen. Dieser litt von Kindesbeinen an Zeit seines Lebens vermutlich an einer durch Knochentuberkulose verursachten Hüftgelenkserkrankung, deren Behandlung sehr teuer war. In Bückeburg vermietete sie in dem großen Haus Zimmer, damit die Familie leben und die Arztrechnungen für ihren Sohn bezahlt werden konnten. Besonders hart war es für meine Großmutter im ersten Weltkrieg, als mein Großvater an der französischen Front war. Aber sie schaffte es immer irgendwie. Sie war es, die stets als erste aufstand und als letzte ins Bett ging. Müdigkeit zeigte sie nie, jedenfalls nicht nach außen. Und dennoch hatte sie trotz aller Belastungen und aller Rückschläge Zeit lebenslang Zeit zum Zuhören, für jeden von uns. Sie war zwar streng, strahlte aber gleichzeitig allen, besonders ihren Enkeln, eine unbegrenzte Liebe und sehr viel Verständnis aus. Sollte sie einmal bei einem Familienfest an einem Gläschen mit Wein oder Likör nur probiert haben, so bekam sie sofort zum Vergnügen der Familie schon nach dem zweiten Nippen am Glase ein kleines rotes Näschen. Mit ihren hochgesteckten, brünetten Haaren war sie bis ins hohe Alter eine hübsche Frau. Neben allen Sorgen eines normalen Lebens musste sie erleben, dass ihr zweiter Sohn Alfred 1945 am Ende des Krieges tödlich verwundet und als vermisst gemeldet wurde. Damals fühlte sie an einem bestimmten Tag innerlich sehr stark, dass etwas Schlimmes passiert war. Beim späteren Zeitabgleich stellte sich heraus, dass es der vermutliche Todeszeitpunkt ihres Sohnes war. Seither glaube ich persönlich an Telepathie. Im Jahr 1946 starb ihre Mutter im Alter von 96 Jahren, die bei ihr mit im Haushalt lebte. Nachdem vieles wieder im Gleichgewicht war, erkrankte sehr schwer ihre Tochter, meine Mutter, die 1963 in Bückeburg im Alter von nur 47 Jahren verstarb. Ihr folgte dann ihre Schwester, die ebenfalls ihre letzten Jahre in der Parkstraße verbrachte. Schließlich musste sie sich viele Jahre um ihren inzwischen bettlägerigen Mann kümmern, der 1980 verstarb. Noch heute bewundere ich nicht nur allein, wie diese Frau diese in so kurzer Zeit erlittenen Schicksalsschläge verkraften konnte. Daneben waren das große Haus und die Pensionsgäste zu versorgen, deren Zahlungen zum Lebensunterhalt erheblich beitrugen. Dennoch ließ sie sich nie herunterkriegen und kleidete sich sehr bald als Witwe für eine ältere Dame in der damaligen Zeit ziemlich flott. Für ihre Enkel hatte sie immer Zeit und machte mit ihnen jeden Spaß fröhlich mit. Als wir in der Tanzstunde den gerade in Mode gekommenen Boogie-Woogie gelernt hatten, zögerte sie im Alter von etwa siebzig Jahren keinen einzigen Moment, diesen neuen Tanz mit ihren Enkeln auszuprobieren. Nachdem sie dann später in eine kleinere Wohnung gezogen war, konnte sie frei von jeglichen Belastungen noch einmal das Leben genießen. So nahm sie gern das Angebot ihres Sohnes Herbert an, mit ihm und seiner Frau Elisabeth, Rehlein genannt, auf größere Reisen zu gehen. Als sie von einer solchen schönen Reise eines Tages heimkam, erlitt sie nach einem mühseligen, aber auch glücklichen Leben im Jahr 1968 im Alter von fünfundachtzig Jahren einen sogenannten Sekundentod.

Wie viel meine Großmutter zu versorgen hatte sieht man allein daran, wie groß das zu unterhaltende Haus war. Neben dem bereits beschrieben Tanzsaal, der in den Jahren 1945 und 1946 der Not gehorchend als Schlafsaal umfunktioniert worden war, befand sich neben noch weiteren größeren Räumen auch das Wohnzimmer mit den hohen Doppelfenstern gen Süden. Zwischen diesen Doppelfenstern standen viele Blumentöpfe, von denen die Alpenveilchen besonders im Winter mit ihren Blüten strahlten. Im Sommer konnte man die durch die geöffneten Fenster hereinragenden, herrlich schmeckenden Weintrauben mit den Fingern abknipsen. Die Wände des gut vier Meter hohen Raumes waren bis auf eine Höhe von zwei Meter mit Holz getäfelt. Ringsherum waren auf kleinen Tafeln banderolenartig antike Szenen eingelassen. In der Ecke war ein riesig hoher Kachelofen. Auf der anderen Seite ein Wasserbecken aus glänzendem Messing sowie der dazu gehörige Wasserhahn. Unmittelbar daneben Messingrohre mit trichterförmigen Mündungen, über die man wie beschrieben mit der Küche und dem Personal in Verbindung treten konnte. Von hier aus ging es in einen Wintergarten mit großen bunten, blumigen Fenstern mit kräftigen Farben, alles im Jugendstil. Wie überhaupt sich dieser Stil im ganzen Haus wiederfand, einschließlich der Kacheln in den Toilettenräumen. Dieser Wintergarten wurde aber nur selten genutzt, da es im Sommer im Park schöner war und er im Winter mit Pflanzenkübeln vollgestellt war. Mitten im Wohnzimmer stand ein großer ausziehbarer Esstisch. Hier war das Zentrum des Hauses, hier nahm man seine Mahlzeiten ein, hier spielt man Karten und hier wurden unvergessliche Feste gefeiert. In der Weihnachtszeit stand hier auch ein bis unter die Decke reichender Weihnachtsbaum, immerhin gute vier Meter, mit riesigen silbern glänzenden Kugeln. Um die obersten Wachskerzen anzuzünden, musste man sich schon auf der Stehleiter ganz schön recken. Dies ist der Grund, warum ich mich auch heute, über siebzig Jahre später, nicht an einen kleinen Tannenbaum gewöhnen kann.

Im Gegensatz zu der Verwandtschaft meiner anderen Großeltern, die überhaupt keine familiären Kontakte pflegten, kamen die Geschwister meiner Großeltern Wilma und Gustav, wie sie genannt wurden, teils auch mit ihren eigenen Familien fast regelmäßig, um zusammen in diesem großen Wohnzimmer zu feiern. Denn als richtige Ostpreußen feierten sie gern und ausgiebig. Auch bei Zusammenkünften nach einem Begräbnis kam die Flasche auch auf den Tisch. Mein Großvater selbst hat mir einmal erzählt, dass es früher, und damit meine er wohl im 19.

Jahrhundert, in Masuren durchaus auf den Bauerhöfen üblich gewesen sei, drei Tage lang in der Tenne den Leichnam unter die Erde zu feiern, ja gar zu tanzen, wobei der Leichnam selbst noch in mitten der Tenne aufgebahrt gewesen sei. Fast immer waren es vergnügte Feiern, aus welchem Anlass auch immer. Nur bei einer Feier verabschiedeten sich meine Schwester, mein Schwager und ich vorzeitig. Das war nach dem vorzeitigen, frühen Tode unserer Mutter im Alter von siebenundvierzig Jahren. Nach alter Sitte wurde stets aufgetischt, dass die schwere, verlängerte Tischplatte sich fast bog, auch direkt nach dem Kriege, als es quasi überhaupt nichts zu essen gab. Irgendwie schaffte es meine Großmutter, etwas auf den Tisch zu zaubern. Zu fortgeschrittener Stunde ging es dann oft sehr lustig zu. Es wurde gelacht und gesungen und sogar im Stechschritt um den großen Tisch herum auf dem Parkett marschiert, dass es nur so knallte. Das war dann die Stunde von Johánn, Großvaters einzigem und älteren Bruder, einem großen, kräftigen Mann mit weißen, buschigen Haaren wie sein Bruder, der bei der Aussprache seines Namens auf die kräftige Betonung der letzten Silbe „hann" sehr viel Wert legte und das „R" nach Ostpreußenart so „rrrichtig rrrollte" .Er sprach noch den angenehmen, typisch ostpreußischen Dialekt. Beim preußischen Regiment muss er wohl in seiner Jugend länger gedient haben. So marschierte er gemeinsam mit seinem Bruder Gustav im Marschrhythmus, ein kräftiges wwwwt-tata, wwwwt-tata laut ausstoßend, begleitet vom Beifall und den Aufmunterungen sämtlicher Gäste, im Stechschritt durch das große Zimmer, wohl im Glauben, sie seien beide auf einem Berliner Exerzierplatz. In einem Sessel saß, ganz still versteckt, sich nicht rührend, die Tante Grete, die Schwiegermutter meines Onkels Herbert. Auch dabei war der Bruder meiner Großmutter, Jo(oo)hann, dessen Name nun aber normal mit einem langen O erstsilbig ausgesprochen wurde. Er hatte eine Schädelverletzung erlitten und trug seither eine Silberplatte in der Schädeldecke, die nicht unbemerkt bleiben konnte. Ein weiterer Bruder Rudolf, Besitzer einer Druckerei in Bielefeld, war auch mit von der Partie. Außer durch die Ehepartner der Geschwister wurde manchmal die Gesellschaft auch noch durch deren Nachwuchs vergrößert. Der zwei Jahre ältere Bruder meiner Großmutter Adolf war nie dort in Bückeburg anwesend. Er lebte als Hotelier in St. Peter- Ording. Von ihm soll später berichtet werden. Aber Tante Ma war dabei.

Meine Großtante Martha (1889), oder auch von allen Tante Ma genannt, war die jüngste Schwester meiner Großmutter. Sie hatte den Beruf einer Hutmacherin erlernt und war die Patentante meiner Mutter. Als junge, lebensfrohe Frau hatte sie es in das pulsierende Berlin gezogen, wo sie einen jüdischen Geschäftsmann und Antiquitätenhändler kennengelernt und später geheiratet hatte. Die Ehe blieb kinderlos. Umso rührender kümmerte sie sich um ihr Patenkind Ruth, meine Mutter. Wegen der Nationalsozialisten konnten meine Großtante und ihr Mann nicht in Berlin bleiben und setzten sich schon Anfang der dreißiger Jahre zunächst mit ihrem Hab und Gut nach Paris ab. Aber auch dort überholten sie die Nazis. So waren sie wieder gezwungen, in die neutrale Schweiz zu gehen. Dort starb dann später ihr Ehemann. Nach dem Krieg zog es die verwitwete Martha wieder zurück nach Berlin, wo sie am Kurfürstendamm eine schicke Wohnung erwarb. Als Witwe eines Juden wurde sie im Lastenausgleich gut bedacht, wie meine Mutter meinte, die als Patenkind die echten Vermögensverhältnisse kannte. Doch Tante Ma war in Berlin nicht glücklich, fühlte sich allein gelassen und freute sich über jeden Besuch. So bekam auch ich, damals bettelarmer Student, eine Einladung nach Berlin, der damals noch sehr zerbombten Stadt, zu einem Zeitpunkt, als die Mauer noch nicht errichtet war und man sich zwischen Ost und West noch bewegen konnte. Tante Mas Wunsch war es, bei ihren Ausgängen und Berlin-Streifzügen möglichst eine männliche Begleitung zu haben, der ihr bei ihren Touren durch die Cafés auch Gesellschaft leistete. Eines ihrer Ziele war das vor dem Kriege weltberühmte Café Vaterland am Potsdamer Platz, in dem schon Sidney Bechet während seiner Berliner Zeit und andere bekannte Musiker und Künstler aufgetreten waren. Jetzt, nur wenige Jahre nach dem zweiten Weltkrieg, sah alles noch sehr traurig aus. Mit Mühe hatte man versucht, die Wunden des Krieges zu verdecken. So gab es in dem Café jeden Tag Musik. Statt des in der Hitlerzeit restlos verbotenen Jazz bemühten sich nun etwas konservativer mehrere Streicher und ein Pianist, das meist ältere Publikum mit typischer Caféhausmusik zu unterhalten. Und wenn dann der Vorgeiger sich zu meiner Tante beugend *„komm Zcigan"* säuselte, scheute sie sich nicht, ihm einen Zwanziger ins Revers zu stecken. Genau so großzügig war sie dann bei der Begleichung der Kuchenrechnung. Ich konnte mich nicht des Eindrucks erwehren, dass das Personal sehr wohl wusste, dass es bei der schon etwas tütteligen älteren Dame, die ihren Fuchs auch im Sommer um den Hals trug, etwas zu holen gab. Wie dem auch sei, ich begleitete meine Großtante gern, die für jede Hilfe sehr dankbar war. Sie hatte Europa kennengelernt und man konnte sich mit ihr zu der Zeit noch sehr gut unterhalten. Neben all meinen Auslagen, die sie übernahm, gab sie mir beim Abschied noch einen „Fünfziger", eine Menge Geld, wenn ich in meinem Studentenleben im Monat von 140 Mark leben musste. Als sie dann aber immer mehr die Übersicht verlor und wegen ihrer Geldwirtschaft von einer reichen Witwe zu einem Sozialfall zu werden drohte, holte meine Mutter ihre Patentante nach Bückeburg, wo sie unter der Obhut und Betreuung ihrer älteren Schwester Wilhelmine war. Bei ihrer Ankunft zeigten sich schon Zeichen einer beginnenden Demenz. Am aktiven Leben nahm diese einst so unternehmungsfreudige Frau kaum noch teil. Ihre jetzt immer dünner werdenden Arme waren behangen mit schweren Goldketten, die größenmäßig ebenso wenig passten wie die Ringe an ihren spindeligen Fingern. Mit zittriger Hand versuchte sie noch, ihre ungeschnittenen Fingernägel möglichst dick zu lackieren. Persönliche Körperhygiene ging nur noch mit Hilfe und unter Druck. So sah ich in jungen Jahren, wie ein Mensch im zunehmenden Alter verfallen kann. 1965 starb sie dann und wurde in Bückeburg im Grab neben meinem Großvater und meiner Mutter, die zwei Jahre vorher gestorben war, beigesetzt.

Von den Geschwistern meiner Großeltern denke ich auch an den jüngeren Bruder meiner Großmutter, Adolf (1887) und seine Frau Grete. Mein Großonkel Adolf hatte schon als junger Mann ein großes Lokal in Bielefeld, „die Tonhalle", bewirtschaftet. Noch Jahrzehnte später tauchte immer noch hin und wieder in irgendeiner Schublade Geschirr mit dem Aufdruck „Tonhalle Bielefeld" oder eine

Gabel mit seinen Initialen auf. Zu Geld gekommen, erwarb er zu Beginn des zwanzigsten Jahrhunderts das am Ende der Halbinsel Eiderstedt in St. Peter-Ording gelegene Kurhaus mit all seinen Dependancen. Direkt neben dem großen Haupthaus mit seiner großen Veranda zur Seeseite lag das Wirtschaftsgebäude. Rechts stand auf den Dünen gelegen das Haus *„Zur Fernsicht"* mit einem herrlichen Blick auf das Meer und die hinter den Sandbänken untergehende Sonne. Auf der Gegenseite ein weiteres großes Gästehaus, an dessen Giebel *„Martje Flors"*, der Name einer friesischen Berühmtheit, zu lesen war. Weiter ab neben den Tennisplätzen an der vorüberziehenden Ortsstraße befand sich das zweieinhalbstöckige, in rotem Backstein gebaute *„Haus Stephan"*.

Hier war früher einmal, passend zum Namen, die amtliche Post. Heinrich von Stephan, dessen Name auch in Hamburg der Platz neben der Hauptpost trägt, war von 1870 bis 1875 Generalpostdirektor Preußens, der nicht nur zu Gunsten des preußischen Staates das Monopol der Thurn und Taxis Post gebrochen, sondern auch den Weltpostverein gegründet hatte. Damit endete zumindest postalisch die deutsche Kleinstaaterei und ein Brief ließ sich quer durch ganz Deutschland mit einer einzigen gültigen Freimarke beispielsweise von Basel bis nach Rügen befördern. In diesem Zusammenhang findet man in ganz Deutschland noch Plätze und Gebäude, die den Namen Stephan tragen. Nicht immer hat also diese Benennung etwas mit dem heiligen Märtyrer der Kirchen zu tun.

Vor gut einhundert Jahren gab man sich nach außen hin noch sehr schamhaft. Vor dem Haus Fernsicht standen damals zweirädrige Badewagen, in denen sich die Frauen etwas entblößen konnten. Diese Wagen wurden dann je nach Tidenstand in das halbhohe Wasser gezogen. Bei diesen Bademanövern war auch im Sommer meine Großmutter behilflich, die so zum Lebensunterhalt beitragen konnte, während mein Großvater, bekleidet mit einem einteiligen, schwarzen Badeanzug, dessen zweite Schulter lässig herunterhing, seine Späße mit den etwas mutigeren Schönen des Strandes trieb.

Aber auch mein Großonkel bewunderte die Weiblichkeit. Mit zunehmendem Alter wurde er, gleich seinem Bielefelder Bruder Johann, der auch nur stets „ Bahnhof, Bahnhof" verstand, immer schwerhöriger. So erinnere ich mich, wie er auf der Terrasse des Kurhauses sitzend, den vom Strand kommenden Frauen bewundernd mir mit sehr lauter Stimme einmal zurief, ja fast dröhnte: *„Diethard, hast du nicht dieses vollbusige Prachtweib gerade gesehen"* ? Die vollbusige, für die damalige Zeit leichter bekleidete, stolze Frau, und auch noch Gast des Hauses, hörte sehr wohl, dass sie gemeint war, drehte sich indigniert um und zog noch am gleichen Tage aus dem Kurhaus aus. Adolfs Frau Grete war da großzügig, soweit der Fauxpas ihres Mannes sich nicht häufte oder schlimmer wurde.

Etwa 1953/54 war ich zusammen mit meinem Bückeburger Freund und Klassenkameraden Klaus auf Einladung meines Großonkels mit dem Fahrrad von Hamburg aus, später die Eider zwischen Friedrichstadt und Tönning mit einer winzigen Personenfähre überquerend, nach St. Peter gekommen. Heute kann man die Eider, die mal die Grenze zwischen Dänemark und Deutschland gebildet hat, auf dem riesigen Eider-Staudamm überqueren. Wir übernachteten auf dem Dachboden des Hauses „Martje Flors" und durften im Hinterzimmer der Hotelküche essen. Es war nicht das letzte Mal, dass ich nach St. Peter kam.

Direkt nach dem Krieg hatte meine Großmutter all ihre Enkelkinder samt ihrer Mütter gesammelt und war zu ihrem Bruder Adolf gefahren. Es war die erste längere Bahnfahrt, die mir unter anderem auch deshalb im Gedächtnis geblieben ist, weil wir auf der Fahrt die vielen im Kriege zerstörten Häuser, Gebäude, Fabriken sahen und die zerbombten Bahnhöfe mit dem Zug durchquerten. Bisher kannte ich nur das unzerstörte Bückeburg und unseren kleinen Bahnhof mit den paar Abfertigungsgleisen und den Mindener Bahnhof im 10 km Entfernung. Als wir aber in den riesigen Sackbahnhof von Altona mit über 12 Gleisen, sechs langen Bahnsteigen die vielen Zügen erblickten, deren Lokomotiven, ihren Dampf in Richtung des riesigen, völlig zerstörten, gläsernen Kuppeldaches abließen, staunten wir Kinder nicht schlecht. Nach einem Zugwechsel dort ging es bis Husum und von da eingleisig bis St. Peter mit einer Bimmelbahn.

In diesem Nachkriegsjahr hatte die Natur eine Einsicht. Die Fischer fingen nicht nur reichlich Fisch, sondern es gab auch jeden Morgen fast unbegrenzt Krabben. Dann saßen alle Frauen, einschließlich der Ehefrau des Hamburger Tierparkbesitzers Hagenbeck, seit Jahrzehnten regelmäßiger Gast des Kurhauses, nachmittags auf der Terrasse, um klönend fleißig Krabben zu pulen, die dann in der Pfanne erwärmt, mit Eiern überzogen, eine sättigende Mahlzeit, auch Friesenfrühstück genannt, ergaben. Größere Auswahl an Essen gab es nicht und war auch nicht nötig.

Nach dem Tod meiner Großtante Grete fing mein Großonkel Adolf mehr und mehr an zu kränkeln, benötigte immer mehr Hilfe, um schließlich seiner verstorben Frau zu folgen. Da sie beide keine Kinder hatten, hatte so mancher aus der großen Verwandtschaft wohl im Stillen gehofft, das ihm oder ihr „lieber Bruder" oder „Onkel Adolf" ein Großteil seines Vermögens hinterlassen hätte, obwohl die meisten von ihnen sich zu Lebzeiten nie auch nur hatten blicken lassen. Viele dachten damals, dass dort eine Menge Geldes zu holen sei. Doch viele wussten aber nicht, dass auf dem Komplex noch hohe, nicht ausgeglichene Hypotheken lasteten. Viele konnten auch nicht erkennen, dass ohne kräftige Investitionen dieser große Hotelkomplex nicht mehr zu halten war. Dass das aber nicht passieren sollte, dafür hatten allerdings mein Großonkel und seine Frau stillschweigend und rechtzeitig vorgesorgt und ihren Neffen, meinen Patenonkel, der eine damals gut gehende Chemiefirma besaß, der vor allem finanziell liquide beziehungsweise für die Banken kreditwürdig war, als Haupterben testamentarisch und notariell beglaubigt eingesetzt. Damit begann die zweite Ära des Kurhauses St. Peter.

All die bisher beschriebenen Menschen hatten im neunzehnten Jahrhunderts das Licht der Welt erblickt, also zu Kaisers Zeiten. Dessen Regierungszeit war schon gezählt, als die Generation meiner Eltern folgte. Fast sämtliche Monarchen Europas mussten 1918 abdanken.

Meine Eltern

Die Geburt meines Vaters im Jahr 1909 muss für meine sehr kleine Großmutter Emilie nicht einfach gewesen sein, denn mein Vater war später mit seiner ausgewachsenen Länge von einhundertundneunzig Zentimetern und seinem Gewicht von über einhundertdreißig und mehr Kilo als erwachsener Mann für die damalige und auch für die heutige Zeit wahrhaftig nicht klein. Viele dieser großen Menschen sind schon bei der Geburt sehr groß, meist mit einem Geburtsgewicht um fünf Kilo und mehr. Die Gründe sind vielzählig. Oft steckt auch eine nicht erkannte diabetische Erkrankung der Schwangeren dahinter. Man spricht dann von Makrosomie, was bedeutet, dass schon bei der Entwicklung im Mutterleibe mehr Körperzellen als normal angelegt werden. Nun, Willi, wie er genannt wurde, besuchte die Grundschule und das Gymnasium Adolfinum in Bückeburg, dies aber nur bis zum Ende der zehnten Klasse. Mit diesem seinerzeit häufigen Abschluss, auch „Mittlere Reife" genannt, hielt es ihn aber nicht lange in Bückeburg. Er verließ das elterliche Haus und meldete sich in Bremerhaven als Matrose beim Norddeutschen Lloyd. Willi war nun an Bord eines großen Segelfrachtschiffes, einer Viermastbark, und lernte von Grund auf den Beruf des Seemanns: Segel setzen und raffen, das Segeltuch reparieren, die Planken schrubben, später navigieren und vieles mehr, was ihm später dienlich sein sollte.

Noch bis zum Beginn des zweiten Weltkrieges gab es neben den mit Dampf getriebenen Frachtschiffen und kleineren Schonern auch noch große Viermastsegelschiffe, die nicht nur wie heute zur Ausbildung dienten, sondern auf denen auch Fracht transportiert wurde. Auf so einem Schiff hatte mein Vater, der auf dem Wege nach Valparaíso in Chile noch mehrfach mit großen Segelschiffen das Cap Horn umsegelt hat, angeheuert. Deshalb gehörte er später zu dem Exklusivclub der „Cap Horniers". Die Mitglieder mussten mindestens sieben Mal die auch heute noch gefährliche Route um das Cap mit großen Segelschiffen umrundet haben. Ihnen war es erlaubt, in den Rathäusern der Hansestädte die Füße auf den Tisch zu legen, wie mir mein Vater stolz erzählte. Aber ich denke, das war nicht ernst gemeint. Aus Valparaíso wurde Salpeter geholt, was man zum Düngen in der Landwirtschaft und wegen des Kaliumnitratgehaltes zur Herstellung von Schieß- oder auch Schwarzpulver benötigte. Heute ist es besonders in Norddeutschland die stinkende Gülle, die man zur Nitratdüngung auf den Feldern massenhaft versprüht.

Auch die astronomische Navigation mit einem Sextanten gehörte zur Ausbildung. In der Antike hatte man mit einem Sternhöhenmesser, auch Astrolabium genannt, bei dem es sich um zwei verschiebbare Scheiben handelte, die Position auf dem Meer bestimmt. Im Mittelalter benutzte man den Jakobsstab zur Positionsbestimmung. Dabei handelte es sich um einen langen Peilstab mit verschiedenen Querhölzern. Damit bestimmte man durch Peilung den Winkel vom nautischen Horizont zu einem bestimmten Stern und berechnete mit einer Formel den ungefähren Breitengrad. Bei einem schwankenden Schiff sehr ungenau. Um 1700 gab es aber in puncto Navigation einen entscheidenden Schub, als Isaac Newton der Royal Navy ein Spiegelsystem zur genauen Winkelmessung vorstellte, was aber unbeachtet viele Jahrzehnte in der Schublade blieb. Erst als in den US Staaten lebende Männer fast gleichzeitig einen Sextanten und einen Oktanten der Royal Navy und der Öffentlichkeit präsentierten, begriff man, dass man das Messungsprinzip durch Newtons Entdeckung schon ein paar Jahrzehnte hätte nutzen können. Auf See mit der nautischen Navigation und auf dem Lande mit der terrestrischen Navigation konnte man nun genaue Messungen durchführen. So benutzte der berühmte Mathematiker Carl Friedrich Gauß Anfang des neunzehnten Jahrhunderts bei seinen Landvermessungen in Zeven, wo ich seit fast vier Jahrzehnten lebe, einen Quintanten, der noch einen weiteren zusätzlichen Spiegel besaß. Dieser Quintant war auf dem alten Deutschen Zehnmarkschein neben dem Ort Zeven abgebildet.

Mit einem Sextanten, meist in glänzendem Messing gefertigten Messinstrument, kann man den Winkel der Blickrichtung zu relativ weit entfernten Objekten auf See und den des Gestirns zum Horizont bestimmen. Der Name Sextant beruht auf der Einteilung des Kreissektors in jeweils 60 Grad. Eine Bogenminute entspricht 1/60 Grad. Und 1/60 eines Breitengrades wiederum ist die Länge von einer Seemeile oder 1852 Meter. Entsprechende Gradeinteilungen findet man beim Oktant und Quintant. So ein nautisches Messgerät, verstaut in einem mit blauem Tuch gepolsterten, quadratischen, stabilen Holzkasten, besaß mein Vater. Manchmal holte er es heraus, um es mir zu erklären. Dabei überschätzte er aber meine Auffassungsgabe. Doch ich lernte auf diese Weise als Junge wenigstens die vielen Sternbilder am Himmel kennen, nach denen er sich bei der Navigation richtete. Wo der Sextant nach seinem Tode geblieben ist, lässt sich nicht feststellen. Geblieben aber ist mir sein stark vergrößerndes Fernrohr aus der Zeit der Seefahrt, das ich später meinem Sohn übergab.

Während dieser Seefahrtszeit, auf der auch nach alter Tradition beim Auf- und Abtakeln und beim Raffen der Segel viele Shanties gesungen wurden, machte mein Vater nach einem Besuch der Seefahrtsschule sein „Steuermannspatent auf großer Fahrt". Die Texte der Shanties wie „Rolling home to dear old Capstan" und andere lernte ich von ihm schon als kleiner Junge kennen. Später kaufte er mir auch ein kleines Akkordeon, auf dem ich diese Songs dann spielen konnte. Diese Zeit der Seefahrt muss wohl für meinen Vater mit eine der glücklichsten gewesen sein.

Anfang der dreißiger Jahre aber holte ihn mein Großvater wieder zurück an Land. Mein Vater besuchte die Handelshochschule, machte seinen Abschluss und trat als Juniorchef in die Margarinefabrik meines Großvaters Wilhelm ein. Zu seinem neuen Hobby wurden nun als Ausgleich schnelle Autos. Er beteiligte sich sogar als Fahrer bei Autorennen und wurde aktives Mitglied eines Motorsportvereins, was ihm zehn Jahre später zum Verhängnis wurde. In dieser Zeit lernte er auch meine Mutter Ruth kennen, die er 1936 heiratete. Mit vollem Herzen übte er seine neue berufliche Beschäftigung mit Produktion und Verkauf von Margarine nicht aus. Als sich die Gelegenheit bot, wieder zur See zu fahren, nachdem Hitler mit dem Überfall auf Polen am 1. September 1939 den zweiten Weltkrieg angezettelt hatte, meldete er sich noch im gleichen Jahr bei der Kriegsmarine. Kurz danach wurde auch aus Mangel an Rohstoffen die Margarineproduktion für die nächsten acht Jahre eingestellt. Nach kurzem Intermezzo wurde mein Vater aufgrund seiner früheren auf großen Segelschiffen erworbenen seemännischen Erfahrung erster Offizier und Ausbilder des ersten Segelschulschiffes „Gorch Fock", das in den vierziger Jahren aus Sicherheitsgründen zusammen mit dem anderen Segelschulschiff „Seute Deern" vor Stralsund auf Reede lag. Dort habe ich ihn zusammen mit meiner Mutter besucht. Für eine Fünfjährigen ein unvergessliches Ereignis, sich frei auf einem so großen Segler bewegen zu können. Beide oben erwähnten Schiffe erlebten viel nach der Kapitulation 1945 und wurden zum Glück aber nicht abgewrackt. Als Museumsschiffe liegen heute die alte „Gorch Fock" im Hafen von Stralsund und die „Seute Deern" vor dem Schiffahrtsmuseum in Bremerhaven. Doch dann war es mit dem beschaulichen Job zu Kriegszeiten zu Ende. Mein Vater wurde Kommandant eines Minensuchbootes, ein Himmelfahrtskommando, wie er später sagte. Denn es musste schon beeindruckend sein, wenn man die hohe Wasserfontäne sah, deren Explosion man vorher selbst provoziert hatte, die einen selbst in die Luft hätte jagen können. Anfang 1945 lag er mit seinem Schiff im Gewässer von Lettland vor Riga, dessen Hafen sich mit vielen Menschen auf der Flucht vor den herannahenden Russen füllte. Den Marinesoldaten war klar geworden, dass dieser Krieg nicht mehr zu gewinnen war. So begannen sie, ihre Schiffe noch einmal aufzutanken, mit reichlich Proviant zu versorgen und zusätzlich auch flüchtende Familien aufzunehmen, so gut es auf einem dafür nicht vorgesehenen Kriegsschiff ging. Dann ging es hinaus in die baltische Bucht mit der Absicht, den gegenüberliegenden Hafen Hango des damals befreundeten Finnlands anzulaufen.

Dies war nicht ungefährlich, da die Russen inzwischen besonders die Küsten vermint hatten. Doch dann erfuhren sie von einem Fischer, dass Finnland nolens volens nun auf der Seite der Russen war und alle Deutschen internieren und an Russland ausliefern würde. Ob das der Wahrheit so entsprach, war in dieser Situation schwer zu beurteilen. So beschloss das Schiffskommando, direkt Kurs auf die Kieler Förde zu nehmen und dort einzulaufen. In der Kieler Förde ankommend wurden sie sogleich von der englischen Marine, die die Hoheit übernommen hatte, empfangen. Zum Glück hatte man sich rechtzeitig vor der Annäherung als nicht-feindlich zu erkennen gegeben. Es waren nicht die einzigen Kriegsschiffe unter deutscher Flagge, die des Kampfes müde dort Zuflucht gesucht hatten. Die Marinesoldaten, gleich welcher Nation, ob deutsch oder englisch, verständigten sich sehr bald und gut. Das Schiff meines Vaters wurde genauso wie die anderen zum vorläufigen Gefängnis erklärt, das sie nicht verlassen durften. Die Bewachung war aber nur mäßig. Nur einmal sollen die Engländer sehr nervös geworden sein. Als die Deutschen begannen, nachdem sie begriffen hatten, dass der Krieg verloren und zu Ende war und sie keine Waffen mehr benötigten, die Restmunition aus Jux und Gaudi einfach in die Luft zu ballern, dachten die siegreichen Engländer zunächst, es handele sich um den Beginn eines Schiffausbruchs der deutschen Flotte aus dem geschlossenen Kieler Hafen. Doch alles beruhigte sich sehr schnell, als man merkte, dass es nur ein sinnloses Feuerwerk war. Nach circa sechs Wochen wurden die Mannschaften aufgelöst und mein Vater nach Hause entlassen.

In Bückeburg angekommen musste er sich bei den Behörden melden und wurde, wie es so hieß, entnazifiziert. Es wurde geprüft, ob er als Marinesoldat Kriegsgräuel begangen, gewissermaßen „Dreck am Stecken" oder Hitler und seine Schergen unterstützt hatte. Dabei stellte sich nun heraus, dass er zwar kein Verehrer Hitlers gewesen war, dass er aber als junger Mann in den Motorsportverband in Bückeburg eingetreten war. Und dieser Verband war ein Ableger und vielleicht auch ein Köder der SA, der Sturmabteilung der Nazis. Die Wurzeln dieser Kampfgruppe gehen schon auf die Weimarer Republik zurück. Laut meinem Vater war es ihm dabei nur um den Motorsport und nicht um deren Ideologie gegangen. Mag sein oder nicht. Meine Familie väterlicherseits, soweit ich das sehe, ist nie ein Freund der Nationalsozialisten gewesen. Aber mein Vater wurde dennoch kurz für ein paar Wochen in das Bückeburger Gefängnis eingebuchtet. Geschadet hat es ihm nicht. Denn kaum heraus, entwickelte er große Aktivitäten. Um die Versorgung seiner Familie zu sichern, wurden Hühner, Kaninchen, Schweine, Schafe und eine Ziege angeschafft und im stillstehenden Fabrikgebäude untergebracht. Dann wurde nach einem Pkw gesucht. Alle Autos waren ja im Kriege konfisziert worden. Bei einem Bauern wurde er in einer Scheune unter dem Heu fündig. Für den Sohn wurde ein Klavier im Tauschhandel erworben. Kupferne Kessel zur Destillation von Getreide und Kartoffeln, sprich zur Schnapsherstellung, wurden zusammengeschweißt. Schwierig war es, an Tabak zu kommen. Das ging nur über den schwarzen Markt mit Zigaretten von den englischen Besatzern. Für die Soldaten der führenden Seemacht der Welt war mein Vater, der auch englisch sprach, als ehemaliger Offizier der Marine nur jemand, der auf See seine Pflicht getan hatte und der mit den furchtbaren Gräueltaten der Nazis nichts zu tun hatte. So waren die Engländer auch Gast unseres Hauses. Sie brachten etwas zu essen in Dosen mit, meine Mutter zauberte ein Mahl daraus und mein Vater bekam ein paar Pall Mall Zigaretten zugesteckt. Ich gab ihnen ein paar Äpfel aus unserem Garten. Denn an frischem Obst mangelte es den Besatzern. Selbst harte, saure Quitten nahmen sie gern.

Allmählich aber normalisierte sich das Leben. Die Engländer hatten inzwischen für sich selbst einen kleinen Stadtteil gebaut, „Klein London" von der Bevölkerung genannt. Die Produktion der Margarine war wieder aufgenommen worden. Mein Vater war nun mit der Verwaltung der wiedereröffneten Firma gut beschäftigt und ging viel auf Geschäftsreisen, um die Margarine zu vermarkten. Einmal nahm er mich auf einer längeren Tour bis nach Heidelberg mit. So übernachtete ich mit meinem Vater in dem wegen seines Rotweins und geschichtlich bekannten Assmannshausen und besichtigte Rüdesheim und das Heidelberger Schloss mit seinem großen Fass.

Aber je reibungsloser das öffentliche Leben wurde, desto reibungsreicher wurde das private. Mein Vater zog sich mehr und mehr zurück und fing an zu trinken, was wir Kinder aber so nicht merkten. Meine Mutter, die gynäkologisch schwer erkrankte und die zu diesem Zeitpunkt jede Unterstützung benötigt hätte, schlief statt im ehelichen Schlafzimmer zusammen mit meiner Schwester Barbara im Kinderzimmer. Auch mit der Firma ging es abwärts. Die Angebote der noch heute produzierenden Hannoveraner

Schokoladenfirma Spreckels, die Räume der Margarinefabrik nutzen wollte, wobei mein Vater die Leitung hätte übernehmen können, wurden ebenso abgelehnt wie ein gutes Angebot der bekannten Käsefirma Kraft. Schließlich wurde nur noch mit der Ware gehandelt und von einer anderen Firma die Margarine lediglich mit dem Bückeburger Firmenzeichen produziert, bis auch das eingestellt wurde. Unsere Familie zog von den Kronenwerken weg und mit in das Haus meiner Großeltern Friedrich am Harrl ein. So schön dieses Haus als solches war, so ungern erinnern sich meine Schwester und ich uns an diese Zeit, die mit dem Verfall einer Ehe und der Scheidung unserer Eltern endete. Schon gleich nach dem Einzug schlief nachts mein Vater im oberen Stockwerk bei seinen Eltern. Meine Mutter erkrankte mehr und mehr und war deshalb auch oft für eine lange Zeit nicht im Hause. Die Ehe zerfiel und wurde schließlich 1956 geschieden. Wir Kinder zogen nach vorausgegangener amtlicher Befragung mit unserer Mutter nach St. Peter, wo wir alle Ruhe fanden.

Aber auch meinen Vater hielt es danach nicht mehr in Bückeburg. Er heuerte wieder auf einem Frachtschiff an, ging dann nochmals zur Seefahrtsschule und holte sein „Kapitänspatent auf großer Fahrt" nach. Ob er auch als Kapitän oder nur als erster Offizier später zur See gefahren ist, kann ich nicht sagen, da unser gegenseitiger Kontakt immer dünner wurde. Ein Grund war der, dass meine Mutter sich schwertat, mich im Studium finanziell zu unterstützen. Auf der anderen Seite bekam ich auch kein Stipendium, da ich ja einen gut verdienenden Vater hätte, der auf hoher See sein Geld kaum ausgeben konnte, der später als einziger Sohn auch noch neben einem Haus von seinem nicht unvermögenden Vater noch eine größere Summe erbte, der sich aber strikt trotz Bitten weigerte, seinen Sohn im Studium finanziell zu unterstützen, gleichzeitig aber indirekt ihm die Möglichkeit eines Stipendiums verhinderte. Darauf verklagte ich ihn und bekam Recht. Nur war alles schon verjährt. Es ging also aus, wie das „Hornberger Schießen". Die Verwaltung der Abteilung für Stipendien in Hamburg hatte nach diesem Urteil ein Einsehen und half mir. Als ich Jahre danach, nun in Finnland lebend, in Hamburg einmal meinen Vater traf, fragte er mich verwundert, warum ich ihn denn verklagt hätte. Ich versuchte es ihm zu erklären. Er hat es nie verstanden oder wollte es nicht. Doch mit seiner Seefahrerei war es dann irgendwann auch nichts mehr. Irgendwann habe er, wie ich von meiner Schwester später hörte, nochmals geheiratet. Die Ehe sei jedoch nach ein paar Jahren geschieden worden. Zu der Zeit lebte ich in Finnland. Mein Vater war wohl auch durch die Seefahrt zu einem Einzelgänger geworden. Schließlich lebte er in einem Göttinger Altersheim. Er starb im Alter von 68 Jahren im Frühjahr 1977 in einer Klinik im nahegelegenen Northeim.

Als meine Mutter Ruth 1915 zur Welt kam, war mein Großvater an der Front in Frankreich. Er hatte Glück, denn wo er war, wurde nicht mit der verheerenden Gasmunition geschossen. Gesund kam er wieder heim. Ruth war ein quicklebendiges Mädchen. Die Schwester meiner Großmutter, Tante Martha, wurde ihre Patentante. Nach der Grundschule besuchte sie das Bückeburger Lyzeum, die Marienschule, die nur von Mädchen bis zum Ende der zehnten Klasse besucht wurde.

Die Bezeichnung Lyzeum hat unterschiedliche Bedeutungen. In Deutschland waren und sind heute meist Mädchenschulen gemeint. Anfang des zwanzigsten Jahrhunderts wurden sie auch als „höhere Töchterschule" bezeichnet. Denn zu der Zeit besuchten nur sehr wenige Mädchen ein Gymnasium, um die Hochschulreife zu erlangen. Von dem Jahrgang meiner Mutter ging nur ein einziges Mädchen, Anneliese, eine langjährigen Freundin meiner Mutter, zum Gymnasium. Auch meine Tante Elisabeth, Rehlein genannt, hatte fünf Jahre vor meiner Mutter dieses Lyzeum besucht. Wie hoch das Niveau dieser Schulen war, kann ich nicht beurteilen. Ich weiß nur, dass meine Mutter eine sehr gute Allgemeinbildung hatte und auch gut die englische Sprache beherrschte, wovon sie dann direkt nach dem Kriege profitierte.

Da man in den zwanziger und dreißiger Jahren noch der Auffassung war, die Frauen hätten möglichst nur für Haus und Kind zu sorgen, erlernten sie dann auch bis auf wenige Ausnahmen keinen Beruf, mit dem man Brot erwerben konnte, was sich später nach dem zweiten Weltkrieg, als die Ehemänner entweder in Gefangenschaft waren oder überhaupt nicht mehr heim kamen, bitter rächen sollte. In diesem Sinne halfen dann die Töchter der mittleren und höheren Bürgerschicht im Haushalt, lernten kochen, Wäsche flicken und ähnliche Dinge. Ansonsten spielten sie Tennis, gingen auf Tanzveranstaltungen und hielten Ausschau nach einem geeigneten Mann. Wie man auf den alten Fotos meiner Mutter erkennen kann, hatte die gutaussehende, schlanke, brünette, junge Frau viele Verehrer. Ihren Kindern aber hat meine Mutter trotz ihrer sonstigen Offenheit nichts davon erzählt.

Eines Tages hatte sie dann den sechs Jahre älteren Wilhelm Friedrich kennengelernt. Gegensätze ziehen sich an, heißt es im Volksmund. Da war Ruth, die stets fröhliche und lebendige Frau mit einer Größe von 1,65 Metern, die aber gegen ihren doch wesentlich ruhigeren und voluminöseren Zukünftigen mit seinen 1,90 Metern sehr zierlich wirkte. Von meinen Großeltern wurde diese Bindung begrüßt. War doch mein Vater eine gute Partie, finanziell sicher-gestellt, was für sie sehr wichtig war. Auf der anderen Seite musste aber auch die werdende Braut etwas, was Wert hatte, mit in die Ehe bringen, ähnlich wie auch heute noch in einigen Kulturen die Brautväter an die andere Familie mit einer bestimmten Zahl an Kühen, Schafen oder Ziegen zahlen müssen. In Deutschland heißt dies offiziell Aussteuer oder auch Ausstattung, die im Einzelnen sogar im Bürgerlichen Gesetzbuch verankert und geregelt ist, insbesondere auch dafür, wie im Falle einer späteren Scheidung zu verfahren ist. Vor hundert Jahren konnte man noch in der bäuerlichen Gesellschaft Norddeutschlands bei den jungen Frauen an der Zahl der Borte auf dem Überrock erkennen, ob „se veel anne Foit hett", was hieß, ob „sie viel an den Füßen hat", sprich, wie viel Morgen oder Hektar Land sie bei der Ehe mit in den Hof ihres zukünftigen Mannes einbringen könnte. Auch gab es eine sogenannte Aussteuerungstruhe, in der besonders die für die Braut gedachte, mit den Initialen bestickte Bettwäsche und Tischtücher aufbewahrt wurden. Eine solche Truhe hatte übrigens mein im letzten Weltkrieg verbliebener Onkel „Freddy" für seine drei Töchter anfertigen lassen. Nun, bei Städtern waren es nicht Ländereien oder Wälder, sondern eher Immobilien, wenn man sie denn besaß, oder

Möbel, Geschirr und Bestecke und ähnliche „Ausstattungen" wie Wäsche für das junge Paar. Meine Großeltern ließen sich bei der bevorstehenden Hochzeit ihrer einzigen Tochter Ruth mit dem Sohn eines der damals reichsten Bürger Stadt nicht lumpen. Ihre Tochter sollte in repräsentativem Mobiliar wohnen und leben. Beim Suchen und bei der Auswahl half ihnen ihr Sohn Herbert, dessen Ehefrau, die 1932 große und schwere, dunkel gebeizte Möbel mit Schnitzereien mit in die Ehe gebracht hatte. Ziemlich gleiche Möbel wurden nun für meine Mutter bestellt. Die Hochzeitsfeier fand 1936 dann wie so üblich im elterlichen Hause der Braut in der Parkstraße statt. Dazu eignete sich in der riesigen Villa ausgezeichnet der kleine Saal, der 1936 auch noch als solcher genutzt wurde, zehn Jahre später zu einem großen Schlafsaal der Großeltern mit ihren Enkelkindern wurde. Die Feier fand mit circa dreißig bis vierzig Gästen statt, die auf der großen Treppe zur Terrasse zum Gruppenfoto gerade Platz fanden. Die Aussteuer meiner Mutter mit den Möbeln und der Bewirtung der Gäste kostete meinen Großeltern ein kleines Vermögen. Was alles zur Aussteuer gehörte, weiß ich deshalb, weil alles bei der späteren Scheidung meiner Eltern wieder meiner Mutter zugesprochen wurde. Nie habe ich begriffen, wie meine Großeltern es geschafft hatten, dies alles zu finanzieren. Bei dem Gedanken werde ich an die Verhältnisse in Indien erinnert, wo die Brauteltern für ihre Töchter sich restlos verschulden. Zum Glück haben sich die pekuniären Eigenheiten im Zusammenhang mit einer Hochzeit in Deutschland geändert. Die jetzige jüngere Generation kommt mit wenigem aus, richtet sich mit schicken und praktischen Ikea-Möbel ein und ist trotzdem glücklich, jedenfalls anfangs.

Die ersten Ehejahre verliefen wie in unseren Breiten fast immer glücklich. Die Jungvermählten genossen die gemeinsame Zeit. Zwar fingen die Nationalsozialisten schon überall an zu wüten, doch das war weit weg und mehr in den größeren Städten. Nach einem gemeinsamen Sommerurlaub 1937 im Meran kam im April 1938 ich zur Welt. Alle waren glücklich, dass es ein Junge war. Gab es doch nun einen Erben für die Firma (die heute längst nicht mehr existiert). Und meine Mutter bekam sofort Unterstützung durch ein Kindermädchen, Tante Erna, die sich noch mehrere Jahre um mich kümmern sollte, später auch um meine Schwester Barbara, die ein gutes Jahr später 1939 das Licht der Welt erblickte. Doch ewig währte das Glück nicht. Der Bruder meiner Mutter heiratete schon 1936 in Uniform nach pseudogermanischer Art die Tochter eines Kaufmanns einer Hansestadt. Zwar blieb mein Vater von diesem Gedankengut frei, aber auch ihn zog es sehr bald wieder aufs Meer. Meine Mutter Ruth blieb allein mit zwei Kindern zurück. Zum Glück hatte sie aus ihrer Jugend noch viele Freunde, zu denen der Kontakt nicht abgerissen war. Auch wohnten ihre Eltern auf der anderen Seite der Stadt. Ihre Schwägerin Marianne hatte ebenfalls in den gleichen Jahren Kinder bekommen, meine Cousine Hiltrud (1938) und die zweite Cousine Helge (1939), dann kam noch Heide (1941) dazu. Dabei ist es schon auffällig, dass alle Namen der Kinder meiner beiden Onkel mit einem H beginnen wie der Familienname des damalig amtierenden Reichskanzlers. Mein Patenonkel nannte ebenfalls seine Kinder Horst, Hartmut und Heidrun.

Die Margarinefabrik war in den Kriegsjahren stillgelegt worden. Wir wohnten aber weiterhin in der Betriebswohnung auf dem Firmengelände. Mein Vater hatte zunächst einen ruhigen Job und konnte mehrmals seine Familie besuchen. Umgekehrt besuchten wir ihn, als er mit seinem Segelschiff, der „Gorch Fock", vor Stralsund auf Reede lag. Meine Mutter traf sich häufig mit Freundinnen und besorgte sich ein Klavier, um darauf ihr Klavierspiel aus der Schulzeit wieder zu reaktivieren. Oft stand ich an ihrer Seite und hörte ihr eifrig zu. Manchmal sang sie auch dazu, meist aus dem Rosengarten von Hermann Löns. Dies muss mich wohl so beeinflusst haben, dass ich sofort nach Kriegsende voller Begeisterung mit dem Klavierunterricht begann. So konnte ich sie später auf dem Klavier begleiten, wenn sie Schuberts „ Leise flehen meine Lieder durch die Nacht zu Dir" mit klarer schöner Stimme sang. Diese Melodie erkenne ich heute sofort bei den ersten zwei, drei Tönen.

Kriegsende

Im Laufe der Kriegsjahre wurde auch die Versorgung der Familie mit Lebensmitteln immer schwieriger. Alles wurde rationiert und schließlich wurden auch Lebensmittelkarten eingeführt. Ab und zu gelang es meinem Vater, der in Dänemark stationiert war, uns mit einem Lebensmittelpaket zu helfen, unter anderem mit Sahne in Dosen. Aber die Nachrichten aus dem Krieg wurden nicht gerade besser. In den ersten Jahren des zweiten Weltkrieges bekam man in Bückeburg sehr wenig davon mit. Das änderte sich dann etwa ab 1943, als nach und nach die Alliierten die Luftoberhoheit bekamen. Nun musste sich meine Mutter doch schon Gedanken um sich und die Zukunft ihrer Kinder machen. So weckte sie mich einmal nachts, ich war sowieso schon wach, und ging mit uns Kindern und unserem Kindermädchen an das große Fenster zum Osten. Angstvoll schauten die beiden Frauen zum Himmel, wo laut dröhnend Hunderte von riesigen Kampfbombern in Richtung Hannover flogen, um dort ihre Bomben fallen zu lassen. Hannover liegt luftlinienmäßig etwa 45 Kilometer von Bückeburg entfernt. Und dennoch konnten wir bald in der Ferne das flammende Rot der Zerstörung Hannovers mit bloßem Auge erkennen. Ein Bild, das ich nie vergessen werde. Aus dem gleichen Fenster sah ich später, wie in nur einem Kilometer Entfernung eine Isolierfabrik vollständig abbrannte. Dennoch kann man sagen, Bückeburg wurde von einer Zerstörung verschont. Zwei Mal wurden am Stadtrand Bomben abgeworfen, die aber ihr Ziel verfehlten. Auch sah ich als Junge einmal, wie ein abgeschossenes feindliches Flugzeug auf dem Feld herunter drudelte.

Ein paar Stunden danach konnte ich von unserem Fenster aus auf dem gegenüberliegenden Bahnsteig beobachten, wie der Pilot, der sich durch einen Fallschirmabsprung hatte retten können, abgeführt wurde. Ein einziges Mal musste meine Mutter sich richtig Sorgen um mich machen. Vor unserem Fabrikgelände stand für eine Weile ein militärischer Transportzug voller Waggons mit Militärausrüstung. Außerdem waren dort viele Soldaten, als urplötzlich aus dem Nichts eine feindliche Tieffliegerstaffel einen Angriff flog. Die Kugeln flogen dabei sausend links und rechts ihr Ziel suchend. Dass ich noch lebe, habe ich nur einem Soldaten zu verdanken, der mich blitzartig schnappte und mich mit einem kräftigen Schwung unter eine sehr große, am Rande stehende Kabelrolle warf. Erst später habe ich begriffen, in welcher Gefahr ich mich befunden hatte. Anfang April 1945 konnten wir das Nähern der Kämpfe direkt hören. Zwei Wochen vorher waren die Fabrik- und Lagerräume von der deutschen Bevölkerung geplündert worden. Jetzt hörten wir täglich die Geschütze aus dem in westlicher Richtung gelegenen Minden, das nur 10 km entfernt liegt. So beschloss meine Mutter, zusammen mit ihren beiden Kindern in das große Haus ihrer Eltern am Stadtrand in der Parkstraße zu ziehen, allein auch deshalb, um nicht allein mit uns Kindern und dem Kindermädchen ohne Unterstützung bei der drohenden Invasion zu sein. Diese ließ auch nicht lange auf sich warten. In dem großen Haus meiner Großeltern in der Parkstraße hatten sich viele Menschen mittlerweile eingefunden. Unter anderem traf ich dort auch die drei Cousinen zusammen mit ihrer Mutter wieder. Fast alle hielten sich in den weitläufigen Kellerräumen auf. Alle waren sehr beunruhigt, aber es herrschte keine panische Hektik. Auch dann nicht, als wir urplötzlich einen riesigen Knall im obersten Dachgeschoss auf der Seite zu den Weserbergen hörten. Schließlich wagte sich mein Großvater vorsichtig nach oben, um den Schaden zu besichtigen. Irgendwie muss auch ich es als neugieriger Junge geschafft haben, ihm zu folgen. Wir sahen im Giebel der Dachwohnung ein gut mannshohes Loch und Merkmale einer Zerstörung. Aber es musste wohl nicht zu einer Explosion des Geschosses gekommen sein und ein größeres Feuer war zum Glück auch nicht entfacht worden. Beruhigt ging mein Großvater Gustav wieder nach unten, um der verängstigten Gruppe zu berichten und sie zu beschwichtigen. Jetzt galt es, weiter abzuwarten. Es war der 9. April 1945 und mein siebenter Geburtstag. Wegen der Kriegswirren war ich schon ein halbes Jahr nicht mehr zur Schule gegangen. Doch plötzlich tat sich etwas. Wir hörten laute Panzergeräusche, die über den Felsenkeller, einer Bergstraße seitlich des Palais, sich uns näherten. Darauf gingen wir alle, das heißt alle Frauen mit ihren Kindern und alle alten Leute, die jungen waren ja alle im Kriegseinsatz, voran meine Großeltern, ein großes weißes Betttuch als Zeichen der Unterwerfung vor sich hertragend, den Panzern entgegen. Auf den nun anhaltenden Panzern saßen relativ lässig schwer bewaffnete Soldaten, die heruntersprangen. Beide Seiten versuchten sich verständlich zu machen. Plötzlich hörten meine Großeltern neben englischen auch polnische Worte. Der Grund dafür war, dass auf den Panzern auch Polen saßen, die jetzt in amerikanischen Diensten gegen das Hitlerregime kämpften. Als Kinder hatten Wilma und Gustav in Masuren, wo mit den Nachbarn neben deutsch und polnisch auch litauisch gesprochen wurde, ihre Sprachkenntnisse erworben. Da sie nie die englische Sprache gelernt hatten, fielen ihnen in der Not wieder viele polnische Worte ausreichend zur Verständigung ein. Die jüngeren Frauen halfen mit ihrem Schulenglisch. Die Panzerbesatzungen merkten sehr schnell, dass von uns keine Gefahr drohte und richteten es sich nach Sicherung neben dem Haus am Abhang des Haarl ein. Noch einmal wurde hart verhandelt, als sich herausstellte, dass die Villa das Schussfeld behinderte. Doch zum Schluss ließ man das Haus doch dort stehen, wo es heute nach mehr als hundert Jahren immer noch steht, leider ohne den riesigen Park. Doch die Amerikaner waren dennoch misstrauisch. Sie befürchteten wohl, das städtische Leitungswasser sei vergiftet. So holten sie sich regelmäßig in großen Behältnissen ihr Wasser aus der Pumpe in der großen Kellerküche. Auch hierbei kam es bald immer wieder zu einem kleinen Schwätzchen.

Doch die Heeresleitung war distanzierter und ordnete nach nur wenigen Tagen an, das Haus binnen weniger Stunden zu räumen. So zogen sämtliche Menschen, ob jung, ob alt, aus, um irgendwo anders eine Unterkunft zu finden. Auch meine vierundneunzigjährige alte Urgroßmutter Louise musste mit. Da sie nicht mehr gut laufen konnte, setzte man die zierliche Person kurzerhand in eine Kinderkarre. So zog die Familientruppe durch die Stadt, wo an den Straßenrändern die vom Kämpfen erschöpften Amerikaner rasteten, darunter viele Neger, wie man sie früher bezeichnete, die den Transport der alten Frau in einer Kinderkarre gar lustig fanden und herzhaft lachten. Die Urgroßmutter hatte in ihrem ganzen Leben noch nie einen dunkelhäutigen Mann gesehen, wahrscheinlich auch nicht einmal auf einem Bild. So kreischte sie mit gellender Stimme in ihrem typischen ostpreußischem Dialekt ihre Tochter an: *„Wilma, Wilma warrrum machst Du das mit mirrr, mein Jott, mein liieberrr Jott!"*. Im kommenden Jahr sollte sie ihr langes Leben friedlich beenden. Die amerikanische Besatzung blieb in Bückeburg nur eine kurze Zeit, da der Krieg noch einen ganzen Monat lang bis zur offiziellen Kapitulation am 8. Mai 1945 währen sollte. Die Amerikaner wurden sehr bald durch die Engländer ersetzt, die sich in Bückeburg für viele Jahre einnisteten, ja später sogar für ihre Angehörigen einen ganzen Stadtteil „Klein-London" 1951 bauen ließen. Nach einer kurzen Zwischenzeit konnten die Familien wieder in der Parkstraße einziehen. Auch meine Mutter blieb dort noch einige Zeit, da in unserer Wohnung bei den Kronenwerken Engländer eingezogen waren. Dabei war die größte Befürchtung meiner Mutter, dass die Möbel Schaden nehmen könnten, was sie aber nicht taten, denn die englischen Besatzer waren sehr zivilisiert.

Nachdem man im Radio über Jahre die Tiraden der Nationalsozialisten über angebliche Erfolge im Kriege gehört hatte, tönte jetzt auch andere Musik wie Swing aus dem Rundfunk. Schon ein halbes Jahr später nach der Kapitulation im Mai begannen am 20. November 1945 in Nürnberg die Prozesse gegen die Kriegsverbrecher der Hitlerzeit. Hierüber wurde ständig und kaum zu überhören im Radio auf allen Sendern laut berichtet. Ich war 1947 im Alter von neun Jahren mit meiner Großmutter an der Nordsee in St. Peter, als im Radio über die ersten Hinrichtungen berichtet wurde. Offensichtlich war ich zu dem Zeitpunkt alt genug, um die Zusammenhänge zu verstehen, sodass meine Mutter mir alles erklärte. Ich habe das bis heute nicht vergessen. Die Versorgung der Familie mit Lebensmitteln wurde nach dem Zusammenbruch noch schlimmer. Zum Glück hatten wir ebenso wie die Eltern meiner Mutter einen großen Gemüsegarten. Auch hatte der Himmel 1945 ein Einsehen und ließ die Früchte auf den Bäumen in dem Jahr geradezu überquellen. In riesigen Bottichen wurde Pflaumenmus von den Frauen in der Waschküche gekocht. Zum Glück kam mein Vater bald nach Hause und konnte bei der Versorgung mithelfen.

Bisher hatten sich in dieser Ehe meine Eltern immer nur für eine kurze Zeit gesehen. Jetzt galt es, alles nachzuholen. Trotz allen Mangels begann man Feste zu feiern. Es war wohl eine leider kurze glückliche Phase dieser Ehe. Auch die Margarineproduktion wurde wieder aufgenommen, was vieles erleichterte. Doch bald sollte der Alltag meine Eltern einholen.

Verfall der elterlichen Ehe

Alles begann damit, dass meine Mutter mit dem Fahrrad auf dem Wege zum Tennisplatz, ihrem Lieblingssport, stürzte und sich dabei unglücklicherweise die Kniescheibe brach. Hiermit wurde sie in das Bückeburger Krankenhaus eingeliefert und von dem Chirurgen Dr. Lemke, dem Vater meines Klassenkameraden, behandelt. Und da sie nun einmal dort war, bat sie den ihr gut bekannten Gynäkologen, sie doch einmal zu untersuchen, ob alles „am Südpol" in Ordnung sei. Sie war damals 35 oder 36 Jahre alt. Zu der Zeit war eine Krebsvorsorge noch keine Routine wie heute. Zwar hatte der seit Beginn des ersten Weltkrieges in den USA lebende Grieche Georg Nicolas Papanicolaou (1883), der als junger Mann eigentlich Musiker werden wollte, dann aber 1910 in München an der medizinischen Fakultät promovierte, seine Untersuchungen zum Scheidenabstrich schon 1928 veröffentlicht, die Untersuchungen wurden aber erst seit Anfang der sechziger Jahre routinemäßig weltweit praktiziert. Das Ergebnis der Untersuchung meiner Mutter war allerdings niederschmetternd. Die Diagnose lautete Krebs des Gebärmutterhalses oder medizinisch Cervix-CA. Ich kann über das Stadium, also über die Verbreitung der bösartigen Zellen zum Zeitpunkt der Erkennung heute keine Aussagen machen. Ich gehe aber davon aus, dass es noch im Anfangsstadium war. Sonst wäre sie noch früher gestorben. Nun hätte man damals das erkrankte Gewebe trichterartig herausschneiden, auch Konisation genannt, und danach je nach pathologischem Befund eine kurze Nachbestrahlung draufsetzen können. Schließlich wäre auch die komplette Entfernung der Gebärmutter eine bekannte und sehr erfolgreiche Option gewesen. Doch man scheute sich, diesen Eingriff bei einer so jungen Frau zu machen, obwohl sie schon zwei gesunde Kinder hatte, und suchte nach einem anderen Weg. So überwies man sie an einen bekannten Göttinger Professor, der ohne eine vorausgehende Operation wie Umschneidung des Muttermundes oder Entfernung der gesamten Gebärmutter lediglich eine Bestrahlung mit Radium empfahl, die dann auch in mehreren Abschnitten durchgeführt wurde. Diese Behandlungsmethode klingt zunächst als sanft im Vergleich zu einer radikalen Operation. Der Erfolg ist aber auf lange Sicht nicht so gut, was sich später auch bewahrheiten sollte. Es kam durch eine zu hoch dosierte oder auch schlecht zielgerichtete Bestrahlung zu einer Verbrennung des umliegenden Gewebes. So sah man sich gezwungen, einen künstlichen Darmausgang, einen anus praeter, anzulegen, den sie zeitlebens behalten sollte. Sie kam aber hiermit bemerkenswert gut zurecht. Wer es nicht wusste, hätte es nie bemerkt. Durch die Bestrahlung und Erkrankung selbst ließ die Konstitution meiner Mutter sehr nach. Von meinem Vater, der mit Krankheiten nichts anfangen konnte, bekam sie keinerlei Unterstützung. Im Gegenteil, er zog sich immer mehr zurück. Da sprang jedoch der Bruder meiner Mutter ohne Wenn und Aber großzügig ein, um ihr zu helfen. Meiner Mutter hatte man eröffnet, sie sei ausbestrahlt, mehr könne man nicht für sie tun. Aber es gab am Tegernsee in Rottach-Egern einen Arzt, der mit alternativen Medizinmethoden versuchte, schwer krebserkrankte Menschen wieder aufzubauen. In seiner Privatklinik bekamen die Patienten sehr eiweißreiche Kost und viele

Fruchtextrakte wie Sanddorn, was ja bekanntermaßen hoch Vitamin–C-haltig ist. Zum seelischen Aufbau gehörte auch die Aufforderung zu langen Bergwanderungen in den umliegenden Alpen. So sehr auch dessen Heilmethoden umstritten waren und sind, fest steht, dass meine Mutter bei diesen wiederholten Kuren jedes Mal aufblühte und sich immer besser fühlte. Meine Schwester und ich haben sie in dieser Zeit in den Schulferien ein paar Mal besucht und in der Jugendherberge in Reitrain übernachtet. Hierbei lernten wir auch bei den gemeinsamen Ausflügen mit meiner Mutter oder auch mit anderen Schülergruppen aus der Jugendherberge den Tegernsee und seine Umgebung kennen und lieben. So habe ich später nach Jahrzehnten in Rottach-Egern mehrfach Urlaub gemacht, jetzt mit meiner eigenen Familie. Denn in der Erinnerung ist eine glückliche Zeit geblieben, in der meine Mutter aufblühte, relativ schmerzfrei viel Zeit für ihre Kinder hatte und die Differenzen mit ihrem Mann, der sie dort niemals besucht hat, vergessen konnte. Es kam wie es kommen musste. Meine Eltern hatten sich restlos auseinandergelebt. Zuhause wurde sie geradezu rücksichtslos behandelt. Es gab nur noch Auseinandersetzungen. In der Nähe eines Zusammenbruchs wollte meine Mutter nur noch weg. So einigte man sich, die Scheidung einzureichen und sich zu trennen. Nur war eine Scheidung zu der Zeit längst nicht so einfach wie heute. Das Argument, es handele sich um eine zerrüttete Ehe, wurde in den fünfziger Jahren vor Gericht allein nicht zugelassen, obwohl sie das genau war. Es musste laut damals gängiger Rechtsprechung offiziell einen Schuldigen geben. Nach vielem Hin und Her, meine Mutter konnte einfach nicht mehr die Schindereien ertragen, willigte sie ein, sich in dieser Ehe für schuldig zu erklären. Unfassbar! Es wäre heute interessant nachzulesen, ob dafür auch das Argument eines angeblichen Seitensprunges hatte herhalten müssen. Man einigte sich mit einem Vertrag, den jeder in der heutigen Zeit stehend zerrissen hätte: Meine Mutter durfte die mit in die Ehe gebrachten Gegenstände wie Möbel, Teppiche et cetera mitnehmen. Außerdem sollte sie bis zu ihrem Lebensende eine Rente von dreihundert D-Mark ohne Inflationsausgleich bekommen, was einer heutigen Kaufkraft von etwa fünfhundert Euro, also dem Sozialhilfesatz entspricht. Da wir Kinder das sechzehnte Lebensjahr überschritten hatten, wurden wir amtlich gefragt, zu welchem Elternteil wir wollten. Wir entschieden uns beide für unsere Mutter. Mein Onkel hatte seiner Schwester inzwischen angeboten, nach St. Peter zu ziehen. Wegen des Schulwechsels der Kinder sollte meine Mutter für meine Schwester monatlich einhundertundfünfzig D-Mark maximal bis zum Erreichen des Abiturs, also April 1959, erhalten. Obwohl ich rein rechnerisch mein Abitur im April 1958 machen sollte, wurde vertraglich konzediert, dass ich auch ein Jahr länger das Gymnasium besuchen könnte, da man wegen des Schulwechsels keineswegs damit rechnete, dass ich den Schulabschluss rechtzeitig machte. Ich bekam dennoch zeitgerecht 1958 meine Hochschulreife und ersparte so meinem Vater die Zahlung von 12 x 150 Mark, also eintausendundachthundert D-Mark, die ich gut und gern später hätte zum Studium brauchen können. Übrigens war neben vielen anderen Unstimmigkeiten ein Streitpunkt meiner Eltern fast immer das Abitur beider Kinder, für das meine Mutter sich bedingungslos einsetzte.

Glücklich in St. Peter

In St. Peter angekommen, begann noch einmal eine glückliche Zeit für meine Mutter. Ihr Bruder stellte seiner
Schwester von den ererbten Häusern das an der Hauptstraße gelegene Gästehaus „Haus Stephan" zur eigenen
Bewirtschaftung und zum Wohnen zur Verfügung. In einem unteren Zimmer gegenüber einer kleinen Küche
wohnte meine Mutter, wir beiden Kinder schliefen oben
in zwei Dachkammern. Im Sommer wurden sämtliche Betten vermietet. Dann schlief ich draußen in einem selbst
gebauten Holzschuppen oder in einer Garage des Kur- Hotels. Das war nicht ungewöhnlich. Denn noch heute wird
in der Hauptsaison an der Nord-und Ostsee jedes, aber
auch wirklich jedes Bett vermietet, um das Einkommen zu
verbessern. Die Preise für Halb- oder Vollpension waren
für heutige Verhältnisse unvorstellbar niedrig. Reich
konnte man damit nicht werden. Im Haus selbst half meiner Mutter eine fleißige, aber in sich gekehrte Frau namens Lene. Sie, früher hätte man sie als alte Jungfer bezeichnet, war in den Kriegswirren aus dem Osten nach St.
Peter gekommen und irgendwie zu meinem Großonkel als
Hilfskraft gestoßen. Wir hatten sie nach dessen Tode mit
übernommen. Als Faktotum, man nennt es auch Mädchen
für alles, lebte sie mit in unserer Familie. Dabei war sie
sehr schweigsam. In ihrem Reinigungsdrang war sie aber
über alle Maßen gründlich, dass man wirklich aufpassen
musste. So wusch sie empfindliche Wäsche aus Seide mit
der Wurzelbürste. Bei dem Auftrag, den Gehweg vor dem
Hause zu reinigen, musste meine Mutter sie aufhalten, als

sie mit Schrubber und Spüleimer ausgestattet, den wei-ßen Mittelstreifen auf der Hauptstraße vor dem Haus be-arbeitete. Sie war anders als die meisten Menschen, hatte bestimmt ein schweres Schicksal erfahren, über das sie nie sprach, und war eine herzensgute Seele. Als ihre Ver-wirrungen zunahmen, war es Zeit für eine Aufnahme in ein Heim.

Meine Mutter hatte ihren Lebensmut wieder zurückge-wonnen. Die Pension lief gut und die Gäste kamen gern wieder, nicht nur weil sie eine ausgezeichnete Köchin war, sondern weil sie mit ihrem fröhlichen Wesen sehr bald viele Freundschaften schließen konnte. Ihre beiden Kin-der, die das Gymnasium in St. Peter-Böhl besuchten, brachten viele Freunde und Freundinnen mit ins Haus, die meine Mutter alle gern bewirtete. Ein Teil dieser Schüler war im Internat untergebracht und freute sich, wenn sie im Kreise unserer kleinen Familie in meiner Mutter eine temporäre Ersatzmutter fanden, der sie ihr Herz ausschüt-ten konnten und die auch vor allem zuhörte. Sehr bald freundete sie sich mit den Frauen der Kurverwaltung an, die direkt auf der gegenüberliegenden Straßenseite ihren Sitz hatte. Wie die meisten Frauen im Alter von zweiund-vierzig Jahren hatte sie durchaus nicht an Attraktivität ver-loren. Im Sommer saß sie oft zusammen mit der ganzen Familie im benachbarten Hotel ihres Bruders oder half dort auch mit aus. Da sie selbst gern feierte, organisierte sie auch für ihre Gäste ein Gartenfest. Und als meine Schwester sich nach einigen Jahren verlobte, wurde im Haus Stephan mit allen Verwandten einschließlich meiner Großeltern, die aus Bückeburg angereist waren, groß gefeiert. Jetzt wurden die Weihnachtstage etwas bescheidener nur im engsten Kreis unter uns festlich begangen, aber umso weniger mit Spannung beladen. Den dazu gehörigen Weihnachtsbaum hatte ich verbotenerweise noch am Heiligabend morgens in einer Schonung abgesägt.

Auf meine Mutter wartete auch schon mal ein ganzer Personenzug der Bundesbahn. So wollte sie einmal ihren Pelzmantel mit dem Zug nach Husum zum Kürschner bringen. Ich begleitete sie zum Bahnhof. Dort angekommen, bemerkte sie erst, dass sie den Mantel überhaupt nicht mitgenommen hatte. Und der Zug sollte in aller Kürze abfahren. Darauf bat sie mit ihrem ganzen weiblichen Charme den Bahnhofvorsteher, doch den Zug so lange warten zu lassen, bis ich das gute Stück von Zuhause mit dem Rad geholt hätte. Nach einigem Hin und Her willigte der Bahnbeamte ein, ich fuhr los und holte den Mantel. Zurückgekommen, hob sich das einarmige Abfahrtsignal, der Vorsteher gab mit einem Pfiff das Abfahrtszeichen und der Zug setzte sich mit rund einer halben Stunde Verspätung in Bewegung. Es zeigt, dass meine Mutter mit ihrer herzlichen Art vieles bewegen konnte und dass vor sechzig Jahren der Zugverkehr noch weitaus gemütlicher war. Wenn man von Hamburg in Richtung Norden, zum Beispiel zur Insel Sylt reisen wollte, begann die Reise damals wie heute nicht im Hamburger Hauptbahnhof, sondern im Bahnhof Altona. Der Schnellzug hielt das erste Mal in Itzehoe, dann in Heide, was immer mit der quakenden Lautsprecherstimme mit „ *Haaaiideee – Holssstein*" mit spitzem „Es" ausgerufen wurde, und dann „Friedrich (s) stadt", nachdem man die Eider überquert hatte. Und weiter ging es nach Husum, wo zum Zug in Richtung St. Peter gewechselt werden musste. Der Schnellzug fuhr dann weiter bis Niebüll, von dort ging es über den Hindenburgdamm zur Insel Sylt. In Husum ausgestiegen wartete auf dem Nachbargleis eine kleine Dampflok mit sechs Personenwagen mit Plattformen jeweils auf beiden Seiten, über die man auch während der Fahrt von einem in den anderen Wagen gehen konnte und die lediglich mit kleinen Ketten abgesichert waren. Dass in der Mitte des Wagendaches ein kleines Abzugsrohr zu sehen war, hatte seinen Grund. Dort stand nämlich in der Mitte eines jeden Waggons ein kleiner Kanonenofen, der in den Wintermonaten vom Schaffner beheizt werden musste. War also die erste Abfahrt morgens um 6 Uhr, kam im Winter der Schaffner eine Stunde früher zur Arbeit, um rechtzeitig die Personenwagen zu beheizen. Sämtliche Wagen hatten nur Holzbänke. Die Bahngleise waren nur einspurig. Hier konnte man wirklich sagen: *Blumenpflücken während der Fahrt verboten.* Mit etwa 30 Stundenkilometer zuckelte die kleine Dampflok zunächst ohne Halt von Husum bis Tönning, einer verträumten Hafenstadt mit Stadtrechten seit 1590, die aber einmal als frühere Grenzstadt zu Dänemark bei der Blockade Englands zu Napoleons Zeiten und ein anderes Mal während der britischen Seeblockade im ersten Weltkrieg eine wichtige Rolle im Handel gespielt hatte und dabei auch reich geworden war. Hier gab es wenigstens mehr als ein Bahngleis, hier konnte rangiert werden, hier konnte der Gegenzug passieren. Danach aber wurde die Fahrt immer romantischer. Von dem etwas höher gelegenen Bahndamm hatte man aus den Waggonfenstern einen herrlichen Blick über die Halbinsel Eiderstedt, die seit über eintausend Jahren nachweislich besiedelt ist. Es ist vielleicht eine Frage der Sichtweise, was man als schön empfindet. Einige mögen Berge, andere Menschen freuen sich, wenn sie dreißig Kilometer weit ins Land sehen können. Ein paar Sommerdeiche, grüne Wiesen, durch die sich einige Priele winden, darauf hunderte, ja tausende Rinder weidend, hier und da auf einer Warft ein Haubarg, wie man die riesigen, mit Reet bedeckten Bauernhäuser nennt, in denen Mensch und Vieh lebten, an den Bahndämmen das leuchtende Gelb des Sanddorns. Ab und zu hielt der Zug an, ohne dass ein Bahnsteig, geschweige denn ein Bahnhof zu erkennen war. Nur an dem Trampelpfad in Richtung einer fernen Besiedlung und einem kleinen Schild konnte man erkennen, dass diese offizielle Ein- und Ausstiegstelle auch regelmäßig benutzt wurde. Danach kam das Städtchen Garding, erstmalig im Jahre 1109 erwähnt. Vor St. Peter hielt der Zug noch einmal in Tating, wo die älteste Kirche der gesamten Region der Halbinsel Eiderstedt steht. Kurz danach erahnte man bei guter Sicht im Norden den berühmten Leuchtturm vom Westerhever Sand, dessen Bild heute einige Menschen von der Werbung her kennen. Schließlich hielt der Zug an einem Bahngleis ohne Bahnhofsgebäude, aber mit dem Schild St. Peter-Dorf. Dort herrschte früh morgens und dann wieder am frühen Nachmittag reger Betrieb, da dort all die Fahrschüler des Gymnasiums aus all den gerade genannten Orten ein- und ausstiegen. Endstation war St. Peter-Ording, diesmal mit zwei Gleisen zum Rangieren und einem kleinen Bahnhof, aber ohne Sperre, die zu jener Zeit eigentlich auf allen anderen Bahnhöfen sonst obligat war.

Der Verlust der Mutter

Nach dieser kleinen Exkursion über St. Peter zurück zu meiner Mutter. Ihre beiden Kinder hatten inzwischen ihr Abitur abgelegt und St. Peter verlassen. Zwar kamen sie in den Semesterferien, besonders im Sommer, immer wieder gern nach Haus, aber im Winter wurde es im Hause immer einsamer, zumal es früher in den Seebädern keine Gäste gab und sämtliche Lokale und fast alle Hotels geschlossen waren. So beschloss meine Mutter, sich in der Schweiz in einem größeren Hotel in der Wintersaison als Hausdame zu bewerben. Gern wurde sie angenommen. In ihrer Freizeit besuchte sie die Sehenswürdigkeiten der Region ihrer neuen Wirkungsstätte. Irgendwann besuchte sie auch wieder einmal ihre Eltern in Bückeburg, diesmal mit Hund. Zu dem Hund war sie durch mich gekommen. Ich hatte als Student im Sommer in der Nordheide auf einem Bauernhof in der Ernte geholfen. Dort fand ich den wunderschönen Jagdhund Arko, der nur angekettet war, weil er einmal gewildert hatte. Ich band den Hund mit Erlaubnis des Besitzers los und kümmerte mich in den vier Wochen um ihn sehr intensiv. Wir wurden Freunde. Als ich gehen wollte, schenkte mir der Besitzer den Hund. Voller Stolz nahm ich ihn mit nach St. Peter, wo meine Mutter, auch eine Hundenärrin, meinen „Arko" sofort in ihr Herz schloss. Da der Hund im Studium nur hinderlich gewesen wäre, ließ ich ihn bei meiner Mutter, die ihn dann bei einem Besuch ihrer Eltern mit nach Bückeburg nahm. Dort verschwand er eines Tages und war nie wieder aufzufinden. Ob er wegen erneuter Wilderei erschossen worden war, oder ob jemand den stolzen Jagdhund, der schon damals mehr als eintausend D-Mark gekostet hätte, mitgenommen hat, haben wir nie erfahren.

Doch im Winter 1962/63 reichte meiner Mutter die Kraft nicht mehr, in der Wintersaison in der Schweiz zu arbeiten. So fuhr sie, da sie in St. Peter allein gewesen wäre, wieder zu ihrer Mutter nach Bückeburg. Ihre Kraft ließ mehr und mehr nach. Schließlich musste sie ins Krankenhaus eingeliefert werden. Zwar wurde sie noch einmal entlassen, aber es ging ihr gesundheitlich nicht gut. Zu der Zeit studierte ich in Hamburg und besuchte sie ein paar Mal mit dem Auto meines Onkels. Da sich ihr Zustand aber immer mehr verschlechterte, musste sie wieder stationär aufgenommen werden, diesmal wegen Überfüllung der Bückeburger Klinik im Krankenhaus des benachbarten Stadthagen, was für meine Großmutter verkehrstechnisch sehr unglücklich war. Anfang April erhielt ich die Nachricht, dass man meiner Mutter nicht mehr helfen könne. Es hatten sich nach zehn Jahren erneut Metastasen im Körper verbreitet, die man mit den damalig bekannten Methoden nicht heilen konnte. Am 9. April 1963, meinem fünfundzwanzigsten Geburtstag besuchte ich sie noch einmal in der Klinik. Meine Mutter war ruhig und hatte offensichtlich keine Schmerzen. Dass sie es nicht mehr schaffen würde, ahnte sie wohl. Wir sprachen aber nicht darüber. Ich half ihr in der Mittagszeit beim Trinken und Essen. Danach verabschiedete ich mich mit den Worten, ich käme nachmittags mit ihrer Mutter zurück, da ich das Auto meines Onkels hätte. Als ich nach dreißig Minuten Fahrzeit in Bückeburg ankam, erreichte uns ein Anruf: meine Mutter sei soeben ruhig und friedlich eingeschlafen. Dass meine

Mutter im Sterben lag, darüber hatten mich auch die Ärzte informiert. Dass ich aber ausgerechnet nur eine sehr kurze Zeit davor sie verlassen hatte und nicht ihre Hand hatte halten können, macht mich bis zum heutigen Tage sehr traurig. Auch meine hochschwangere, in London lebende Schwester hatte es nicht mehr rechtzeitig geschafft, sich für immer von diesem von allen geliebten und großartigen Menschen zu verabschieden. Beigesetzt wurde sie in Bückeburg in dem Familiengrab. Bei der anschließenden immer munter werdenden Trauerfeier mit vielen gebürtig ostpreußischen Verwandten verließen meine Schwester mit ihrem Mann und ich vorzeitig die Gesellschaft. Für alle, die je meine Mutter Ruth kennengelernt haben, bleibt sie eine großartige, fröhliche Frau, deren Leben einfach zu kurz war, die stets auch in ihren schwersten Phasen ihres Lebens positiv in die Zukunft schaute.

Meine Schwester und ihre Familie

Nun ist es längst an der Zeit, auch über meine Schwester zu berichten, die an einem schönen Sommertag des August 1939 in Bückeburg zur Welt kam. Nur wenige Monate nach ihrer Geburt und dem Überfall auf Polen hatte sich mein Vater wieder bei der Marine gemeldet. So stand meine Mutter allein mit zwei kleinen Kindern da und versuchte aus der Situation das Beste zu machen. So schreibt sie im Februar 1941 an ihren Bruder: *„Freude und Ablenkung sind mir meine Gören, die ich jetzt rechts und links an die Hand nehme und mit ihnen spazieren gehe. Sie sind gesund und munter und im Augenblick mal grade ganz gut lenkbar."* Und weiter heißt es in dem Brief: *Bärbel ist ein kleiner, wilder Ausbund und von allen wegen ihres sonnigen Wesens sehr verwöhnt."* Die nächsten Jahre laufen parallel zu meinem Leben gleich ab mit allen Höhen und Tiefen. Der einzige Unterschied, sie ist 15 Monate jünger als ich. Wie schon erwähnt, war sie bei meinen Großeltern väterlicherseits nicht gerade das Lieblingskind, was sie wohl auch mit zunehmendem Alter selbst merkte. Dafür war sie aber als Mädchen der ganze Stolz ihres Vaters, auf dessen Schoß sie später gern herumhüpfte und tollte. Doch bei aller Liebe meines Vaters zu seiner Tochter konnte sie ihn dennoch ziemlich verärgern, eigentlich mit einer völlig unschuldigen Angelegenheit. Ihr wurde nämlich bei Autofahrten regelmäßig schlecht. Und wenn dann mein Vater urplötzlich gezwungen war anzuhalten, damit Barbara im letzten Moment durch die geöffnete Wagentür nach draußen sich erbrechen konnte, zeigte er seinen

Unmut. Während unserer gemeinsamen Kindheit verstanden wir uns einigermaßen. Ich soll im Jungenalter dazu geneigt haben, besonders Mädchen zu ärgern, damit waren neben meiner Schwester auch meine Cousinen gemeint. Ich habe das natürlicherweise nicht so empfunden. Auf dem gemeinsamen Schulweg gingen wir immer mit einem gewissen Abstand zueinander. Doch auch Kindern werden vernünftiger. Und umso älter wir wurden, umso mehr es in der Ehe meiner Eltern sichtbar kriselte, je mehr meine Mutter erkrankte, desto mehr wuchsen wir beide zusammen. Als wir uns für nur einen Elternteil entscheiden mussten, spürten wir die Gemeinsamkeit und entschieden auch so.

Auf dem Gymnasium hatte meine Schwester sehr bald viele Freundinnen und Freunde. Ihre beste Freundin war die Tochter eines Apothekers. Die beiden Mädchen waren fast ständig zusammen. Auch trieben sie beide den gleichen Sport und fuhren nachmittags mit dem Rad zum Mittellandkanal, um dort im Zweier- oder Viererboot das Rudertraining aufzunehmen und sich auf Regatten vorzubereiten. Auf dem Gymnasium musste man sich in der siebten Klasse entscheiden, ob man den mathematischen, den neusprachlichen oder den altsprachlichen Zweig belegen wollte. Während ich mich auf Anraten meines Vaters für Griechisch und Latein entschied, bevorzugte sie Mathematik und die Naturwissenschaften. Da der Unterricht in Mathe sehr viel schneller und intensiver als bei mir verlief, konnte sie mir bei meinen Hausaufgaben sehr bald helfen, obwohl sie eine Klasse niedriger als ich war.

Wir waren beide auf ausdrücklichen Wunsch meines Vaters aus organisatorischen Gründen gemeinsam konfirmiert worden. Jetzt besuchten wir auch gemeinsam die Tanzschule, diesmal aber, weil die Mädchen üblicherweise ein Jahr früher gingen und auch reifer waren als ihre pubertierenden Tanzpartner. Beim Tanz verstanden wir uns ausgezeichnet und bestritten später in St. Peter so manchen Tanzwettbewerb. Aus dem Pubertätsalter gerade heraus, begannen bei meiner Schwester und ihren Freundinnen die ersten Liebschaften. Mit einigen dieser jungen, fast gleichaltrigen, verliebten Männer ruderte ich auch auf Regatten. So war ich als Bruder stets halbwegs informiert, was bei meiner Schwester geradeso lief. Nun lassen sich diese Liebeleien mit der heutigen Zeit überhaupt nicht vergleichen. Das gilt für Jungen und Mädchen. Etwas abhängig von dem Bildungsgrad war bei fünfzehn-/sechzehnjährigen Mädchen eine heftige Knutscherei das Maximum der Gefühle. Alle waren wir im Sportverein Schaumburgia des Gymnasiums, wo man sich traf. Sexuelle Beziehungen gaben es frühestens zum Zeitpunkt des Abiturs, und das auch nur von wenigen und sehr begrenzt. Von Aufklärungen in der Schule über Sexualität war man noch meilenweit entfernt. Die Pille zur Verhütung gab es noch nicht. Verhüterli oder Kondome konnte man nur in der Apotheke beziehen, was schon für Schüler eine ziemliche Hemmschwelle bedeutete. Es war die Zeit wie von Goethe beschrieben: *„O zarte Sehnsucht, süßes Hoffen, der ersten Liebe goldne Zeit. Das Auge sieht den Himmel offen, es schwärmt das Herz in Seligkeit"*.

Doch durch die Scheidung unserer Eltern wurde die Bückeburger Zeit jählings unterbrochen. Wir mussten Abschied nehmen von all unseren Freunden. Aber so restlos gingen diese Freundschaften niemals entzwei. In St. Peter wurden wir dann eingeschult und sie hatte das Glück, im Gegensatz zu mir, im gleichen gymnasialen Schulzweig wie in Bückeburg ihre Ausbildung fortzusetzen. Sommer wie Winter fuhren wir mit dem Rad rund fünf Kilometer bei Regen, Schnee und Wind zur Schule und mittags wieder fünf km zurück. Wie das an der Nordsee so ist, hatten wir fast immer Gegenwind. Eine Schulbusbeförderung, wie sie heute schon bei nur wenigen Kilometern Distanz üblich ist, kannte man nicht. Nur wenige Schüler und Schülerinnen kamen wie wir direkt aus St. Peter. Die eine Hälfte der Schüler kam jeden Morgen mit der Bahn aus den Dörfern der Halbinsel Eiderstedt. Der weiteste Weg war aus Tönning, gute zwanzig Kilometer entfernt. Die andere Hälfte wohnte in dem angegliederten Internat, das zum Ende der Kriegszeit für die Berliner Schüler mit dem Gymnasium wegen der Bombardements gegründet worden war. Hier machte dann auch meine Schwester im Jahr 1959 ein Jahr nach mir ihr Abitur.

In unserer Freizeit mussten wir alle besonders während der Sommersaison nicht nur in der Pension meiner Mutter helfen, sondern auch mein Onkel benötigte in seinem ererbten Kurhaus alle möglichen Hilfen. Im Sommer fanden sich aber neben den Kindern meines Onkels auch die anderen Cousinen in St. Peter ein. Abends saßen wir dann alle gemeinsam am großen Familientisch im Vorraum des Saales, von wo man einen guten Überblick hatte, und nahmen bei einem großen Eisbecher am abendlichen Tanzvergnügen teil. Während meine Cousinen nach irgendwelchen braungebrannten Jungen vom Strand geradezu schmachteten, sehnte sich meine Schwester mehr nach dem einen oder anderen Mitschüler, die sich auch nicht scheuten, meiner Mutter zielgerichtet ihre Aufwartung zu machen. Besonders der Älteste von einer Geschwisterschaft aus dem Internat hatte es meiner Schwester oder umgekehrt sie es ihm angetan. Dieser schaffte es auch, mit dem stibitzten VW Käfer seiner Mutter, die ihn besucht hatte, liebestrunken in einem tiefen Deichgraben zu landen, wo von es auf der Halbinsel Eiderstedt nicht wenige gibt. Dort musste er dann zum Glück unverletzt von einem Traktor eines Bauern herausgezogen werden. Dem Auto war nichts geschehen, nur genauso klitschnass wie der Fahrer, der aber vor seiner Mutter mehr Angst als vor der Mutter seiner Angebeteten hatte. So stand er plötzlich vor Wasser triefend vor unserer Tür und bat um Hilfe, die ihm sofort anstandslos auch geboten wurde.

Doch dann verließ meine Schwester St. Peter nach dem Abitur, um in Hamburg als Pharmazie-Praktikantin für ein späteres Studium in einer Apotheke anzufangen. Wir hatten uns jetzt etwas aus den Augen verloren. Das änderte sich aber, als ich im Jahr 1960 aus Tübingen ebenfalls nach Hamburg kam. Die Wohnsituation war zu der Zeit für Studenten und Auszubildende katastrophal. Während ich anfangs in einer Speisekammer mit einem Fenster zum Innenhof der Alsterarkaden, dafür aber zentral nur einen Steinwurf zum Rathausplatz entfernt wohnte, hauste meine Schwester, besser darf man es nicht beschreiben, in einem zehn Quadratmeter großen, feuchten Kellerraum ohne Fenster in der Rabenstraße in Nähe der Außenalster. Hier traf ich zum ersten Mal ihren Freund, der in St. Peter im gleichen Jahrgang mit ihr das Abitur abgelegt hatte. Zur Schulzeit hatten wir alle drei keinen größeren Kontakt miteinander gehabt, was sich aber nun ändern sollte. Er war gebürtiger Hamburger. Relativ jung war er ins Internat gekommen. Auch schon damals wohnten in Hamburg rund zwei Millionen Menschen. So musste man sich nicht wie in Bückeburg oder St. Peter in dieser großen Stadt häufiger ständig begegnen, obwohl wir die Möglichkeit dazu gehabt hätten. Eines Tages erfuhr ich von meiner Mutter, meine Schwester würde sich verloben. Die Feier fand im Winter in den Räumlichkeiten vom Haus Stephan statt. Sehr bald darauf hieß es dann, sie wollten heiraten. Der Grund war, ihr Verlobter, der als Praktikant bei dem Zeitungsverlag Springer in Hamburg arbeitete, bekam ein Angebot, als Korrespondent für den Springer Zeitungsverlag „zur Fleet Street" nach London zu gehen. Für meinen zukünftigen Schwager im Alter von nur 22 Jahren ein einmaliges Angebot als angehender Journalist.

Die Fleet Street in London war früher weltweit das Synonym für guten Journalismus und gute Zeitungen. Schon im Jahre 1702 siedelte sich dort die erste britische Tageszeitung Daily Courant an, der bald in den nächsten 250 Jahren viele andere berühmte Zeitungsverlage folgten. Falsche Gewerkschaftspolitik und die Verlagerung des Zeitungsimperiums von Rupert Murdoch ab 1986 führte zum Untergang der einst so lebhaften, berühmten Fleet Street. Heute existieren dort nur noch Verwaltungsgebäude. Mehrfach holte ich damals meinen Schwager von seinem

Arbeitsplatz ab. Als ich zu meiner Überraschung dort in einem Pub am hellen Tage mehrere Zeitungsdrucker in voller blauen Arbeitsmontur der Lieblingsfreizeitbeschäftigung der Engländer Dart in aller Ruhe frönen sah und mich wunderte, dass sie sich nicht wieder nach der Pause zu ihrem Arbeitsplatz zurückbewegten, klärte mich mein Schwager auf: Durch die verbesserte Drucktechnik war deren Arbeit als Drucker teils überflüssig geworden. Die starke englische Gewerkschaft hatte aber durchgesetzt, dass diesen Männern nicht gekündigt werden durfte. Statt sie umzuschulen, mussten sie weiterhin morgens sich am Arbeitsplatz melden, sich optisch als Drucker nach außen hin während ihrer imaginären Arbeitszeit zeigen. Da aber nicht ausgehandelt worden war, wo sie sich aufzuhalten hätten, gingen sie während ihrer „offiziellen Arbeitszeit" in den nebenanliegenden Pub, von wo sie vielleicht abgerufen werden könnten, was nie geschah. Am Ende der Woche durften sie sich dann noch ihren Lohn beim Verlag abholen. Aber es gab in dieser Zeit dank der Gewerkschaften noch eine weitere Kuriosität in der britischen Arbeitswelt. So wurden beispielsweise Schritt für Schritt auch auf der Insel die Dampflokomotiven durch Dieselloks ersetzt. Das machte natürlich einen Heizer auf den meist mit Steinkohle beheizten Loks völlig überflüssig. Dennoch durften und mussten diese Leute noch jahrzehntelang auf den E-und Dieselloks mitfahren, um bequem beim Zeitungslesen und mit vollem Gehalt auf die wunderschöne englische Landschaft zu schauen. Mit all diesen Regelungen machte schließlich die englische Premierministerin Margret Thatcher Schluss, die auch „eiserne Lady" genannt wurde. Den letzten Todesstoß auf dieses System in

der Fleet Street gab Murdoch. Das pulsierende Zeitungs-
leben in der Fleet Street ist heute perdu. Dennoch aber
sorgen in Frankreich auch heute noch im Jahr 2017 die
Gewerkschaften immer noch für ähnliche verquerte Ar-
beitszeiten und Beschäftigungen.

Das Paar heiratete, und zwar standesgemäß. So wollte es
meine Mutter. Die Hochzeit fand im Hamburg an der Elbchaussee in der alten Nienstedtener Kirche unter Beteili-
gung der gesamten Familie statt. Gegessen wurde danach
in dem nur wenige Meter entfernten, an der Elbchaussee
liegenden berühmten Restaurant Louis C. Jacob mit seiner großen Terrasse mit dem wunderbaren Blick auf die
Elbe .

Die beiden Jungvermählten zogen kurz nach der Hochzeit
nach London, wo sie sehr bald eine Wohnung in einem der
typischen mehrstöckigen, meist hundert Jahre alten Häuser fanden. Sah ich bei meinen Besuchen aus dem Fenster
auf das baugleiche Haus gegenüber, so fiel mir sofort auf,
dass sämtlich Abwasserrohre, einschließlich des WCs,
meist an einer Ecke an der Außenwand ohne Abdeckung
oder Isolierung in die Tiefe liefen. Als es in London noch
im Jahresdurchschnitt sehr viel wärmer und die Tempera-
turen konstanter als in Mitteleuropa war, brauchte man
an ein Einfrieren der Abwässer nicht zu denken. Wenn
aber das Thermometer auch in London einmal unter 32
Grad Fahrenheit sank, was dem Schmelzpunkt oder dem
Gefrierpunkt von Eis bei 0 Grad Celsius entspricht, mussten sich die Londoner an den stinkenden Fäkalienstau an
ihren Häuserwänden gewöhnen. Obwohl 1995 durch die
Mitgliedschaft in der EU die Temperaturmessung nach
Fahrenheit offiziell nicht mehr erlaubt ist, findet man

diese Maßeinheit noch sehr häufig, da sie im Angloameri-kanischen durchaus noch üblich ist. Ich denke, auch nach dem kommenden „Brexit" werden wieder Fahrenheit und andere Maßeinheiten offiziell

Als ich Anfang der sechziger Jahre meine Schwester in London mit meinem alten VW Käfer besuchte, war es nicht nur für mich, sondern für alle Besucher des europä-ischen Festlands mit unserem gewohnten Dezimalsystem äußerst kompliziert zu tanken und zu bezahlen. Ich wusste nur, dass mein Tank 36 Liter Benzin fasste. Doch nun wurde es bei der zu tankende Menge und beim anschlie-ßenden Bezahlen schwierig. Denn in England und dem bri-tischen Empire wurde vor 50 Jahren noch in Gallonen-Pint-oder Quartmengen Benzin gezapft und gemessen. Eine britische Gallone sind 4,54 Liter. Historisch gesehen entsprach dies einer Menge von 10 englischen Biergläsern oder „Pint". Doch nun ging es ans Bezahlen. Da war Kopf-rechnen angesagt. Denn zu der Zeit war das Duodezimal-system üblich. Dass ein Schilling zwölf Pence sind und zwanzig Schilling den Wert von einem britischen Pfund ha-ben, kann man noch begreifen. Doch damit eine größere Summe nicht als zu hoch imponiert, gab man größere Summen gern auch in Guineas an. Und ein Guinea war wiederum ein britisches Pfund plus ein Schilling oder auch einundzwanzig Schilling. Meine Tankrechnung von insge-samt 3 Pfund konnte ich also aus meinem Portemonnaie mit einer Pfundnote, zwei ganzen und vier halben Kronen, neunzehn Schillingen und zwölf Pence bezahlen. Na, raucht der Kopf? Mir auf alle Fälle damals sehr, denn man zahlte immer mit Bargeld. Scheckkarte oder ähnliche Zahlungsmöglichkeiten gab es noch nicht. Fast alle Zahlungsmittel gab es in Münzenform. Ein buntes Durcheinander von Münzen in meinem Portemonnaie. Im Nachhinein denke ich mir, dass die Engländer damals ganz gut in Mathe gewesen sein mussten. Diese Maßeinheiten wurden in England seit 1971 sukzessive auf das Dezimalsystem abgebaut. Noch witziger scheint es aber wohl immer noch in punkto Mengen in den USA zu sein, wo ich nie gewesen bin. Ich habe gelesen, dass dort eine Gallone nur 3,78 Liter umfasst, was damit zu tun hat, dass es dort nicht die Biergläser, sondern ein Wein Maß zur Definition herreichen musste. Übrigens war vor fünfzig Jahren das britische Pfund echt was wert. Für ein Pfund musste ich beim Wechsel etwa zwölf bis vierzehn D-Mark zahlen, also rund sieben Euro. So haben sich die Zeiten geändert.

Aber es gab noch eine zweite Besonderheit: Das Wetter, das man so nur noch aus alten Schwarzweißfilmen kennt, den Smog, also *smoke* und *fog*. Will man es heute noch einmal erleben, muss man schon nach China, am besten in die Metropole Shanghai reisen. Hier in Europa gibt es das zum Glück nicht mehr. Dabei verdichtete sich der feuchte Nebel der Themse mit dem Rauch aus den unzähligen Kaminen der Wohnungen und Häuser so stark, dass man wirklich kaum noch die Hand vor Augen erkennen konnte. Das ist wirklich nicht übertrieben. Plötzlich tauchte aus dem Nichts in nur einem Meter Entfernung ein Mensch auf. Man bekam unwillkürlich einen riesigen Schreck. Die Autos, deren Lampen wegen des Dunstes kaum zu erkennen waren, huschten gespenstisch ohne Motorgeräusch durch die Straßen. Hören konnte man sie nicht, eigentlich hörte man überhaupt nichts, da der Smog alle Laute verschluckte.

Bei einem meiner Besuche sollte ich auch das renommierte Krankenhaus „Children Hospital in Paddington Green" kennenlernen. Als ich dort in die Patientenzimmer schaute, fiel ich fast rückwärts um, als ich die Zustände sah, wie die Patientinnen mit ihren Kindern untergebracht waren. In einem großen Schlafsaal, in dessen Mitte an einer quadratischen Säule vier Waschbecken unter vergilbten Spiegeln und stumpf glänzenden Wasserhähnen angebracht waren, lagen bis zu acht Mütter auf schmalen Betten, deren Gestelle dringend Farbe benötigt hätten. Keinerlei Lüftung trotz des Geruchs der prall gefüllten Windeln und eine fürchterliche Unruhe im Raum. Da lobte ich mir doch die zwar nicht optimalen, aber weitaus besseren Verhältnisse an meinem Studienplatz. No money, hieß es bei dem britischen National Health Service schon vor sechzig Jahren.

In den folgenden Jahren besuchte ich meine Schwester noch mehrfach und lernte so das noch alte London kennen, dem ich bis heute nachtrauere. An dem der City gegenüberliegenden Ufer der Themse gab es nicht nur viele kleine Werften, sondern auch viele Markthallen voll buntem Leben, urige Pubs und topbesetzte Jazzlokale. Zwar ist der Film von Billy Wilder „Das Mädchen Irma la Douce" mit Shirley MacLaine und Jack Lemmon in den „Quartier des Halles" von Paris gedreht worden. Aber dieser Film hätte mit seiner Atmosphäre in dem damaligen Milieu genauso gut in London auf der leider heute steril sanierten anderen Seite der Themse gefilmt werden können.

In den Folgejahren arbeitete mein Schwager in den USA, eine kürzere Zeit in Deutschland und dann wieder in den in den USA, mal für kürzere, mal für mehrere Jahre, immer die Familie im Schlepptau.

Ich hatte inzwischen 1968 mein medizinisches Staatsexamen abgelegt und war nach einem kurzen Intermezzo in der Chirurgie in Hamburg-Eppendorf 1969 nach Finnland gezogen. Aufgrund der Entfernung beider Kontinente schrieben wir uns nur noch. Auslandstelefonate waren zu der Zeit fast unbezahlbar, genauso wie ein Flug. Auch ich hatte mittlerweile in Finnland eine Familie gegründet. Wegen der dort herrschenden hohen Inflation von bis zu siebzehn Prozent konnte ich mir eine Reise in die USA nicht leisten. Da meine Schwester bei meiner Hochzeit nicht dabei sein konnte, besuchte sie uns allein in den siebziger Jahren während eines Deutschland-Urlaubes von Hamburg aus in Helsinki, wo sie meine Frau Sirkka und meine Kinder kennenlernte.

Als die Familie für ein paar Jahre wieder in London lebte, besuchte ich samt Familie meine Schwester, damit sich nun alle einmal sahen. So fuhren wir mit dem Fährschiff von Cuxhaven aus nach England zu ihrem neuen Domizil. Sie wohnten im Norden Londons in Hampstedt Heath, einem sehr schönen Stadtteil in einer typisch englischen, schönen Wohnung. An dem Tag lernte mein Schwager meine Frau überhaupt zum ersten Mal kennen.

Als dann mein Schwager später wieder in Los Angeles arbeitete, blieb meine Schwester zunächst lieber in London. Sie hatte schon früher dort ihr Examen in Pharmazie nachgeholt und arbeitete nun zufrieden in einer königlichen

Hof-Apotheke mit netten Kollegen zusammen. So blieb sie dort zunächst zusammen mit ihrer ältesten Tochter. Doch bald darauf folgte sie ihrem Mann in die USA. Wenn meine Schwester aber in Deutschland war, trafen wir uns regelmäßig.

Nach mehreren ernsthaften Vorerkrankungen erkrankte mein Schwager vor ein paar Jahren schwer. Erwähnt werden sollte, dass er in seinem Leben nicht nur im sonnigen Kalifornien, sondern auch schon als Schüler direkt an der Nordsee mehr UV-Strahlen abbekommen hatte als ein Normalsterblicher. Darauf von mir kurz vor seinem Tode im Herbst 2014 angesprochen, lachte er nur und antwortete, jeder wüsste doch zu genau, dass in unserer Jugend ein Sonnenschutz so gut wie unbekannt war. Gut, man hätte sich ein Hemd überziehen und einen Hut oder eine Mütze aufsetzen können. Für eine Sonnencreme, die man mit dem Schutzfaktor 12 damals schon als stark bezeichnete, hatten wir Schüler einfach kein Geld. Es war zu erkennen, dass seine Zeit abgelaufen war. Nun konnte ich als pensionierter Mediziner hier und da einen Rat geben und via Mail oder am Telefon meine Schwester in dieser schweren und belastenden Zeit psychisch aufrichten.

Nach dem frühen Tode ihres Mannes hat meine Schwester endgültig beschlossen, ihren Lebensabend in Los Angeles, Kalifornien, zu verbringen, dort, wo sie fast fünfunddreißig Jahre ihres Lebens verbracht hat, wo ihre Töchter und Enkel leben, um die sie sich als Großmutter noch kümmern muss. Da jedes Land, jeder Kontinent einen Menschen irgendwie mit den Jahren prägt, ist auch meine Schwester zur US-Amerikanerin geworden, aber immer noch mit zusätzlichem, deutschem Pass. Sie hat zwar immer noch eine sehr romantische Vorstellung von Europa, die aber nicht mehr der Realität entspricht, wie sie zusammen mit ihrem Ehemann vor Jahren bei einem längeren Besuch in Hamburg erfahren musste. Da ich selbst mehrere Jahre, meine Frau sogar über dreißig Jahre im Ausland gelebt haben, haben wir selbst verspürt, wie man sich langsam entfremden kann. Das Land seiner Geburt ist zwar schön im Urlaub. Aber als älterer Mensch ist es fast unmöglich, sich wieder einzuleben. Seit dem Tode ihres Mannes haben sich unsere Kontakte sehr intensiviert mit Mails und Telefonaten.

Mein Patenonkel und seine Familie

Als ich beim Verfassen meines Skripts anfing, über meinen Onkel und seine Lebensgeschichte nachzulesen, war ich dann doch mit dem Ergebnis mehr als überrascht. Schließlich war er mein Patenonkel, der im ersten Drittel meines Lebens sich wirklich um mich gekümmert hatte, der mich geprägt und geformt hat, in vielen Dingen in meinem Leben ein Vorbild gewesen ist. Mein Onkel kam 1904 in Bielefeld zur Welt. Nach dem Besuch der dortigen Grundschule legte er später in Bückeburg sein Abitur ab. Seit seiner Kindheit hatte er ein starkes Hüftleiden, wahrscheinlich durch Knochentuberkulose verursacht. Nach der Hochschulreife studierte er in Hannover an der Technischen Hochschule mit dem Abschluss als diplomierter Chemiker. Danach wollte er eigentlich noch die Promotionsarbeit abschließen. Doch dazu sollte es nicht mehr kommen. Er musste seine Dissertationsarbeit abbrechen, da er Vater werden sollte und sehr bald für eine Familie sorgen musste. So heiratete er seine Bückeburger Liebe. „Mein Rehlein", nannte er immer seine stets blonde Liebste. Dieser Kosename wurde sehr bald von der gesamten Familie zunächst neckend, später völlig unbewusst und ohne Nachdenken übernommen, auch von der späteren Generation, bei der sie dann „Tante Rehlein" hieß. Genauso blieb sie Zeit ihres Lebens blond bis ins höchste Alter, obwohl sie es niemals gewesen ist, wie meine Mutter mir erzählt hat. Nur hatte es niemand jemals gemerkt. Die junge Familie zog nach Blomberg in Westfalen. Der diplomierte Chemiker übernahm ein Reformhaus in Blomberg.

Zu der Zeit gab es aber nicht nur Handverkauf von Fertigware in einem Reformhaus wie heute, sondern viele Wässerchen, Seifen und Salben wurden noch selbst hergestellt. Doch es dauerte nicht lange, dass mein Onkel ein Arbeitsangebot von einer größeren Hamburger Firma erhielt, wo er erfolgreich einstieg.

Nun findet eine Geschichte ihren Anfang, von der ich zu Lebzeiten meines Onkels und Gönners nicht die geringste Ahnung hatte und auch erst ein paar Jahrzehnte nach seinem Tod erfuhr. Dass der Bruder meines Onkels sich der nationalsozialistischen Partei angeschlossen hatte, wusste ich schon als Schuljunge von den Erzählungen meiner Mutter und von zahlreichen Fotos. Dass aber auch mein Patenonkel ebenfalls ein Sympathisant war, das habe ich nie erahnt noch irgendwie erahnen können, weil dieses in der Nachkriegszeit stets verschwiegen und gut verdeckt wurde. Auch von meiner Mutter, die alles andere als ein Freund der Nationalsozialisten war und sie auch offen ablehnte, hätte es wissen müssen. Nie fiel nur ein einziges Wörtchen in diese Richtung von irgendeinem Lebensgefährten der Generation meines Onkels. Die letzte Bestätigung kam durch den Fund des Mitgliedsausweises der Partei im Nachlass seiner Frau.

Um 1933 erwarb mein Onkel in Oldesloe , das früher mal ein bekanntes Salinenbad war, an prominenter Stelle in der Salinenstraße eine mehrstöckige, große, um die Jahrhundertwende gebaute Jugendstilvilla auf einem großen Grundstück mit abfallendem Hang und weitem unverbaubarem Blick über das Tal der Beste, einem Nebenfluss der Trave, die dort in einem großen Bogen am Grundstück unten vorbeizieht. Die Villa hatte einmal vor den zahlreichen

Umbauten bis in kleine Einzelheiten große Ähnlichkeiten mit der gepachteten Villa meiner Großeltern. Mir hatte man wiederholt erzählt, die Villa hätte mein Onkel einem in die USA ausgewanderden Juden Anfang der dreißiger Jahre abgekauft. Für die große Immobilie habe er dreißigtausend Goldmark bezahlt, was angeblich ein guter Preis für den Verkäufer gewesen sei. Das wären dann, wenn man die Goldmark nach den Angaben des Hamburger Staatsarchivs und des Statistischen Bundesamtes umrechnet, nicht mehr als 146.100 Euro bezogen auf die Kaufkraft gewesen, wenn die erstgenannte Zahl stimmt. Ein absolutes Schnäppchen oder weit unter Wert bei allerbester Lage und zwischen zwei Hansestädten gelegen mit allerbesten Verkehrsanbindungen, auch damals schon. Dass diese Jugendstilvilla, die seinerzeit absolut first class war, mehrfach umgebaut wurde und heute renovierungsbedürftig ist, was nicht billig sein dürfte, ist eine andere Sache. Ich habe das Haus noch in seinem Originalzustand kennengelernt. Die Villa war wirklich wunderschön, damals wie heute.

Der Verkäufer aber war überhaupt kein Jude, sondern ein sechzigjähriger, sehr agiler, tüchtiger, deutscher Geschäftsmann, der teilweise allein in der Region Stormarn bis zu 5000 Leute beschäftigte, der eine große Sozialader hatte und in dem in der Nähe liegenden Herrenhaus Borstel ein Erholungsheim für Kinder seiner Mitarbeiter und seine Kunden unterhielt, die über ein Rabattsystem dabei Berechtigungsscheine einlösen konnten. Eigentlich hätte auch meinem Großvater Friedrich als Margarinefabrikant und meinem Vater der Name dieses Mannes in diesen Jahren bekannt sein müssen, denn der Verkäufer der Villa hatte mit dem anfänglichen Handel vornehmlich mit Margarine so viel Geld verdient, dass er bald zur eigenen Produktion drei Fabriken kaufen konnte. Als Multimillionär konnte er sich vieles leisten, war aber dabei äußerst spendabel. Seine Angestellten, *„von denen er glaubte, sie könnten zueinander passen, drängte er zur Heirat. Nur selten versetzten sich die Auserkorenen dem alten Menschenkenner, denn er machte ihnen die Heirat durch fürstliche Präsente schmackhaft. Die Paare erhielten als Hochzeitsgeschenk ganze Wohnungseinrichtungen und in einigen Fällen sogar ein Eigenheim"*, wie es im Spiegel 12/1956 heißt. Des Weiteren heißt es dort: *„Er brachte es fertig, einen ihm sympathischen Mann auf der Straße anzusprechen und ihm auf der Stelle ein Auto zu schenken."* Das verwaiste Kurhaus in dem ehemaligen Bad Oldesloe wollte er wieder aufblühen lassen. *Berühmt waren die Bier- und Sektfeste, „die er viermal im Jahr für seine Boten im jeweils exklusivsten Hotel des Bezirks gab. Nicht eben zum Entzücken der Hoteliers ließ der Millionär seine Verteiler auf Margarine-Fahrrädern anrollen. Im luxuriös ausgestatteten Foyer zogen sich dann die Boten die Fahrradklammern von den Hosen"*, kann man weiter lesen. Er ließ nicht nur in seinem Wohnort Oldesloe Straßen pflastern, sondern sorgte auch für die Straßenbeleuchtung der Salinenstraße, an deren Ende diese Villa bis heute steht. Dieser Mann war einmal der größte Gönner und Steuerzahler der Stadt Bad Oldesloe. Dieser Verkäufer mit Namen Friedrich Bölck hatte für die an die Macht gekommene Nationalsozialistische Partei einen einzigen Fehler: Er war ein aktiver Sozialist, Mitbegründer der Radikalsozialistischen Partei, ein bekennender Pazifist und unterstützte die

Deutsche Friedensgesellschaft. Alles ausreichend, um für die Nazis ein Dorn im Auge zu sein.

Nachdem seine Villa in der Salinenstraße mutwillig mehrfach beschädigt wurde und Steine durch die Fenster geflogen waren, sah Bölck unter dem Druck der Nationalsozialisten sich gezwungen, das Haus zu verkaufen. Erwerber war mein Onkel. Später wurde er auch genötigt, von seinem Besitz 1936 das Gut Grabau und 1938 das Herrenhaus in Borstel an die nationalsozialistische Regierung und an die SA zu abzutreten. Der einst so erfolgreiche Unternehmer zog sich nur wenige Kilometer entfernt nach Bad Schwartau zurück, wo er mit Sicherheit mitbekommen haben muss, was mit seiner Oldesloer Villa in der Salinenstraße und seinen sonstigen Besitztümern später geschah. 1940 soll er bei einem Autounfall in der Nähe von Plön gestorben sein. Es wäre historisch interessant, diesen vermeintlichen Unfall noch einmal unter die Lupe zu nehmen, wenn man es könnte. Mich wundert nur, dass ich von diesem zwar eigenwilligen, aber sehr erfolgreichen Mann, nach dem eine Straße in Oldesloe benannt war, die heutige Grabaustraße, erst im Alter von über siebzig Jahren erfahren habe, nachdem die Hauptakteure, die ich alle hätte fragen können, nicht mehr auf dieser Welt sind. Niemand, keiner meiner Verwandten, die es alle hätten wissen müssen, hat mir diese wahre, nachlesbare und dokumentierte Geschichte jemals erzählt.

Zum Schluss gibt es noch eine Kuriosität, die zeigt, wie klein die Welt ist. Die Mutter meines verstorbenen Schwagers war eine geborene Bölck und die Nichte des Friedrich Bölck. Nach ihrem privaten Besuch in der Salinenstraße in den sechziger Jahren erhielt sie vom Erwerber der Villa und dessen Frau ein Hausverbot, wie man mir persönlich erzählt hat. Wären durch sie die wirklichen Zusammenhänge ans Tageslicht gekommen? Wer mehr über Friedrich Bölck erfahren will, sollte googlen oder bei wikipedia.de nachlesen.

Mein Onkel hatte ein Grundstück für eine Firma erworben, in der während des Krieges für das Militär nützliche Teile hergestellt wurden. Da er liquide war, konnte er unter anderem auch Kiesgruben aufkaufen, die später für die Bitumen-Herstellung oder andere Produkte von Nutzen sein sollten. Wegen seiner Verbindungen zu den Nationalsozialisten wurde er 1945 für eine längere Zeit in ein Lager in Hamburg-Neuengamme interniert. Doch kaum dort entlassen, wurde mein Onkel sofort wieder aktiv und stellte als erfindungsreicher Mann in seiner Firma alles Mögliche her. Zum Beispiel presste er aus kaum brauchbarem Kohlenstaub und irgendwelchem brennbaren Zusatz brennbare Briketts, die nach dem Kriege Gold wert waren oder er siedete Seife, ebenfalls eine wertvolle Nachkriegsware. Aus dem Hause in der Salinenstraße musste die Familie, die sich durch die Geburt meiner Cousine 1943 vergrößert hatte, nach Kriegsende für eine begrenzte Zeit ausziehen. Später aber sollte ich die Oldesloer Familie für eine längere Zeit nicht mehr sehen. Mein gleichaltriger Vetter war etwa im Alter von 12 Jahren an einer Appendizitis mit durchbrochenem Darm nach wochenlanger Quälerei gestorben. Als Vettern im gleichen Alter hatten wir so viel gemeinsam, dass mein Onkel und meine Tante an den herben Verlust ihres Kindes nicht durch mich stets erinnert sein wollten.

Erst als sie später wieder in der Villa in der Salinenstraße wohnten und ausreichend Zeit vergangen war, besuchte ich die Familie wieder häufiger. Hier beginnt auch die schöne Zeit, an die ich mich gern erinnere. Da es in der Ehe meiner Eltern immer mehr kriselte, wurde mein Onkel mehr und mehr fast eine Vaterfigur für mich, besonders später, nachdem meine Eltern sich getrennt hatten. Die Villa war sehr großräumig mit vielen Zimmern. In einem Zimmer des ausgebauten Dachgeschosses befand sich eine riesengroße, elektrische Eisenbahnanlage der Größe OO. An den Hängen des Gartens konnte man die unterschiedlichsten Apfelsorten pflücken. In einer Ecke fütterte mein Vetter besondere Vögel in einer Voliere. Hier konnte man als Junge wunderbar spielen.

Mein Onkel hatte das Kurhaus in St. Peter-Bad inzwischen von seinem Onkel geerbt, restauriert und ausgebaut und benötigte auch jede Hilfe. Da meine Mutter mit ihren Kindern jetzt in St. Peter so viel Unterstützung durch ihn bekommen hatte, halfen wir ihm bereitwillig und gern. Er wiederum zeigte sich fast jeden Abend sehr generös und lud uns alle zum großen Eisbecher ein. Wenn es meine Schule erlaubte, nahm er mich auch gern einmal auf seinen Dienstreisen mit. So begleitete ich ihn zur großen internationalen Chemiemesse in Düsseldorf, wo zum ersten Mal nach dem Weltkrieg verschiedene Kunststoffe wie Nylon und hauchdünne Plastikfolien präsentiert wurden, deren künftige Anwendung kaum jemand zu der Zeit noch einmal erahnen konnte. Bei dieser Reise hatte er gehofft, auch seinen ebenfalls Chemie studierenden Sohn zu treffen. Doch dem stand mehr eine Düsseldorfer Maid im Sinn.

Als ich dann zum Studium nach Tübingen ging, legte mein Onkel als „Alter Herr" einer Sängerschaft großen Wert darauf, dass auch ich in seine Studentenverbindung einträte, was ich aber nicht tat, sondern in einer Turnerschaft aktiv wurde. Aber genauso wie er habe ich dann mehrfach mit einem Rapier gefochten. Schon seit zwei Jahrhunderten schlossen sich an den Universitäten des deutschsprachigen Raumes Studierende aus den Regionen ihrer Heimat zusammen, die Landsmannschaften genannt wurden. Die latinisierten Bezeichnungen wie Borussia wiesen auf Preußen oder Suevia auf Schwaben als Herkunft hin. Neben der ältesten Gruppierung aus dem 18. Jahrhundert, den Corps, gab es dann andere Verbindungen mit unterschiedlichen Interesseschwerpunkten wie Sängerschaft, Turnerschaft und Burschenschaft. Letztere hatte als Hauptinteresse die Abschaffung der Kleinstaaterei Deutschlands. Einige von diesen Studentenschaften fochten mit einem Rapier, einer Art Degen, nach ganz bestimmten Regeln. Hierbei bestand die Möglichkeit einer meist ungefährlichen Kopfverletzung. Jedoch war die Narbe später oft sichtbar, was einer ewigen Kennzeichnung ähnlich einer Kaste zumindest für Eingeweihte gleichkam. Diesen Anachronismus des Fechtens üben zum Glück heute nur noch sehr wenige Fehlgeleitete aus. Gern hätte ich in meinem Leben darauf verzichtet, denn niemand hat mich später gefragt, wie viele „Partien" ich gefochten habe. Stattdessen wurde ich stets nach meinem Können und meiner Person beurteilt. Die Mitgliedschaft ist lebenslang, auch über das Ende des Studiums hinaus. Daher der Begriff „Alter Herr". Meist unterstützten diese dann auch die Jüngeren finanziell. Wegen der Nähe vieler dieser Vereinigungen zum politisch äußerst rechten

Spektrum bin ich sehr früh aus der Studentenverbindung ausgetreten. Um gerecht zu sein: Es gibt aber auch Vereinigungen, die nicht fechten und sich mehr der Kultur, dem Glauben oder anderen Interessen widmen.

Obwohl ich nun als Turnerschafter gewissermaßen von der Konkurrenz war, waren mein Onkel und ich doch eines Geistes. Er unterstützte mich als Pate, wo er nur konnte.

Mich vollständig einzukleiden, machte ihm besonders Freude. Bevor sein Sohn dann 1958 in St. Peter seine Liebste heiratete, trafen wir uns im Hamburg zusammen mit meiner Tante bei einem renommierten Herrenausstatter am Rathausmarkt, wo er mir meinen ersten Smoking kaufte samt allem, was dazu gehört. Diesen Smoking sollte ich noch über ein Jahrzehnt lang bei vielen Gelegenheiten anziehen, insgesamt mögen es wohl allein acht bis zehn Hochzeiten gewesen sein, auch noch bei meiner eigenen. Aber es gab noch viele andere Gelegenheiten. Bis in die siebziger Jahre war der Kleiderkomment sehr konservativ. Ging ich beispielsweise mit meinem Smoking in die Staatsoper mit Studentenausweis für nur vier oder fünf D-Mark, war ich keinesfalls „overdressed". Nur beste Kleidung war allgemein angesagt. Die meisten Frauen hatten für solche Zwecke ihr „kleines Schwarzes" im Schrank. Pullover und Jeans bei Theater-oder Opernbesuchen war „out". Fiel jemand durch hellere, buntere, aber gepflegte Kleidung in der Oper auf, so waren es oft amerikanische Touristen, die in Hamburg auch ein kulturelles Ereignis besuchen wollten.

Nach dem Kauf zogen wir, wie auch bei anderen Hamburger Treffen, in die allseits bekannte und berühmte Fischbratküche in der Hamburger Spitaler Straße. Es sollte nicht das letzte Mal sein, dass er mich einkleidete.

Ein paar Jahre danach, das Kurhaus war inzwischen verkauft worden, ich studierte inzwischen in Hamburg, fuhr ich fast jedes Wochenende in das nur 40 km entfernte Oldesloe, die Reisetasche vollbepackt mit dreckiger Wäsche. Zurück nach Hamburg war die Wäsche sauber gewaschen und von meiner Tante und ihrer Schwiegertochter bestens gebügelt. Außer einem Restbratenstück von meiner Tante fanden sich in der Tasche auch ein paar gute Flaschen Wein aus den Restbeständen von St. Peter.

Als meine Mutter schwer erkrankt im Bückeburger Krankenhaus lag, stellte mein Onkel mir ohne Wenn und Aber für den Besuch zur Mutter ein Auto zur Verfügung, einen „Borgward Isabella", eines der besten und modernsten Autos seiner Zeit, das heute noch als Oldtimer der Stolz eines jeden Besitzers ist. Nachdem meine Mutter gestorben war, war ich noch mehr auf Unterstützung angewiesen. Also bot mir mein Onkel an, an jedem Wochenende bei ihm zu arbeiten, wofür ich gut entlohnt wurde. In den sechziger Jahren wurde bei einer Wochenarbeitszeit von über 40 Stunden durchaus noch samstags regelmäßig gearbeitet. Eine meine Aufgaben war es, sämtliche seiner meist persönlichen Akten auf dem Fabrikboden zu sichten, zu sortieren und dann zu vernichten. Allerdings würde bei dieser derartigen Vernichtungsmethode auf dem Fabrikhof heute innerhalb kürzester Zeit die Polizei aufgrund einer Anzeige erscheinen. Nachdem nämlich die Akten sortiert waren, schichtete ich diese mitten auf dem von der Straße gut einsichtbaren Hof aufeinander und zündete den Haufen an. Sollte er nicht vernünftig brennen, wurde er mit einer großen Stange gelupft und gewendet, manchmal wurde auch ein wenig Brandbeschleuniger, wie es heute heißt, also schlichtweg Benzin oder auch Diesel, dazu gekippt. Niemand störte sich an der riesigen, dunklen Wolke. Dann gab es noch eine zweite Aufgabe, die zwar leicht war, mir aber überhaupt nicht lag. Ich sollte *Capo,* Aufpasser, spielen. Es war die Zeit der ersten Gastarbeiterwelle, die der Italiener. Auch bei meinem Onkel arbeiteten mehrere Männer, die in einem Nebengebäude der Fabrik untergebracht waren. Sie blieben zum Teil viele Jahre, einer von ihnen namens Lalla sogar Jahrzehnte. Er versorgte später voller Liebe auch den Garten des Privathauses und wurde fast ein Familienmitglied. Die Aufgabe dieser italienischen Gastarbeiter war es, jeden Samstag, wie in vielen anderen Betrieben ebenfalls damals üblich, die Straße und das Fabrikgrundstück aufzuräumen und zu reinigen. Nur hatten die Italiener bei den Deutschen den Ruf, wahrscheinlich noch als ein Relikt aus der „Waffenbruderschaft" im letzten Weltkrieg, nur *dolce far niente,* süßes Nichtstun, zu kennen. Auf alle Fälle war mein Gönner der Auffassung, die guten Männer würden nur dann wirklich arbeiten und nicht rauchend herumstehen, wenn ich sie in Bewegung hielte. Na ja, nur Antreiber wollte ich auch nicht sein. So ergriff ich selbst die Schaufel und den Besen und spielte so den Vorarbeiter. Als ich dann später einen eigenen VW Käfer hatte, durfte ich anschließend diesen an der gegenüberliegenden Werkstankstelle auch jedes Mal volltanken, rund dreißig Liter. Fünfundfünfzig D-Pfennig kostete der Liter Benzin. Auch nicht zu verachtende Hilfe.

Eine bestimmte Zeit lang war mein Onkel auch Präsident der Handelskammer von Lübeck. So war es für ihn eine Selbstverständlichkeit, wenn nicht sogar eine Pflicht, an den winterlichen Festbällen im Saal der Lübecker Schiffergesellschaft, einem der ältesten und berühmtesten Restaurants Lübecks, teilzunehmen. Sein Sohn studierte weit weg im Süden. Aber seine Tochter, die inzwischen die Tanzschule besucht hatte, und mich als begleitenden jungen Herrn, wie es die Etikette so wollte, nahm mein Onkel gern mit. Selbstverständlich alles in großer Garderobe. Den passenden Smoking dazu hatte ich ja schon bekommen. Standesgemäß fuhren wir, meine Tante, mein Onkel, meine Cousine und ich im großen Opel-Diplomat vor. Das Auto war neben dem Mercedes der größte in Deutschland gebaute Personenwagen, dazu mit automatischem Kupplungsgetriebe, was mein Onkel wegen seiner Behinderung bevorzugte. Das Fest war grandios. Wir waren auch nicht die einzige Gruppe in dieser Konstellation. Denn auch andere Leute der Geschäftswelt, der High Society, hatten in der Hoffnung einer eventuellen späteren Verbindung oder nur zum Kennenlernen ihre Sprösslinge mitgebracht. Die jüngere Generation erkannte das Bestreben, schmunzelte, genoss den Abend und suchte sich später im Leben selbst anderswo den eigenen und geeigneten Partner. Die 26 km lange Heimfahrt immer der Landstraße entlang wurde dann noch einmal spannend. Zwar bot meine Tante sich an, uns zu kutschieren. Aber da eine Alkoholkontrolle sehr selten war, bestand mein Onkel darauf, sich auch noch als Wagenlenker trotz erhöhten Pegels zu profilieren. Zur Rechtfertigung sei gesagt, dass in den sechziger Jahren ein Alkoholpegel von 1,6 Promille Blutalkoholkonzentration (BAK) noch nicht strafbar war. Für Getränkefahrer, auch Bierkutscher genannt, die bei jedem Halt und bei jeder Bieranlieferung noch ein Schlückchen mit dem Wirt nahmen, lag die Grenze bei 2,4, was heute völlig vergessen ist. O Tempora mutantur!

Kurz nach meinem Studium ging ich nach Finnland, wo ich drei Jahre später meine Frau Sirkka heiratete. Selbstverständlich bekamen mein Patenonkel und seine Frau nebst meiner Cousine eine Einladung, die sie auch alle drei wahrnahmen. Mein Vetter und seine Frau konnten derzeit nicht kommen. *„Was soll ich aus Deutschland mitbringen"*, fragte mich mein Onkel. Die Antwort von mir lautete *„Wein"*, denn vor dem EU-Beitritt Finnlands war sämtliche Alkoholika nicht nur limitiert, sondern auch an der Grenze des Bezahlbaren. Mein Onkel, gutmütig und großzügig wie er nun einmal mir gegenüber war, räumte einen Teil der Restbestände vom Kurhaus St.Peter aus seinem Keller und packte sie in den hinteren Kofferraum seines Autos. Was dann damit in Finnland geschah, schildere ich im zweiten Teil meiner Erzählungen.

Ab Februar 1977 wohnte ich dann wieder mit meiner Familie in Deutschland in Cuxhaven. Wir sahen uns ab und zu bei meinen Besuchen. Aber wegen seines Diabetes mellitus und der damit verbundenen Durchblutungsstörung ging es ihm schon schlecht. Ein Bein hatte man ihm schon amputieren müssen. Ein Jahr später kam es zur Zweitoperation. In diesem Zusammenhang gab es eine Komplikation, die dann bald darauf zu seinem Tode führte. Leider war ich zu diesem Zeitpunkt 2000 km weit entfernt mit meiner Familie wieder in Finnland, diesmal im Urlaub. Es gab noch keine Mobiltelefonverbindung. So erfuhr ich alles sehr spät und konnte aus organisatorischen Gründen mich nicht mehr von ihm verabschieden und rechtzeitig zur Beerdigung kommen, was ich sehr bedaure.

Während meines Studiums habe ich einen japanischen Schwarzweißfilm gleich mehrfach gesehen, in dem ein Mordfall von sieben Zeugen sieben Mal aus ihrer Sichtweise geschildert wird, jedes Mal unterschiedlich. Der Film heißt Rashomon. Dies schreibe ich deshalb, weil ich heute weiß, dass mein Patenonkel auch von den ihm sehr nahestehenden Menschen sehr unterschiedlich und anders gesehen und beurteilt wird bzw. wurde. Jeder von ihnen hat auch mit ihm andere Erfahrungen gemacht, gute und schlechte. Mir gegenüber war er immer freundlich. Es gab nie einen Zwist zwischen uns. Anders seine engsten Familienangehörigen, die manche Schwierigkeit im Umgang mit ihm hatten. Für mich war er eine absolute Persönlichkeit, wenn auch nicht immer eine einfache. Ich habe von ihm gelernt, auch einfache und nicht begüterte Menschen anzuerkennen und ohne Dünkel mit ihnen umzugehen, stets bestrebt zu sein, mich fortzubilden, gern und kräftig zu feiern und vor allem großzügig zu sein. Wäre da nicht das Sympathisieren mit den Nationalsozialisten zum Zeitpunkt des Erwerbs der Villa gewesen, was ich persönlich erst im Alter von fast achtzig Jahren erfahren sollte, hätte er auch einen Straßennamen verdient, aber wohl nur aus meiner Sicht.

Eigentlich müsste dieser Abschnitt Elisabeth heißen, aber genauso wie es sich für eine Suppenwürze der Firma Maggi eingedeutscht hat, hieß meine mit dem Namen Elisabeth getaufte Tante nicht nur bei ihrem Ehemann, sondern in der gesamten Verwandtschaft und auch in deren Freundeskreis „Rehlein". Zum Glück nennen mich nicht alle Menschen „Dietz" oder „Ditz", sondern auch noch Diethard. Nichtsdestotrotz, muss ich wohl jetzt mit der Bezeichnung „Rehlein" weiterschreiben. Sie kam 1909 im gleichen Jahr wie mein Vater in Bückeburg zur Welt und hatte einen älteren Bruder, der den Betrieb seines Vaters, allerdings nicht so glücklich, später weiter fortführte. Auch sie besuchte wie meine Mutter die Marienschule, das Lyzeum für Mädchen. Als eine der ersten jüngeren Frauen in Bückeburg erwarb sie einen Pkw-Führerschein. Nun konnte sie flott die Straßen unsicher machen. Bei ihren Touren durch die Stadt lernte sie auch den gleichaltrigen Wilhelm Friedrich Junior kennen. Vielleicht hat sie ja sogar später die Verbindung zu meiner Mutter hergestellt. Irgendwann war sie dann ihrem Zukünftigem, damals noch Student, begegnet. Da diese Begegnung aber nicht folgenlos war, heiratete sie bald. Vier Monate später kam mein Vetter zur Welt, der später dann bei bestimmten Anlässen, wenn von Sexualmoral die Rede war, häufiger spöttelte, dass er als nur ein vier Monate altes Frühgeborenes dennoch sich gut entwickelt hätte. Nach Blomberg dann in Bad Oldesloe lebend bekam sie im Mai 1938 ihren zweiten Sohn, der leider sehr früh verstarb. Ihr Ehemann war nicht immer leicht zu handhaben. So musste sie mit diplomatischem Geschick so manche Scharte wieder reparieren. Dieses Geschick der Diplomatie, verbunden mit zunehmender ausgesprochener Lebenserfahrung, sollte sie im Laufe ihres langen Lebens bis zur Höchstform entwickeln. Ihr Mann, trotz seiner Behinderung ein begnadeter Tänzer, wurde auch von anderen Frauen gern geschätzt.

So musste der Haussegen häufiger wieder zurechtgerückt werden. Da gab es in Hamburg eine junge Frau, von der ich noch Chopin-Noten besitze, die nicht selten in Oldesloe weilte. Auch ihre Tochter, etwa im Alter meines Vetters, war dort häufiger Gast. Meine Tante machte gute Miene zum bösen Spiel und überstand so manche Ehekrise. Sie verstand sich nicht nur mit meiner Mutter, sondern mit allen Menschen gut. Sie unterstützte ihren Ehemann, wo sie nur konnte und glättete auch so manche gefährliche Woge, die ihr Mann veranlasst hatte. Sie konnte aber auch genauso wie ihr Mann richtig feiern und war ebenfalls eine sehr gute Tänzerin. Aus der einst gertenschlanken Frau war nach dem Krieg ein richtiges Pummelchen geworden. Ein Resultat des Nachholbedarfs nach dem Krieg und des stets guten Essens. Dennoch konnte man sich nur wundern, welche „kesse Sohle" sie hinlegen konnte, wenn sie den Rock leicht anlupfend einen Charleston tanzte. Sie soll, wie meine Mutter mir sagte, als junges Mädchen einmal eine „flotte Biene" gewesen sein. Das konnte man gern glauben. Als meine Mutter krank wurde, unterstütze sie die von meinem Onkel gebotenen Hilfen. Nach dem Tode meiner Mutter war sie wie eine Ersatzmutter für mich. Die Sorge um meine Wäsche und mein leibliches Wohlergehen waren nur Äußerlichkeiten. Viel wichtiger war für mich, dass ich stets auch mit meinen Sorgen zu ihr kommen konnte, auch dann noch, als ich erwachsen war und selbst eine Familie hatte. Ich war aber nicht der einzige Mensch, für den sie ein Gehör hatte. Als sie meine Frau kennenlernte, schloss sie diese sofort in ihr Herz. Auch meine Frau Sirkka mochte sie weitaus mehr als meinen Onkel, der ihr gegenüber nicht gerade rücksichtsvoll war. Nachdem mein Onkel gestorben war, trennte sich meine Tante sehr früh von Oldesloe und zog in ein Altersheim am Timmendorfer Strand, wo ich sie noch häufiger besuchte. Noch im hohen Alter war sie geistig fit und aktiv, spielte wie immer stets gern Karten und sang im Chor. Stets musste sie wissen, was in der Familie und um sich herum passiert. Sie war das Zentrum der großen Familie. Sie wurde über neunzig Jahre alt. Als meine Tante später im Altersheim mehr Hilfe benötigte, kümmerte sich besonders die Frau meines Vetters um sie. Das gute Verhältnis zwischen den beiden Frauen war weitaus mehr, als es üblicherweise zwischen einer Schwiegermutter und der angeheirateten Tochter ist. Es war über die Jahrzehnte langsam und stetig gewachsen. Doch ich berichte der Reihe nach:

Mein Vetter kam im April 1932 noch in Hamburg kurz vor dem Umzug nach Oldesloe auf die Welt. Dort wuchs er dann auf und legte 1952 in dem nur einen Steinwurf vom Elternhaus entfernten Gymnasium sein Abitur ab. In seiner Entwicklung wurde er schon von Kindesbeinen an durch seinen sehr dominanten Vater beeinflusst. Aus der Zeit während des letzten Weltkrieges habe ich an meinen Vetter nur eine einzige konkrete Erinnerung: Sein Jugendzimmer befand sich im obersten, ausgebauten Dachgeschoss im Giebelzimmer. Als ich dort einmal das Zimmer betrat, sah ich an die Wand gelehnt verschiedene Insignien der Hitlerjugend, bei der er als Gymnasiast Mitglied war. Auf dem Gymnasium schloss er viele Freundschaften, die bis ins hohe Alter bestehen sollten. Viele seiner Uraltfreunde habe ich noch kennengelernt. In den Schränken der großen Villa gab es viele Bücher und mein Vetter las gern. Oft ging er auf die Toilette, ein Buch unter dem Arm, und schloss sich ein. Dann war „Horsebü", wie sein Kosename war, erst einmal für mindestens eine halbe Stunde verschwunden. Nach seinem Abitur begann er in Innsbruck mit dem Chemiestudium, was er mit der Promotion in Hamburg beendete. Zu diesem Zeitpunkt aber war er schon verheiratet und wohnte offiziell im Hause seiner Eltern. Während seiner Studienzeit waren wir in den Semesterferien sehr viel im Sommer in St. Peter zusammen, nachdem sein Vater das Kurhaus dort übernommen hatte. Hier musste er in seiner freien Zeit fleißig mithelfen. Hier lernte er auch seine zukünftige Frau kennen, die nach ihrem Schulbesuch und einer kaufmännischen Lehre nun bei der Kurverwaltung in St. Peter-Ording arbeitete. Ihr Bruder war zur gleichen Zeit im Internat von St. Peter. Sie war, als ich sie kennenlernte, eine junge, fröhliches Frau, die sich schnell Freunde machte, so auch zu meiner Mutter, deren Pension im Haus Stephan, direkt gegenüber der Kurverwaltung lag, die so aber auch als Erste den beginnenden Flirt ihres Neffen mit der jungen Frau mitbekam. Im Dezember 1958 heirateten sie in St. Peter. Dort trug ich zum ersten Mal den von meinem Onkel extra zu dieser Hochzeit gekauften Smoking. Der Bräutigam ging wieder ins Studium und die Braut zog jetzt mit ihren Schwiegereltern nach Bad Oldesloe. Dort war schon wohnungsmäßig vorgesorgt. Das junge Paar zog in die obere Etage und die Älteren machten es sich in der unteren zurecht. Nach dem Studium trat mein Vetter in die Firma seines Vaters ein. Dabei war eine seiner Aufgaben, die Kontakte zu den Kunden zu pflegen. Das junge Paar hatte inzwischen einen großen Freundeskreis und feierte gern mit all ihren Freunden große Feste in der ersten Etage. „Let´s kiss" hieß einer der modischen Gruppentänze, die die gesamte Generation beim Tanz so in Schwung brachte, dass die Holzdecke im Wintergarten zwischen der unteren und oberen Wohnung an einem Abend so stark rhythmisch schwankte, dass alles einzustürzen drohte. Da wachten sogar meine Tante und mein Onkel im unteren Stockwerk aus ihrem allabendlichen Nickerchen vor dem Schwarzweiß-Fernsehen wieder auf, als der noch von dem erwähnten Erbauer stammende, gläserne Kronleuchter, der heute noch dort hängt, im gleichen Rhythmus der Musik und des Tanzes schwingend hin und her wippte. Nachwuchs hatte sich auch schon angemeldet. Im Juni 1961 kam der Sohn, was für die konservativ denkende Familie sehr wichtig war, zur Welt. Acht Jahre später meldete sich ein Mädchen an. Zwischendurch aber zog die ganze junge Familie nach Eschershausen an der Weser, wo mein Vetter für mehrere Jahre arbeiten sollte. Doch dann ging das Leben wie gehabt in Oldesloe weiter.

Die verwitwete Schwiegermutter meines Vetters war ebenso wie deren Sohn, der anfänglich ebenfalls Chemie studierte, dann aber Lehrer wurde, häufig in Oldesloe anzutreffen. Er, mein Vetter und ich spielten häufig meist im Winter wie erwachsene Jungen mit der riesigen, elektrischen Eisenbahnanlage der Firma TRIX, die im oberen Wintergarten aufgebaut war. Einmal beschenkte mein Vetter seine Frau zum Heiligabend mit einer sehr zugkräftigen Lokomotive, „die Grüne Krokodillok der Schweizer Bundesbahn", für diese Anlage. Ohne das Gesicht zu verziehen, nahm sie das Weihnachtsgeschenk an, ließ es aber wochenlang ungeöffnet in der Originalverpackung, so sehr ihr Mann auch drängte, doch endlich die Maschine einmal fahren zu lassen. Außer der Mutter, dem Bruder und einer Cousine der Frau meines Vetters lernte ich niemanden ihrer Seite kennen. Später klärte mich der Schwager meines Vetters auf und berichtete mir, dass die Familie ursprünglich aus Suhl stamme und sein Vater, ein Jurist und Regierungsbeamter, im Jahr 1945 bei den Kämpfen um Berlin umgekommen sei. Heute ist es vor allem die Frau meines inzwischen verstorbenen Vetters, die die familiären Kontakte immer noch aufrechterhält und so auf diese Weise in die Fußstapfen ihrer Schwiegermutter getreten ist.

Nach dem Tode des dominanten Familienoberhauptes führte sein Sohn nun mit seiner Frau die Firma, später auch unterstützt durch deren Sohn. Nachdem auch meine Tante ins Altersheim am Timmendorfer Strand gezogen war, herrschten nun im Haus der Salinenstraße ähnliche Verhältnisse wie eine Generation zuvor, unten die Alten und oben deren Sohn mit Frau und Kindern. Nicht nur mit der Firma ging es aus Gründen, die ich nicht kenne, inzwischen abwärts, auch die bisher so gepflegte Villa mit dem riesengroßen Garten, der früher einmal zu Lebzeiten meines Onkel ordentlich und liebevoll gepflegt worden war, verkam mehr und mehr. Daran konnten auch die wenigen spärlichen Verbesserungsarbeiten meines Vetters nicht helfen, da er selbst aufgrund seines Alters nicht mehr aktiv eingreifen konnte oder delegieren wollte. Niemand entfernte die massenhaften, stinkenden Tretminen, die von den Hunden beider Familien überall auf dem Rasen verteilt wurden. Schließlich verwilderte dieser einstmals so schöne Garten mit seinen terrassenartig angelegten Obstbäumen restlos. Nach ein paar Jahren wurde die

Firma geschlossen, bzw. Produktion und /oder Verkauf eingestellt Das Gebäude steht heute teils leer, teils sind die Räumlichkeiten vermietet. Ein Verkauf des gesamten Objektes soll wegen Altlasten schwierig sein. Mag sein, dass dem so ist. Aber noch schlimmer ist eine bleibende Industrieruine am Stadtrand.

Auch meinem Vetter, mit dem ich in meiner Jugend zumindest in Bad Oldesloe häufig von Bürgern auf der Straße verwechselt worden war, fing im Alter von siebzig Jahren an, sowohl physisch als auch psychisch nachzulassen. Mehrere ernste Erkrankungen beschleunigten diesen Verlauf. Da wir genau sechs Jahre und zwei Tage altersmäßig auseinander sind, habe ich ihn stets genau beobachtet, gewissermaßen versucht, in meine körperliche und seelische Zukunft zu schauen, um vorzeitig besser zu erahnen, wie es mir sechs Jahren später gehen könnte. Leider wurde mein Vetter in seinen letzten Jahren zu einem Pflegefall. Aufgrund allgemeiner Schwäche und einer Lungenentzündung verstarb er Mitte 2017 im Alter von 85 Jahren. Ich könnte also noch ein paar Jahre Zeit haben.

Mitten in den Wirren des zweiten Weltkrieges kam 1943 als drittes Kind meines Onkels und seiner Frau eine Tochter zur Welt. Die ganze Familie war höchst entzückt. Meine Mutter wurde ihre Patentante. Die Tochter, blond, von Statur ähnlich wie ihre Mutter nicht groß, besuchte wie ihr Bruder die gegenüberliegende Schule. Ihr Ein und Alles war ihr sehr gelehriger Pudel „Toxi", den wir alle in unser Herz geschlossen hatten. Sie ist die Jüngste meiner gesamten Generation. Gern erinnere ich mich an die Weihnachtstage, wenn sie und ich am Vortage des Heiligabend eine Flasche Sekt aus dem großen Bestand ihres Vaters öffneten, eine gute Schallplatte auflegten und gemeinsam den großen und sehr hohen Weihnachtsbaum im Wintergarten des Hauses schmückten. Wegen des Altersunterschiedes zwischen ihrem Bruder und ihr von nicht ganz zwölf Jahren kommunizierten die beiden Geschwister nicht so gut. Mich jedoch betrachtete meine Cousine fast als ihren älteren Bruder, da der Altersunterschied nicht so groß und mein Denken wohl auch nicht so konservativ wie in ihrem Elternhaus war. Am Ende ihrer Schulzeit wollte sie einen Sprachferienkurs in England machen. Zu der gleichen Zeit lebte meine Schwester in London. Also fuhren wir mit meinem etwas brüchigen, aber durchaus fahrbereitem VW Käfer Cabrio, dessen Tank vorher noch von ihrem Vater aufgefüllt war, via Autobahn Richtung Köln und dann auf der Landstraße quer durch Belgien. Eine durchgehende Autobahn in Ost-West-Richtung gab es noch nicht. Dabei ging es halb durch das nördliche Brüssel, vor Oostende dann südlich abbiegend vorbei an Dunkerque, wo wir noch die Reste der Invasion der alliierten Streitkräfte 1944 an der französischen Atlantikküste mit den teils noch erhaltenen Bunkern sehen konnten, bis nach Calais, um die Fähre nach Dover zu nehmen. Nach einem Abstecher in London bei meiner Schwester brachte ich sie zur Fremdsprachenschule nach Hove, dem Nachbarort des bekanntesten Seebades Englands, Brighton, was ich auf dieser Reise so auch gleich mit seiner imposanten Pier und seinem auffälligen Royal Pavillon auskundschaftete. Nach dem Abitur ging sie ins Studium und begann zum Entsetzen ihres Vaters, der sie gern hätte Jura oder Betriebswissenschaften studieren lassen, mit Sozialwissenschaft. Und das ausgerechnet in diesem, wie ihr Vater meinte, „fürchterlichen" Berlin, wo man versacken könnte. Nun, sie versackte dort nicht, lernte aber ihren zukünftigen Ehemann kennen. Sie stellte ihn dann in Oldesloe vor. Dass er akzeptiert wurde, wundert mich noch heute. Denn dieser, der damals Medienwissenschaften studierte, war ein bekennender „Roter", wie mein Onkel sagte, also SPD- Mitglied. Aus ihrem Soziologiestudium wurde nichts. Sie sattelte gegen den erklärten Willen ihres Vaters auf Erziehungswissenschaften um und wurde Lehrerin. Wir sahen uns nur noch selten, meist bei Familientreffen schöner und trauriger Art. In dieser Ehe bekam sie zwei Töchter. Ihr Ehemann war ein in Deutschland sehr bekannter und angesehener TV- Journalist, der auch eine Zeit lang aus London berichtete. Er verstand sich mit der ganzen Familie, auch mit meiner Frau und mir, bis zum heutigen Tag sehr gut. Aus mir nicht bekannten Gründen kam es zur Scheidung. Sie, die von ihrem Vater immer stramm dirigiert worden war, wollte und will heute gern sagen, wo es lang geht. Nach ihrer Scheidung stellte sie später der Familie noch den einen oder anderen Mann vor, bis sie um die Jahrtausendwende einen von der Familie geschätzten, geschiedenen Gartenarchitekten, heiratete. Sie hatten sich bei dem gemeinsamen Hobby Chorsingen kennengelernt. Auch diese Ehe wurde später aufgelöst. Heute im Ruhestand macht sie gern größere Fernreisen, zu denen ihr letzter Ehemann keine Lust hatte. Wir sehen uns heute seltener, telefonieren aber häufiger miteinander.

Mein zweiter Onkel und seine Frau

Nun muss ich über eine lustige Geschichte referieren, die in unserer Familie etwa so erzählt kursierte: Als der zweite Sohn meiner Großeltern 1912 noch in Bielefeld zur Welt kam, waren Hausgeburten, nur unterstützt von einer Hebamme, allgemein üblich. Nach der Geburt ging mein Großvater Gustav nur wenige Stunden später in Richtung Standesamt, um als stolzer Vater seinen Sprössling anzumelden. Nur kam er dort nicht sogleich an. Eigentlich sollte das Kind, wenn es ein Junge würde, Hartmut heißen. So hatte er sich mit seiner Frau vorher geeinigt. Aber auf dem Wege zum Standesamt traf er seinen Schwager Adolf, dem er voller Stolz die Geburt seines zweiten Sohnes verkündete. *„Den wollen wir erst einmal pinkeln lassen"*, meine Adolf, was so viel hieß, darauf trinken wir erst einmal einen. Gustav willigte ein, nur blieb es eben nicht bei einem Trunk. Und noch einer, und noch einen mehr. Der Pegel stieg. *„Wie soll der Junge heißen"*, fragte Schwager Adolf schon mit etwas lallender Stimme. *„Hartmut"*, röhrte Gustav. *„Quatsch"* erwiderte Adolf und dachte nach. Plötzlich sagte er über das ganze Gesicht grinsend: *„Weißt Du, Gustav, wie wir ihn nennen? Alfred Fürchtegott. Klingt doch nicht schlecht?"* Gustav nickte mächtig angesäuselt. Noch ein gemeinsames Prost und sie verließen die Kneipe. Sich beide unterhakend, da ein aufrechtes Gehen allein für beide schwer war, kamen sie beim Standesamt an und meldeten die Geburt eines strammen Jungen am 4. Dezember 1912 unter dem Vornamen „Alfred Fürchtegott" an. Zu bemerken ist, dass unsere gesamte Familie protestantisch ist. Nachdem der Vater und der auserwählte Pate durch Unterschrift dies auch bestätigt hatten, ging es heim. Doch dann, als mein Großvater seinen Rausch ausgeschlafen hatte, bemerkte er, wie seine Frau den Knaben im Arm hin und her wiegte und ihn dabei immer wieder „Hartmut" oder sogar „mein Hartmutchen" nannte.aber schließlich, es rückte mittlerweile der zweite Advent heran, musste der Vater Gustav dann doch mit der Sprache heraus, musste er seiner Frau erklären, wie nun ihr Sohn tatsächlich hieße beziehungsweise offiziell angemeldet sei. Den darauf folgenden Ehekrach kann sich ein jeder selbst ausmalen. Auf alle Fälle wurde mein Onkel niemals so genannt. Knurrend einigte man sich später auf „Freddy" als Rufname, obwohl es in den Papieren anders dokumentiert war. Vielleicht auch als Trost nannte dessen älterer Bruder, mein Patenonkel, eine Generation später seiner Mutter zuliebe seinen zweiten Sohn dann offiziell Hartmut.

Dieser jüngere Onkel war künstlerisch begabt. Er schloss sich aber schon sehr früh den Nationalsozialisten an, wie es mir von meiner Mutter berichtet wurde und es auf Fotos dokumentiert ist. So heiratete er im gleichen Jahr wie meine Eltern 1936 seine Liebe, Tochter einer hanseatischen Kaufmannsfamilie, nicht kirchlich, sondern mit Runenfahnen nach pseudogermanischer Art. Die Eheleute verband privat eine sehr starke künstlerische Ader. So war mein Onkel als junger Mann ausgesprochen kunsthandwerklich tätig, töpferte und drechselte sehr viel. Gern wurden dabei altgermanische Motive erarbeitet. So besitze ich noch heute eine große Holzschale von ihm, die er einmal seiner Schwester geschenkt hatte. Auch seine junge Frau beschäftigte sich sehr mit dem Kunsthandwerk und besaß auch für kurze Zeit ein Geschäft in Bückeburg, wo sie solche Produkte verkauften.

Sie hatten drei Töchter, die ungefähr zur gleichen Zeit wie meine Schwester und ich das Licht zur Welt erblickten. Die älteste Cousine Hiltrud kam im Mai 1938, einen Monat nach mir, zur Welt, ihre Schwester Helge im Jahr 1939 wie meine Schwester Barbara. 1941 sollte sich noch eine dritte Cousine Heide dazu gesellen. Sehr auffällig aber ist schon, dass die Namen sämtlicher Kinder meiner beiden Onkel mit einem H anfangen. Mein jüngerer Onkel zog bald in den Krieg und kam noch ein paar Mal im sogenannten Heimaturlaub von der Ostfront zu seiner Familie, die in dem bekannten, sehr hübschen Kur-und Badeort Eilsen in einem großen Haus unweit des Bahnhofs der elektrifizierten Bahnverbindung mit Bückeburg wohnten. Dort wurde zusammen mit meinen Cousinen so manches Kinderfest gefeiert.

Der Ort Eilsen ist schon seit dem 12. Jahrhundert urkundlich erwähnt. Bereits sehr früh fiel auf, dass es in dem Ort überall sehr stark nach faulen Eiern, also Schwefel, stank. Dies wollte die sehr aktive Gräfin Juliane zu Schaumburg-Lippe ausnutzen und gründete dort schon im Jahr 1794 ein Kurbad, was dann im neunzehnten Jahrhundert geradezu zu einem Modebad wurde, sogar mit einer Spielbank. Die Legende sagt, der Grund der stinkenden Schwefelquellen sei ein Meteorit gewesen und dort triebe der Teufel regelmäßig sein Unwesen. Darum ist der Ort mit den Bad- Gebäuden, die inzwischen der Landversicherungsanstalt gehören, auch heute ein häufiger Treffpunkt okkulter Vereinigungen. Zeichen für einen Meteoriteneinschlag vor Millionen von Jahren gibt es tatsächlich, für einen Teufel nicht so sicher.

Nun, die Geschichte des Ortes kannten wir als Kinder nicht, den Geruch aber bemerkten wir schon. Mir als Bückeburger nicht ganz unbekannt. Denn auch dort roch es mächtig nach faulen Eiern, wenn man einen Spaziergang durch die Hofwiesen hinter dem Schloss machte. Gern fuhren wir mit der alten Bimmelbahn, „Minchen" genannt, zu unseren Cousinen, wo ich auch meinen Onkel traf. Ich erinnere mich ganz genau, dass wir alle zusammen mit ihm in der großen Küche saßen und er berichtete, wie anstrengend und deprimierend der Krieg sei. Meine Mutter war später der Ansicht, ihr Bruder hätte zu dem Zeitpunkt dieses Besuches eine andere, vor allem reellere Sichtweise gehabt und wäre geläutert gewesen. Es war das Jahr 1944 und sein letzter Besuch, bei dem er seine Familie noch einmal sah. Nur gut ein halbes Jahr später wurde er an der Ostfront schwer verwundet, wo ganz genau weiß niemand. Ein paar Jahre danach, etwa 1947, ließ seine Frau zum Entsetzen meiner Großmutter ihren Mann offiziell für tot erklären.

Die Ehefrau (*1913) meines Onkels war seit ihrer Jugend bis ins hohe Alter eine körperlich zierliche, schlanke Frau mit einer künstlerischen Begabung, die sich sehr stark auf ihre drei Töchter, besonders auf ihre jüngeren, neben den Genen väterlicherseits ausgewirkt hat. Nach dem Krieg stand sie wie abertausende Soldatenfrauen ohne eine Gewissheit über die Rückkehr ihres Mannes allein mit ihren Kindern da. Vorerst konnten sie noch in Bad Eilsen wohnen. Aber auch das hatte irgendwann ein Ende. Obwohl es schon deutliche Hinweise auf den Tod ihres Ehemannes gab, konnte sie sich anfangs nicht gegen ihre Schwiegermutter behaupten, die als Mutter noch nicht die letzte Hoffnung aufgegeben hatte. Meine älteste Cousine war mittlerweile gleichzeitig mit mir eingeschult worden. Vom Typ her war meine Tante zäh und schaffte es auch mit familiärer Unterstützung, ihre Mädchen durchzubringen. Die junge, etwa sechsunddreißig Jahre alte Frau, man kann auch sagen, altersmäßig in ihren besten Jahren, lernte in dieser Zeit einen viele Jahre jüngeren Arzt kennen, der gegen alle äußeren Widerstände bereit war, eine Mutter mit drei Töchtern zu heiraten. Meine Großeltern, die schon vorher die Todeserklärung ihres Sohnes hatten schlucken müssen, taten sich verständlicherweise schwer, dies zu akzeptieren. Aber sie kamen nicht umhin. Bald darauf zog die neue junge Familie aus Bückeburg weg in die Stadt, wo nicht nur die anderen Großeltern meiner Cousinen und der Onkel und Bruder ihrer Mutter lebte, sondern wo der junge, strebsame Arzt in einer großen Klinik für Psychiatrie eine Anstellung fand. Nachdem ihr Mann mit über neunzig Jahren gestorben war, überlebte meine Tante ihn noch um viele Jahre. Allein lebte sie in ihrem großen Haus bis kurz vor ihrem Tode. Sie wurde 104 Jahre alt. Da sie jedoch das Leben ihrer Töchter erheblich beeinflusst hat, werde ich in diesem Zusammenhang auf sie zurückkommen, leider nicht sehr positiv, denn ich mochte sie selbst gut leiden.

Hiltrud und ihre Schwestern

Die Formulierung dieses Titels hat schon einen besonderen Grund. Hiltrud (1938) ist nicht nur die Älteste meiner Cousinen, sie ist auch die erste meiner Generation, die, abgesehen von meinem früh im Alter von etwa zwölf Jahren verstorbenen Vetter, schon im Jahr 2013 starb. Unser sechs Jahre älterer Vetter folgte ihr 2017. Als meine Cousinen noch in Bad Eilsen lebten, waren wir ein Herz und eine Seele. Die Verbindung zwischen Hiltrud und mir war allein schon durch die Gleichaltrigkeit und später wegen des gleichen Berufs stärker als zu ihren jüngeren Schwestern. Nach dem Kriege gab es eine sehr schöne gemeinsame Zeit von uns, als unsere gemeinsame Großmutter Wilhelmine mit all ihren Enkelkindern im Jahr 1947 nach St. Peter an die Nordsee zu ihrem Bruder Adolf reiste. Danach wurden die Kontakte geringer, nachdem die drei Mädchen weg in den Norden gezogen waren. Wir trafen uns aber immer wieder im Sommer in St. Peter.

Da das Telefonieren in den fünfziger Jahren nicht nur sehr viel teurer, sondern auch komplizierter war als die heutige Generation es sich überhaupt nur vorstellen kann, schrieb man sich mehr. Jedoch übertreffen die heutigen E-Mails die früher geschriebenen Briefe sicherlich. Über ein halbes Jahrhundert wurden in Deutschland Telefongespräche handvermittelt, anfangs alle, auch die lokalen, später nur noch die Ferngespräche. Erst 1966 wurde in ganz Deutschland das Telefonieren automatisiert, in anderen Ländern noch später. Ende des neunzehnten Jahrhunderts gab es rund 4000 sogenannte „Fräuleins vom Amt", später waren es mehr als das Vierfache. Den Kontakt zur Vermittlungszentrale nahm man durch einen Stromimpuls, hervorgerufen mittels einer Kurbel am Telefon auf, wie ich es selbst noch in Finnland erlebt habe und wie es an unserem ererbten antiken Telefonkasten aus dem väterlichen Haus meiner Frau gut zu erkennen ist. Eine spätere Version war, nur eine bestimmte Nummer zu wählen, auf die sich dann die „Demoiselle" , wie sie auch genannt wurde, meldete und den gewünschten Teilnehmer auf der anderen Seite über ein Stecken von Verbindungskabeln anwählte. Bei lokalen Gesprächen soll die Telefonistin stets gut informiert gewesen sein, so dass die Bemerkung der Telefonistin, der andere Teilnehmer sei nicht zu erreichen, weil er beispielsweise gerade beim Friseur sei, durchaus einmal vorkam. Als Studenten haben wir auch manchmal längere Gespräche mit den sprachlich durchaus charmanten, aber uns völlig unbekannten Damen geführt, was natürlich vom Arbeitgeber Deutsche Post verboten war. So kam es auch hin und wieder zu einer Verabredung mit diesem oder jenem Fräulein vom Amt. Hierbei gab es auch Enttäuschungen, denn auch eine nicht so hübsch aussehende Frau kann dennoch eine sehr schöne, angenehme Stimme haben Dieses komplizierte System für Ferngesprächsvermittlung gab es auch noch in den sechziger Jahren. Die allgemeine Praxis hinkte der technischen Entwicklung um Jahre hinterher. So wurde mehr geschrieben, wobei die Post wegen des hohen Portos sich auf diese Weise eine goldene Nase verdiente.

Anfang der Fünfziger bekam ich von Hiltrud einen langen Brief, in dem sie mir nicht nur von ihrem neuen Schulleben in ihrer neuen großen Stadt berichtete, sondern mich auch auf die dort aktuelle Musik aufmerksam machte, ich müsse mir unbedingt eine bestimmte Schallplatte kaufen. Gesagt, getan. Als ich sie dann auflegte, hörte ich in etwas peitschenden Rhythmus: O*ne, two, three, four, five o´clock, Rocks* und so weiter. Bei den älteren Lesern wird es sofort klingeln. Es war Bill Haley, der mit viel Elan sein *Rock arround the clock* sang und damit die Ära der Rockmusik und dazu des passenden Boogie-Woogie-Tanzes einleitete.

Nach dem Abitur begannen meine Basen, wie sie noch zu Mozarts Zeiten genannt wurden, mit dem Studium. Die beiden Jüngeren studierten Kunst und Hiltrud Medizin. Sie erkrankte während ihres Studiums schwer. Bei den darauffolgenden Rehabilitationsmaßnahmen lernte sie auch ihren zukünftigen Ehemann kennen, ebenfalls Patient. Zu dieser Zeit studierte ich in Hamburg Medizin und war als echter Junggeselle bei allen drei Hochzeiten ein gern gesehener Brautführer. Es war die vierte Vermählung innerhalb der Verwandtschaft. Die Einladungen zu diesen Hochzeitsfeiern kamen per Post. Als ich die erste las, musste ich schmunzeln. Eine Cousine sollte nun durch den Eheschluss künftig „Frau Puff" heißen, die andere Frau „Kuckei". Ich wartete gespannt darauf, ob noch eine weitere lustige Namensänderung eintreten sollte. Doch die dritte heiratete einen netten, aufstrebenden Architekten mit gebräuchlicherem Namen.

Dessen Vater hatte ich schon vorher unter besonderen Umständen kennengelernt, was sich bei der anschließenden Hochzeitsfeier herausstellte. Bei den beiden jüngeren Cousinen fanden beide kirchlichen Eheschließungen im großen Dom ihres damaligen Heimatortes statt, dessen

Kriegsschäden noch zum Teil abgedeckt und nicht völlig wieder repariert waren. Beim gemeinsamen Hochzeitsessen fragte mich der Schwiegervater meiner jüngsten Cousine, ob wir uns nicht schon vorher begegnet seien. Ich konnte das nur bestätigen und erzählte ihm, wie unsere Begegnung ein paar Jahre vorher abgelaufen war: Nach anfänglichem Jurastudium wollte ich in Hamburg Medizin studieren. Da es einen Numerus clausus gab, schlug ich den Weg über die Zahnmedizin in den beiden ersten Semestern ein, da sämtliche Vorlesungen in der Regel in den beiden ersten Semestern fast identisch sind. Außer dem Erwerb sämtlicher Scheine oder Studienbestätigungen absolvierte ich zusätzlich eine Reihe von nicht geforderten Leistungsprüfungen, um mich zu qualifizieren. Als mir dennoch das Medizinstudium verweigert wurde, begab ich mich wütend und enttäuscht in das Vorzimmer des Rektors der Universität, um mit seiner Magnifizenz, so lautet die offizielle Anrede, stante pede, im wahrsten Sinne des Wortes zu sprechen. Als man mich jedoch vertrösten wollte, muss ich wohl etwas energischer geworden sein. Auf alle Fälle musste seine Magnifizenz etwas in seinem Zimmer gehört haben und rief seine Sekretärin im Vorzimmer an, die ihm den Sachverhalt erklärte. Daraufhin wurde ich sofort in das Allerheiligste gebeten. Ich erwartete, etwas naiv, einen großen Mann im schwarzen Talar mit Barett. Stattdessen begrüßte mich loyal und mit einem Lächeln ein äußerst freundlicher, groß gewachsener Mann im Zivilanzug, der sofort allein durch sein Auftreten mir den überschießenden Wind aus den Segeln nahm. Er hörte sich ruhig meine Geschichte an, nahm einen Einblick in meine Bewerbungsunterlagen und Zeugnisse und schüttelte leicht den Kopf ohne viel zu sagen. Dann ging er zum Telefon, während ich bei seiner Sekretärin warten sollte. Nach nur fünf Minuten wurde ich von ihm wieder hereingebeten und als damaliger Rektor der Hamburger Universität eröffnete er mir, ich könne mich in der Anatomie bei Prof. Horstmann zur Fortsetzung meines Medizinstudiums melden. Es dauerte keine 30 Minuten, dass ich mich in der Anatomie zur Verwunderung dieser Sekretärin anmeldete. Die Leistungsprüfungen kamen mir später noch einmal zugute. Nun, diese Geschichte unserer Begegnung konnte ich dem nun angeheirateten Verwandten und Schwiegervater meiner Cousine in Erinnerung bringen. Wie im Rektorenzimmer der Uni, so auch bei der Hochzeitsfeier verstanden wir uns beide sehr gut.

Während die beiden Hochzeiten der beiden jüngeren Schwestern zumindest nach außen hin einen normalen Charakter hatten, war das keineswegs bei der Hochzeit von Hiltrud und ihrem Mann der Fall. Diese Hochzeit hatte nämlich nicht ihre Mutter oder ihr Stiefvater organisiert, sondern unser aller gemeinsamer Oldesloer Onkel, der Bruder des leiblichen, im Kriege gebliebenen Vaters. Denn die drei Mädchen hatten alles andere als eine schöne Kindheit erlebt, was aber der Rest der weiteren Familie erst sehr spät erfuhr und mir von meinen Cousinen erst Jahre danach berichtet wurde. Ihre Mutter hatte von ihrem zweiten Mann inzwischen zwei Söhne bekommen, um die sich die größeren Mädchen kümmern mussten. Dabei ging es nicht nur um das Windeln wechseln, sondern durchaus auch um die weitere geistige und erzieherische Entwicklung der Jungen. Zuhause bei ihnen herrschte ein äußerst strenges Regiment. Nicht nur, dass die beiden jüngeren Brüder bevorzugt wurden, damit konnten die Cousinen leben. Aber wenn etwas nicht wie gewünscht lief, wurden meine Cousinen vom Stiefvater, von Beruf Arzt und Psychiater, unter Duldung seitens der leiblichen Mutter durch Essensentzug oder sogar durch kräftige Schläge vom ihm bestraft. Am schlimmsten hatte die älteste der drei Mädchen, die ihre jüngeren Schwestern schützen wollte, unter dieser Tyrannei des Stiefvaters zu leiden. Und das geschah alles mit dem Wohlwissen der leiblichen Mutter, die niemals einschritt. Als die Großeltern gestorben waren, erbte die Mutter zusammen mit ihrem Bruder einen beträchtlichen Teil eines Vermögens, meistens Immobilien. Deren Verkaufserlös wurde in ein großes Wohnhaus in guter Lage und in die neu eröffnete psychiatrische Praxis ihres Mannes investiert. Während bis dahin, wie mir von den Cousinen erzählt wurde, die Einkünfte des angestellten Stiefvaters begrenzt war und das oft das Essen aus der Küche der Psychiatrieanstalt an Quantität und an Qualität zu wünschen übrig ließ, ging es jetzt aufwärts. Aber sie hatten jahrelang als Halbwaisen regelmäßig eine Rente erhalten und lagen so keineswegs völlig auf der Tasche ihres Stiefvaters. Als amtlich bestellter Gutachter musste der Stiefvater regelmäßig sich vor Gericht äußern. Dabei ging es sehr häufig um das Thema Sexualität. Aber ausgerechnet der Mann, der angeblich als die medizinische Koryphäe auf diesem so heiklen Thema galt, soll Gefallen in sehr praktischer Weise daran gefunden und sich wiederholt in unziemlicher Weise sich seinen heranwachsenden Stieftöchtern, besonders der älteren genähert haben. Zusätzlich soll er sie gezwungen haben, seine Gutachten zu diesem höchst unappetitlichen Thema, besonders für ein Mädchen im heranwachsenden

Alter, niederzuschreiben. Als die älteren Mädchen kränkelten, soll er ihnen angeblich eine Kurznarkose gegeben haben. Was mit ihnen in dieser Zeit passierte ist, wüssten sie nicht. Es muss für meine Cousinen ein fürchterliches Martyrium gewesen sein, denn ohne den Schutz wenigstens seitens ihrer eigenen Mutter konnten sie sich nicht einmal adäquat wehren. Denn hätten sie ihren Stiefvater angezeigt, hätte ihnen niemand geglaubt, da Zeugen vermieden wurden und die eigene Mutter ganz offensichtlich die Augen verschloss. Noch schlimmer soll es gewesen sein, wenn die ältere Schwester die jüngeren vor dem Stiefvater schützen wollte. Dann kamen noch Schläge hinzu. Mit dem Abitur konnten die Mädchen diesem schrecklichen Haus entrinnen. Heute, sieben Jahrzehnte später, weiß man über derartige Vorkommnisse mehr und es wird über ähnliche Fälle offen diskutiert. Hierbei bewahrheitet sich auch, dass sexueller Missbrauch oft von nahestehenden Personen praktiziert wird. Unabhängig von diesen Erfahrungen soll aber die Beziehung der drei Mädchen untereinander unter der Dominanz der ältesten Schwester auch nicht immer wünschenswert gewesen sein. Als meine ältere Cousine heiraten wollte, gestand sie, die bisher alles für sich behalten hatte, die wirkliche Wahrheit über ihre fürchterliche Zeit unserer gemeinsamen Tante. Zu einer Anzeige kam es aber damals nicht, da nicht nur noch zwei Schwestern in diesem Familienverband lebten, sondern auch die Beweislage im Nachhinein äußerst schwierig gewesen wäre. Unser Onkel, der Bruder des leiblichen Vaters, organisierte dann eine sehr schöne Hochzeitsfeier mit allen Verwandten der Familie, aber ohne Teilnahme der stiefväterlichen Familie. Nur die Mutter kam für zwei Stunden dazu, wurde aber von allen geschnitten.

Nach der Eheschließung aller drei Cousinen war unser gegenseitiger Kontakt zunächst sehr dünn. Meine Base Helge hatte, obwohl eine Frau, auch einen Einberufungsbefehl zur Bundeswehr erhalten, zu einer Zeit, als Frauen grundsätzlich noch nicht beim „Bund" beschäftigt wurden, außer als angestellte Putzfrauen. Grund hierfür war, dass der Vorname Helge in deutscher Nomenklatur eigentlich einen Mann bezeichnet, also maskulin ist. Dass es sich bei meiner Cousine um eine Frau handelt, konnte die Bundeswehrverwaltung ohne persönliche Visitation nicht erkennen. Das regelte sich dann aber. Dagegen aber regelte sich nicht ihre Ehe. Eines Tages zog sie aus der gemeinsamen Wohnung aus und heiratete bald darauf ihren zweiten, aus Norddeutschland stammenden Ehemann, der in Heidelberg als Verlagsbuchhändler tätig war. Auch sie widmete sich wieder mehr ihrer Kunst. Später erkrankte sie häufig. Ständig machte ihr der Bauch Probleme, wohl als Folge ihrer schrecklichen Kindheitserfahrungen. So ist sie bis zum heutigen Tag sehr häufig ungewollter Gast einer Klinik. Helge ist mit ihrem klar geschnittenen Gesicht und ihrer prominenten Nase von den drei Mädchen die Hübscheste, auch noch im Alter. Ihrer etwas tiefer gelegenen, aber keinesfalls maskulinen, jedoch melodischen Stimme hört man gern zu. Nach der Pensionierung ihres zweiten Mannes zogen beide von Heidelberg nach Berlin. Sie bewohnen dort eine schöne Wohnung im obersten Stockwerk eines Hauses im Stadtteil Prenzlauer

Berg. Eigentlich war meine Cousine bis vor wenigen Jahren mit sich und der Welt zufrieden, wenn nicht ihr Bauch sie immer wieder geärgert hätte. Nach mehrfachen Darmerkrankungen und mehrfachen, sehr schweren Folgeoperationen geht es ihr heute nicht sehr gut. Hinzu kommt nach dem Ableben ihrer Mutter der Konflikt mit ihren Stiefbrüdern um das Familienerbe sie sehr belastet. Die gemeinsame Mutter, von deren Eltern ein Großteil des Vermögens stammt, hätte noch zu Lebzeiten Klarheit für alle ihre fünf Kinder schaffen können. Doch ist dies leider nicht geschehen. Auch leugnete sie bis zu ihrem Tode die scheußlichen Erlebnisse ihrer Töchter.

Die jüngste der drei Cousinen setzte nach ihrer Ehe ihre Kunststudien fort und bekam drei Kinder, eines adoptiert. Mit ihrem Ehemann, einem sehr gefragten Architekten mit dem Schwerpunkt Städteplanung, wohnte sie außer in Berlin hauptsächlich in Bonn. Inzwischen leben sie getrennt. Der persönliche Kontakt zwischen den beiden Eheleuten riss aber nie ab. Als Jüngste hatte sie nie so eine großen Kontakt zur Familie wie wir anderen Vettern und Cousinen. Innerlich gehörten wir aber zusammen und freuten uns jedes Mal sehr, wenn wir dann doch bei einem Treffen der Familien, sei es aus fröhlichem oder auch traurigem Anlass, sie umarmen konnten. Auch sie sorgte für den Zusammenhalt und lud Anfang der achtziger Jahre sämtliche Familienmitglieder samt Anhang zu sich in ihre große Bonner Altbauwohnung ein. Das Treffen war sehr harmonisch und beim gemeinsamen Essen - sie hatte in einer riesigen Kasserolle einen wohlschmeckenden Lammbraten zubereitet - konnte man sich gegenseitig austauschen. Dabei traf sich die Generation unserer Kinder zum allerersten Male. Auch besuchten wir die Ausstellung ihrer Kunst in einem Bonner Museum. Hier erst merkten wir, dass sich Heides künstlerischen Werke vom Thema, vom Ausdruck, von der Bedeutung, von der Interpretation und von der Größe her nicht in einem Wohnzimmer an die Wand hängen oder auf eine Kommode stellen lassen. Meine Cousine zog, nachdem ihre Kinder sie auch nicht mehr benötigten, auch wegen des künstlerischen Umfeldes, nach Berlin, hat aber immer noch bis heute einen Draht nach Bonn. Die Sommer verbringt sie viel in ihrem Haus in Südfrankreich. Vor ein paar Jahren erkrankte sie ernsthaft. Leider wollte sie es anfangs nicht wahr haben und vertraute sich, trotz Warnung ihrer inzwischen verstorbenen Schwester und Ärztin, irgendwelchen ominösen Heilungsempfehlungen an. Seitdem sie sich aber der Schulmedizin anvertraut hat, obwohl sie diese im Grunde ihres Herzens ablehnt, scheint wohl die Erkrankung zum Stillstand gekommen zu sein. Zwischen uns beiden ist ihre Gesundheit niemals ein Thema gewesen. Der Verlust ihrer Schwester hat sie sehr betroffen und nachdenklich gemacht, wie uns alle. In einer Ihrer Mails schrieb sie mir, wenn wir auch selten Kontakt miteinander hätten, so „hätte ich doch in ihrem Herzen einen guten Platz". Das kann ich genauso freudig erwidern.

Zum Schluss dieses Kapitels muss ich aber nochmals auf meine älteste Base zurückkommen. Nach ihrer Hochzeit fuhr sie zusammen mit Ehemann wieder nach Süddeutschland, um später ihre Ausbildung fortzusetzen und dann in Kaiserslautern zu arbeiten, er als Chirurg und sie als Anästhesistin. Trotz aller beruflichen Belastung bekam sie drei Töchter, zog aber später noch eine Enkeltochter auf. Als beide dann in Kaiserslautern am Zentralklinikum arbeiteten, bauten sie unweit von Kaiserslautern ein großes, am Hang gelegenes Haus. Nach einer schweren Erkrankung ihres Mannes gab es anfangs Schwierigkeiten bei der Wiedereinstellung, die aber schließlich gelöst wurden. Auch meine Cousine sollte wiederholt gesundheitliche Probleme haben. Doch sie blieb ihrem Ruf treu, eine zähe Frau zu sein, die sich nicht so schnell kleinkriegen lässt. Zwei, zu der damaligen Zeit noch nicht so aktuelle Themen beschäftigten sie besonders: Die Schmerztherapie und die Palliativmedizin. In Kaiserslautern begann sie, Schritt für Schritt als Erste in dem Bundesland Rheinland-Pfalz das Hospizwesen für sterbende Menschen auszubauen. Hierfür erhielt sie das Bundesverdienstkreuz am Bande überreicht. Nachdem beide Eheleute mit dem Erreichen des Pensionsalters aus der Klinik ausgeschieden waren, konnte Hiltrud sich umso mehr ihren Lieblingsthemen widmen. Ein Hobby von ihr war die Fotografie, vor allem aber das Filmen. Fast bei sämtlichen Familienfeiern, Jubiläen und runden Geburtstagen kannte man sie, die schlanke Person, die mit einer großen Filmkamera herumlief. War es der fehlende Abschied von ihrem Vater, dass sie sich immer wieder nicht nur beruflich, sondern auch privat mit einem Thema beschäftigte? Die Thanatologie, die Lehre vom Sterben und Tod. So ging sie gern auf Soldatenfriedhöfe oder filmte auch Prozessionen. Dies blieb nicht unbeachtet und ihre filmische Tätigkeit wurde auch mit einem Landespreis ausgezeichnet. Auch schon pensioniert konnte sie nicht ruhen und setzte ihre ganze Kraft in die Hospizarbeit. Zum Glück konnte eine ihrer Töchter, die eine entsprechende Ausbildung bekommen hatte, ihr bei dieser Arbeit helfen und sie entlasten. Neben allem kümmerte sie sich auch um die Familien ihre anderen Töchter in Italien und den USA. Ihr großes Haus stand stets allen offen, besonders all ihren Enkelkindern, die sie über alles liebte.

Eine lange Zeit musste sich Hiltrud häufiger ernsthafte Sorgen um ihren Mann machen, der sich aber trotz aller Hiobsmeldungen immer wieder wie ein Stehaufmännchen hochrappelte. Zur ihrer Großfamilie hielt sie regelmäßig Kontakt. Meine Frau wusste schon, wenn Hiltrud auf dem Telefondisplay zu lesen war, dauerte das Gespräch mit mir oft über eine Stunde, so viel hatten wir uns zu erzählen. Mit zunehmendem Alter fiel mir auf, dass sie nicht nur äußerlich immer mehr Ähnlichkeiten mit unserer gemeinsamen Großmutter Wilhelmine hatte. Auch sie war herzlich, hörte zu, sagte aber auch ihre Meinung und zeigte, wohin der Weg gehen sollte. Dies haben manchmal ihre jüngeren Schwestern, so gut sie sich auch verstanden, zu spüren bekommen.

Es ist noch nicht viele Jahre her, dass Hiltrud und Ehemann in Cuxhaven Urlaub machten. Wir verabredeten uns dort und verbrachten einen sehr schönen gemeinsamen Tag. Da ich dort ein paar Jahrzehnte früher gelebt hatte, konnte ich auch noch gut den Stadtführer spielen und ihnen auch den alten Bahnhof am Kai mit den Abfertigungshallen zeigen, von wo vor einhundert Jahren Tausende von Auswanderern den Weg nach Amerika suchten und sich einschifften. Dabei sagte Hiltrud etwas sehnsüchtig zu Sirkka, sie sei noch nie in ihrem Leben mit einem Schiff gereist, würde das aber nachholen, wenn sie einmal allein sei.

Noch einmal sahen wir uns. Aus organisatorischen Gründen und weil ich in dem Ort auch einmal studiert hatte, feierte ich selbst meinen fünfundsiebzigsten Geburtstag im Kreise meiner engsten Verwandten in Heidelberg. Leider mussten einige absagen. Wir gingen abends gemeinsam in ein schönes Konzert in der Stadthalle, nachdem wir vorher gemeinsam gut diniert hatten.

Beim gemeinsamen Frühstück am nächsten Morgen meinte Hiltrud plötzlich etwas trocken, sie hätte ihre Zweifel, ob wir uns jemals in dieser Konstellation wieder träfen. Ihre Zweifel waren berechtigt. Denn es ging nicht sehr viel Zeit daraufhin, dass sich Hiltrud nichts ahnend von ihrer Ärztin wegen Konzentrationsschwäche verbunden mit Unwohlsein untersuchen ließ. Das Untersuchungsergebnis war niederschmetternd, Metastasen. Sie wurde von Kopf bis Fuß durchgecheckt, bis man schließlich den winzigen Herd entdeckte. In dem ihr sehr wohlbekannten Zentralkrankenhaus erhielt sie alle erdenklichen Therapien. Trotz aller Tapferkeit war die Krankheit aber nicht mehr aufzuhalten. Für sie als Ärztin war es besonders hart, da sie beruflich und als Leiterin einer Hospizstation allzu genau wusste, was sie erwartete. Doch tapfer hielt sie durch. Hier besuchte ich sie noch einmal. Dabei hatten wir ein langes, sehr persönliches Gespräch. Wohl wissend, dass ein Sensenmann uns zuhören könnte, sprachen wir dennoch gut zwei Stunden lang sehr offen und frei über alle Themen. Um sie nicht zu überanstrengen, musste ich gehen. Wir ließen es uns dennoch beide nicht anmerken, wie uns zumute war, als wir uns verabschiedeten—für immer. Bald danach schlief sie im Beisein ihrer Familie und beider Schwestern für immer ein. Obwohl das jetzt schon eine längere Zeit her ist, denke ich noch fast täglich an sie. Sie fehlt mir.

Nach ihrem Tod blühte ihr Mann, von dem Hiltrud immer erwartet hatte, dass er vor ihr sterben würde, wieder physisch ein wenig auf. Trotz eines weiteren Klinikaufenthaltes wegen lebensbedrohlicher Erkrankungen rappelte er sich wieder auf und verlor auch keineswegs seinen Humor bei unseren Telefongesprächen. Eigentlich wollte ich ihn schon im letzten Jahr einmal besucht haben. Aus vielerlei Gründen kam es nicht dazu. Nach einem sehr unglücklichen Sturz von einer Leiter erholte er sich laut seinen Töchtern nur mäßig. Im Frühjahr 2017 schlief er dann im Beisein seiner Kinder für immer ein. Für mich ein Mensch, den ich sehr mochte, der im Alter viele Ähnlichkeiten mit unserem gemeinsamen Großvater hatte, und mit dem ich mich Zeit meines Lebens immer gut verstanden habe.

Schulzeit in Bückeburg und St.Peter

Nachdem ich zum größten Teil von meinen Verwandten berichtet habe, die mich im Leben begleitet haben, wobei einiges von mir schon zur Sprache kam, will ich nun mit meinem eigenen Lebenslauf fortsetzen.

Das erste Mal wurde ich Ostern 1944 eingeschult. Damals wurde ich von meinem Großvater Friedrich zur Graf-Wilhelm-Schule begleitet. Dieser Graf Wilhelm, der in Portugal kriegerische Erfahrungen hatte sammeln können, hatte 1767 im Steinhuder Meer eine Festung bauen lassen. Durch seine Kontakte kamen in dieser Bauphase auch portugiesische Familien nach Steinhude, die die Kunst der Pralinenherstellung aus Schokolade beherrschten. Das war der Anfang der Produktion dieses süßen Genusses in Deutschland, obwohl angeblich alles in Halle begonnen haben soll. Bei der Einschulung gab es nicht wie heute Schultüten oder Ähnliches. Jungen und Mädchen wurden auf dem Schulhof getrennt, im linken Trakt die Jungen mit Parallelklassen und rechts die Mädchen. Von Koedukation war noch lange nicht die Rede. Der Schulunterricht wurde aber im Winter 1944/45 wegen der Kriegswirren unterbrochen und erst im Spätsommer wieder aufgenommen. Sämtliche Schulen Bückeburgs waren von 1945 bis 1946/47, teilweise bis 1951, von den englischen Besatzungssoldaten belegt und wurden erst später nach und nach freigegeben.

Nach der vierten Klasse fand eine Aufnahmeprüfung für das Gymnasium statt. Diese bestand ich zwar, aber nur gewissermaßen zweitklassig. Mit diesem Resultat stand ich auf der Warteliste. Damit ich aber kein Schuljahr verlieren sollte, fand mein Vater eine andere Lösung. Ich kam für ein Jahr zu einer befreundeten Familie nach Bad Lauterberg im Harz. Onkel Ludwig, ein Kriegskamerad meines Vaters, und Tante Annelie, so nannte ich meine Pflegeeltern, hatten einen etwas jüngeren Sohn. Er, der im Harz von Kindesbeinen aufgewachsen war, brachte mir das Skifahren bei. Bald fuhr ich fast jeden Abhang auf Skiern flott herunter, mochte er auch noch so steil sein. Erst nachdem ich mir bei einem Sturz größere Blessuren zugezogen hatte, wurde ich vorsichtiger. Ich war aber auf der anderen Seite auch ängstlich. Das lag daran, dass man direkt nach dem Krieg abends auf dem Werkgelände der Kronenwerke versucht hatte, mich zu kidnappen, was aber dank des Aufschreis meiner Schwester und meiner Abwehr missglückte. Diese Angst wollte mein Pflegevater bei mir abbauen, in dem er mich häufiger noch abends im Dunkeln ein oder zwei Flaschen Bier aus einer Kneipe am Stadtrand holen ließ. Um schulisch kein Fiasko zu erleben und auf gleichem Niveau zu bleiben, bekam ich auch von einem pensionierten Lehrer Nachhilfeunterricht. Leider wurde mir während einer Unterrichtsstunde mein gebrauchtes Fahrrad, nach dem Krieg ein äußerst begehrtes Objekt, gestohlen. Zum Trost kaufte mir mein Lehrer eine Banane. Damals eine absolute Seltenheit und die erste, die ich je in meinem Leben sah. Heimweh hatte ich nicht, denn in der Familie wurde ich wie ein zweiter Sohn aufgenommen. Ab und zu kamen auch meine Eltern zu Besuch. Dann tauschten die beiden Veteranen ihre Erlebnisse aus. Nach einem Jahr kam ich wieder nach Bückeburg und rutschte, als wenn nie etwas gewesen wäre, in meine alte Klasse jetzt im Gymnasium.

Nicht alle meines Jahrgangs meiner Grundschule traf ich dort wieder. Denn in den fünfziger Jahren besuchten nur fünf Prozent eines Jahrgangs eine fortführende Schule. Heute sind es nicht ganz fünfzig Prozent, wenn man alles einrechnet. Am Gymnasium wurden aber nun Mädchen und Jungen gemeinsam unterrichtet. Die Klassengröße bewegte sich in den unteren Klassen um bis zu vierzig Schüler und Schülerinnen. Die Hälfte der Klasse setzte sich aus Flüchtlingskindern aus Ostdeutschland zusammen. Von den Lehrern und Lehrerinnen meiner Schulzeit hatten viele entweder schon meine Eltern unterrichtet, da sie teilweise erneut rekrutiert worden waren, oder hatten, wenn sie jünger waren, zusammen mit ihnen selbst noch die Schulbank gedrückt. Nach dem Krieg fehlte quasi ein Jahrgang von Gymnasiallehrern. Wenn sie zurückgekommen waren, mussten sie noch ihr Studium beenden. Zur Schule kamen wir Städter zu Fuß, da die abzuschließende Fahrradhalle auch nicht sämtliche Räder hätte aufnehmen können. Nur die Schüler aus den umliegenden Dörfern durften mit dem Rad kommen. Diese hatten oft einen Schulweg von bis zu acht oder zehn Kilometern. Einen Schulbusverkehr, wie es ihn heute gibt, kannte man nicht. Der Unterricht fing morgens pünktlich um acht Uhr an und endete gegen 13 Uhr, mit einer großen Pause gegen 10 Uhr. Auch samstags fand der Unterricht statt, wenn auch kürzer. Das Schuljahr begann und endete wie vor hundert Jahren auch zu meiner Zeit stets zu Ostern. Allerdings konnte man vor hundert Jahren auf Antrag mit und ohne Abschluss zum St. Michaelistag am 29.September offiziell vom Gymnasium abgehen. Die gesamte Schulzeit bis zur Hochschulreife dauerte im deutschsprachigen Raum immer 13 Jahre.

Wie zu Kindeszeiten bei den Kronenwerken stets als Anführer setzte ich diese Rolle als Schüler auch am Gymnasium fort. So war ich bei jedem Unsinn fast immer beteiligt, nicht zum Vorteil meiner schulischen Leistungen. Einer meiner Lehrer meinte, dass Diethard, wenn er so weiter mache, „es höchstens bis zum Straßenreiniger" bringen würde. Ab er der neunten Klasse besuchte ich den humanistischen Zug des Gymnasiums mit der Betonung auf Latein und Griechisch, aber auch Geschichte und Deutsch. Von nun an wurden die Klassen kleiner, besonders bei den Humanisten. Jetzt waren wir nur noch 16 Schüler und Schülerinnen. Diese Klasse wurde aber auch eindeutig von der Schule bevorzugt, insbesondere wurden wir in Latein vom jungen Direktor, der später an das Schulministerium abberufen wurde, persönlich sechs Stunden pro Woche unterrichtet. Er hatte sich zum Ziel gesetzt, uns nicht nur das Lesen, sondern auch das Sprechen der lateinischen Sprache beizubringen. Das Sprechen auf Latein war erst um 1900 an den Gymnasien abgeschafft worden. Bis dahin wurden die meisten der wissenschaftlichen Arbeiten noch in Latein international veröffentlicht, so wie das heute in der englischen Sprache üblich ist. Es wird erzählt, dass sich der sehr bekannte Staatsrechtler und Politiker Professor Carlo Schmidt bei Verhandlungen in Russland nach dem letzten Weltkrieg mit dem russischen Außenminister Michailowitsch Molotow auf Lateinisch verständigt haben soll. Aber beide hatten schon im neunzehnten Jahrhundert teilweise die Schule besucht. Hinzu kam der Unterricht in der griechischen Sprache. Unser Lehrer und späterer Direktor des Gymnasiums hatte die offizielle Lehrbefähigung nicht nur in Latein und Griechisch, sondern auch in den neueren Sprachen wie Englisch, Französisch und auch Russisch. Daneben beherrschte er auch noch die italienische und spanische Sprache und zusätzlich das alte Sanskrit. Ein echtes Sprachgenie. Dementsprechend interessant war auch der Unterricht. Von ihm lernten wir die Zusammenhänge der Sprachen, ihren Aufbau und ihre Entstehung. Mit diesem Gerüst wurde ich ins Leben geschickt und profitierte mein Leben lang davon, insbesondere als ich später die finnische Sprache erlernte. Ich bekam so viele Anregungen, dass ich noch ein paar Jahre nach meinem Abitur Ovid und andere Dichter der Antike in der Originalsprache zu meinem privaten Vergnügen las. Ich denke, hier hatte die Schule ihr Ziel erreicht. Doch wenn man sich nicht weiterhin mit den alten Sprachen beschäftigt, lässt das Wissen sehr schnell nach, was ich im Laufe der Jahre merken sollte und sehr bedaure. In der Schule haperte es auf der anderen Seite aber sehr im Unterricht der Naturwissenschaften und Mathematik, was mich zunächst davon abhielt, ein Architekturstudium oder ein naturwissenschaftliches Fach zu ergreifen. Vielleicht hatte ich nicht den Mut dazu, obwohl ich später als „Medizinmann" auch sehr glücklich war.

Nachmittags wurde sehr viel Sport getrieben. Alle trugen wir die blaue Turnhose und das weiße Hemd mit dem Schaumburgia-Emblem auf der Brust, der Sportvereinigung der Schule. Viele von uns fuhren mit dem Rad zum 7 km entfernten Mittellandkanal, um im Doppel- oder Viererboot zu rudern und für den nächsten Wettkampf in Hannover auf dem Maschsee oder auch auf der Weser bei Minden oder Hameln um das „Blaue Band der Weser" zu kämpfen. Wenn wir einen „Achter" ruderten, waren wir wie im Rausch. Die höchste gleichzeitige Anspannung bei allen Ruderern, der präzise gleiche Rhythmus, die Geschwindigkeit des langen, schlanken Bootes, das Rauschen der Bugwelle und das knallende Klatschen der Ruderblätter, wenn sie im Takt auf die Wasseroberfläche schlugen. Für mich eine der besten Sportarten für Körper und Geist. Eine der schönsten Touren aber war eine mehrtägige Bootswanderfahrt mit mehreren breiteren „A-Vierern" vom Beginn der Weser bei Hannoversch-Münden durch die Porta Westfalica bis nach Minden. Dort hievten wir dann unsere Boote etwa 15 Meter hoch und ruderten nun quer über der Weser auf dem Mittellandkanal, der dort in einer sogenannten Trog Brücke über den Fluss läuft, bis zu unserem Bootshaus. Diese Überführung war im ersten Weltkrieg gebaut worden. Eine absolut bauliche Hochleistung, die heute noch immer funktioniert.

Die stürmische Zeit des Unsinns Machens war längst vorbei. Neben dem Rudern kamen nun auch der Besuch der Tanzstunde und damit auch das andere Geschlecht in meine Sichtweite. Auch achtete man mehr auf das Äußere. Jeans und ähnliche Kleidungsstücke kannte man damals nicht. Als Schüler waren wir auch beim Schulbesuch immer korrekt angezogen. Das heißt, wir Jungen trugen lange Hosen oder auch Knickerbockers, die man heute nur noch von alten Fotos kennt, mit Oberhemd und Krawatte oder auch Fliege. Darüber ein Jackett, manchmal in Salz-Pfeffer Tweet-Tuch. Die Mädchen trugen zumindest Anfang der Fünfziger immer einen Rock mit einer Bluse, manchmal auch einem Nicki-Pullover. Geschminkt waren sie nie oder nur so dezent, dass niemand es merkte. Auch die Lehrer waren in Bückeburg immer korrekt im Anzug, die Lehrerinnen ebenso konservativ gekleidet. Ein Auftreten der Lehrerschaft wie sie in diesem Jahrtausend üblich ist, hätte damals zu einer Abmahnung geführt. Bei den Tanzbällen trugen wir Jungen unsere dunklen Konfirmandenanzüge und die Mädchen lange Kleider, oft selbst mit Hilfe der Mutter zusammengenäht, da es an Geld mangelte. Alkohol war so gut wie tabu. Wenn es hoch kam, tranken wir mal ein, maximal drei Gläser Bier. Schnaps wurde grundsätzlich nicht angerührt. Auch kam niemand von uns auf die Idee zu rauchen. Wären wir rauchend angetroffen worden, auch außerhalb des Schulgeländes, hätte dies automatisch zur Schulentlassung geführt. Das nahmen wir ernst. Aber heimlich versuchten wir es dann doch. Wir kauften uns eine Packung „Eckstein" mit nur sechs Zigaretten und husteten dann schon beim zweiten Stängel so fürchterlich, dass der Rest nicht mehr angerührt wurde.

Mein Klavierspiel hatte etwas nachgelassen, wenn ich auch noch regelmäßig musizierte. So begleitete ich die Violine spielende Klassenkameradin Elise, die zusammen mit unserem gemeinsamen Musiklehrer das Doppelviolinkonzert in D Moll von J. S .Bach spielte. Ich sollte auf dem Piano den Orchesterpart übernehmen. Dabei kam ich jedoch durch die minimalen Verschiebungen im Satz beim Vortrag ziemlich ins Schwimmen. Dennoch, jedes Mal wenn ich dieses Konzertstück heute höre, erinnere ich mich automatisch an jede einzelne Note. Ich weiß nicht, ob mein Vater mein Potential nicht erkannt hat oder ob es die Ehekrise meiner Eltern war, für den Klavierunterricht gab es kein Geld mehr. Nur mein Klavierlehrer gab mir kostenlos wiederholt ein paar Stunden Unterricht. Im Musikalischen wurde ich aber weiterhin angeregt. Es war meine Tanzstundenliebe und ihre Familie. In ihrem Hause wurde Musik großgeschrieben. Wenn auch die Mutter selbst nicht praktizierte, so unterstützte sie ihre Töchter in jeder Richtung und gab Anregungen, indirekt auch mir als ständigem Hausgast. Die jüngere Schwester spielte Violine und ihre ältere außer Flöte auch Klavier und Orgel. Beim sonntäglichen Gottesdienst der reformierten evangelischen Kirche in der uralten Schlosskapelle begleitete sie die Choräle. Ein oder zwei Mal habe ich dann mit ihrer Erlaubnis auch auf dieser Orgel spielen dürfen. Es war ein Präludium von Bach in einem Satz für Pianoforte.

Nun ist bekannt, dass die prächtige Stadtkirche Bückeburgs ein Zentrum des evangelisch-lutherischen Glaubens ist mit einem eigenen Bischof. Was aber weniger bekannt ist, dass seit Jahrhunderten, genauerer gesagt seit Ende des Dreißigjährigen Krieges 1648 bis zum heutigen Tag, das Fürstenhaus evangelisch-reformiert ist, obwohl die Grafschaft Schaumburg und des späteren Fürstentum seit der Reformation evangelisch-lutherisch war und ist. Grund war die Teilung der ursprünglichen Grafschaft in einen Lippischen und in einen Schaumburger Teil. Nach den Wirren des Dreißigjährigen Krieges, bei dem unter dem Vorwand des Glaubens territoriale Ansprüche durchgesetzt werden sollten, kam es zum Augsburger Religionsfrieden. Die Bürger blieben ihrem lutherischen Glauben treu, während das Bückeburger Fürstenhaus, unterstützt durch einige Bedienstete, Beamte und Zugezogene, den reformierten Glauben pflegte, der dem Calvinismus entstammt. Als Schüler habe ich damals gelernt, dass es im lutherischen Glauben beim Abendmahl für die gereichte Oblate heißt, „das ist der Leib Gottes" und im reformierten Glauben „das bedeutet den Leib Gottes", was wohl der Realität näher kommt. Aber es gibt noch einen Unterschied zwischen den beiden eng verwandten Religionsrichtungen. Die reformierten Kirchen sind normalerweise völlig schlicht ausgestattet und haben keine Bilder von irgendwelchen großzügigen Spendern oder Landesherren an den Wänden. Das Gegenteil aber findet man in der Bückeburger Schlosskapelle, die mit zum ältesten Teil des Schlosses gehört und nachweislich schon im 14. Jahrhundert erwähnt wird. Wenn man den Raum betritt, ist man überwältigt, wenn man sieht, wie die nicht große Kapelle mit ihrem alten Kreuzrippengewölbe prunkvoll, farbig und mit vielen Vergoldungen, insbesondere die rückwärtige üppige Fürstenloge, ausgestattet ist. Der Grund ist: Den Grafen Ernst (1601- 1622) hatten der in Europa sich verbreitenden Manierismus, die italienisch beeinflusste schwülstige, überschwängliche Dekorationswut, gepackt, die im krassen Gegensatz zur Zielsetzung der reformierten Kirche gehörte, was den Grafen aber nicht störte.

Die Familie meiner Tanzstundenliebe hatte einen starken Einfluss auf meine musikalische Entwicklung. So fing ich als Sechzehnjähriger an, Stücke nach einem Thema von Bach für uns drei zu arrangieren oder ich vertonte in meiner jugendlichen Verliebtheit ein Gedicht, dessen Urschrift heute noch in meinem Schreibtisch liegt. Aber auch meine Mutter trug zu meiner Musikerziehung bei. Sie hatte eine wunderschöne Stimme und sang gern. Von unserem bei uns wohnendem Flüchtlingsehepaar, der Ehemann war ein pensionierter Bankdirektor, hatte ich einen dicken Notenband mit Liedern von Schubert und anderen bekannten Komponisten bekommen. Aber auch die von Jöde vertonten Hermann-Löns- Lieder sang meine Mutter gern. Das älter wirkende Bückeburger Rathaus ist tatsächlich erst um 1900 erbaut worden. In dem großen rückwärtigen Theatersaal fanden nicht nur Sportveranstaltungen der Schule statt, sondern es spielten dort regelmäßig viele Theatergruppen und es gastierten kleinere und größere Orchester sowie das Detmolder Opernensemble. In der Schule wurden wir auf jede Opernaufführung im Deutsch- und Musikunterricht rechtzeitig vorbereitet. Als Carl Maria von Webers „Der Freischütz" angesagt war, übten wir nicht nur im Schulchor die allzu bekannte Jägerchormelodie, sondern wir erfuhren auch, dass Weber ein Cousin von Mozarts Ehefrau Constanze war und vieles mehr. Gut vorbereitet musste jeder Opernbesuch ein Erfolg werden. Zum Thema Musik noch ein Detail: In der Stadtkirche spielte jeden Sonntag ein erblindeter Organist zur Freude nicht nur der Gottesdienstbesucher. Oben auf der Empore oberhalb des östlich gelegenen Altars steht wie damals die große Orgel, neben der sich seitlich zwei riesige Blasebälge waren, auf denen man stehen konnte. Natürlich gab es damals auch schon elektrisch betriebene Pumpen, die für einen Luftstrom für die Orgelpfeifen hätten sorgen können. Diese großen Blasebälge wurden aber früher immer noch benutzt, „damit den Pfeifen nicht die Luft ausging". Damit war alles gesichert: Beste Orgelmusik auch bei Stromausfall und völliger Dunkelheit, die den blinden Organisten nicht beeinträchtigte.

Als ich In der elften Klasse, der Obersekunda, und Barbara in der Untersekunda waren, kam es dann zu der auch aus unserer Sicht überfälligen und notwendigen Trennung unserer Eltern. Auch meine schulischen Leistungen hätten gern besser sein können, so gern ich auch zur Schule ging. Wir zogen nach St. Peter-Ording an der Nordsee, das wir schon von früheren Urlauben bei unserem Großonkel kannten. Inzwischen war er und seine Frau verstorben und der gesamte Komplex stand nun unter der Führung meines Patenonkels.

Winter, Sommer, Strand und „Seute Deerns"

Der Ort St. Peter ist schon seit dem 14. Jahrhundert bekannt und wurde von den dort siedelnden Wikingern Ulstrup genannt. Wie die gesamte Westküste veränderten mehrere allerschwerste Sturmfluten im Laufe der Jahrhunderte das Landschaftsbild völlig, wovon die Sturmflut im Jahr 1553 die schlimmste war. Heute ist der Ort besonders wegen seiner langgezogenen Sandbank von etwa 12 km Länge und 2 km Breite bekannt. Diesem Badestrand sind mehrere flache Sandbänke vorgelagert, die auch bei Ebbe nicht immer sichtbar sind, auf denen man aber bei gutem Wetter und ruhiger See gut stehen kann. Als Badeort ist St. Peter seit 1877 bekannt. Sehr früh sind auf den Sandbänken Pfahlbauten mit Bewirtung entstanden. Wie überall auf der Welt waren und sind viele der Einheimischen dort kleine Seeräuber. Ihre Küste haben sie stets im Auge. Und wenn früher einmal ein Schiff dort strandete, halfen sie gern und vor allem schnell, es von seiner Last und Fracht zu befreien, damit es bei Flut wieder freischwimmen konnte, Letzteres aber nur vielleicht. Um ihren Ort selbst brauchten sie nicht so große Angst zu haben, da die vorgelagerten Sandbänke die Wucht des Meers abmilderten und die Dünen auch hoch genug waren. Das schützte sie aber nicht davor, dass das Wasser von „achtern" in ihren Ort einlaufen konnte, wie es bei der großen Sturmflut 1962 geschah.

An dem Nachmittag bemerkte unser Nachbar, als er von den Dünen unweit seines Hauses nach Westen blickte, wie die Wellen und das Meer immer höher stiegen. Herrlich, dachte er und ging zurück, um seine Familie zu holen und auf der hohen Düne stehend ihnen dieses wunderbare Naturschauspiel zu zeigen. Fasziniert schauten sie alle zu und konnten kaum den Blick von der stürmischen See abwenden, geschweige denn, dass sie nach hinten, eigentlich nur 200 Meter, schauten. Als sie es dann taten, war das Erstaunen sehr groß, denn hinter ihnen stand nicht nur ihr Garten, sondern auch ihr Haus samt ihrem Laden mit touristischen Artikeln fast einen Meter hoch unter Wasser. Vorsichtig wateten sie zurück und versuchten noch zu retten, was zu retten war. Bei ihren Nachbarn, dem verwaisten Haus meiner in der Schweiz weilenden Mutter und auf der anderen Seite, dem Lebensmittelhändler, sah es nicht besser aus. Doch war dann sehr bald der größte Teil des Wassers wegen der Tide nach sechs Stunden wieder abgeflossen, soweit es denn abfließen konnte. Als ich 48 Stunden später mich von Hamburg nach St. Peter wegen der katastrophalen Verhältnisse unter schwierigen Bedingungen durchgeschlagen hatte, sah ich in unserem Haus nur noch die Ränder, bis wo das Wasser in den Räumlichkeiten gestiegen war. Ansonsten war alles einfach nur noch nass. Schlimm war es jedoch bei dem benachbarten Lebensmittelhändler, in dessen Lagerräumen Salz, Zucker, Waschpulver, Mehl und Mäuse- und Rattengift, Knäckebrot zu einen großen Pampe zusammengemischt waren.

Unsere Mutter hatte uns damals am Nordseegymnasium St. Peter im südlich gelegenen Ortsteil Böhl angemeldet. Im Gegensatz zu unserem Gymnasium in Bückeburg, das im Jahr 2014 sein vierhundertjähriges Jubiläum feierte, war diese Schule erst im März 1944 für die Berliner Schüler kriegsbedingt gegründet worden. Darum gab es dort auch ein Internat für die rund 350 Schüler und Schülerinnen. Als wir 1956 dort hinkamen, waren die Berliner Schüler längst abgegangen. Die Zusammensetzung der Schüler des privaten Internats nun war höchst unterschiedlich, auch von den finanziellen Ressourcen. Neben den Internatsgebäuden befand sich das Gymnasium, dessen Unterricht anfangs noch in Baracken stattfand. Es war staatlich und stand unter der Aufsicht des Schulministeriums in Kiel. Zwar existierten bei unserer Ankunft schon drei zweistöckige, fest gebaute Schulgebäude halb in den Dünen gelegen, aber eine Sporthalle oder einen richtigen Sportplatz gab es zu der Zeit noch nicht. So fanden auch die sportlichen Wettbewerbe oder Qualifikationen auf der Aschenbahn des Schulhofs oder auch in den Dünen statt. Bei meinem Sportabitur wurde beispielsweise meine barfüßige Laufzeit von tausend Meter durch die Dünen gemessen.

Auf dieser Schule ging es, abgesehen von den beschriebenen baulichen Zuständen, sehr viel lockerer zu als in Bückeburg. Zu unserer großen Überraschung durften ältere Schüler an einer bestimmten Stelle, wo jüngere Schüler keine Einsicht hatten, rauchen. Auch die Lehrer trugen, bis auf einige Ausnahmen, keine Krawatte mehr und kamen lieber in einem Pulli zum Unterricht. Es gab auch keinen evangelischen oder katholischen Glaubensunterricht, sondern ein expatriierter Pastor brachte uns die Unterschiede sämtlicher Weltreligionen bei. Genauso verhielt es sich mit der Geschichte. Während der Geschichtsunterricht in Bückeburg etwa mit dem Jahr 1933, der Machtergreifung Hitlers, endete, wurde er nun fortgesetzt. Auch wurde offen und unmissverständlich über die Grausamkeiten in den Konzentrationslagern berichtet und auch ein Film gezeigt. Es war die erste Dokumentation zu diesem Thema, die ich nie vergessen werde. Die Lehrer waren meist sehr motiviert und regten uns an, auch Literatur zu lesen, die nicht in das Schulungsprogramm gehörte. Dafür gab es dann Arbeitsgemeinschaften. Als Schillers „Wilhelm Tell" durchgesprochen wurde, formten wir daraus ein Musical, um mit wenigen Szenen die wesentliche Aussage dieses Dramas herauszuarbeiten. Die Melodien dazu hatte ich komponiert. Da ich das Stück bei der Aufführung auf dem Klavier frei begleitete, fehlen exakte Aufzeichnungen, um die ich Jahre danach noch einmal gebeten wurde. Die Melodie einer Arie des Spiegelbergs in c-Moll spiele ich manchmal noch heute auf dem Klavier.

Wie schon in Bückeburg beschäftigte ich mich in meiner Freizeit wieder mit Musik. Nur war es jetzt nicht mehr die klassische Musik, sondern Jazz. Kaum war ich auf der Schule angekommen, bat man mich, in eine Jazzband als Pianist einzusteigen. Bis zu diesem Zeitpunkt hatte ich nur klassische Musik, vor allem Mozart-Sonaten, gespielt. Also beschäftigte ich mich als nächstes mit der Nomenklatur der Harmonien und lernte sehr schnell, dass man den Dominantseptakkord in C Dur auch einfach nur mit C7 darstellen kann. Die ersten Grundlagen dazu hatte ich schon beim Akkordeonspiel gelernt. Nur drückte ich dafür bei der Quetschkommode nur auf einen Knopf, beim Klavier musste ich den Akkord einzeln zusammensetzen. Dann legte ich eine Schallplatte auf. Es war „Otchi-Tchor-Ni-Ya" oder „Black Eyes", nach einer alten russischen Volksweise, gespielt von Louis Armstrong. Den Pianopart, gespielt von

Billy Kyle, spielte ich anhand einer Aufnahme so häufig immer wieder, bis ich das Prinzip verstanden und es im Kopf verinnerlicht hatte. Dann trafen wir uns zu den ersten gemeinsamen Übungsabenden. Bernhard, Benny in Anlehnung an Benny Goodman genannt, weil er die Klarinette spielte, Jörg am Schlagzeug, Hartmut mit der Trompete, der Boss unserer Truppe, sein Bruder Knut mit der Zugposaune, der keine Noten lesen konnte und nur nach Gehör spielte, und schließlich ich am Klavier. Am Anfang musste unser sogenannter Oldtimer Jazz fürchterlich geklungen haben, aber so nach und nach rauften wir uns zusammen. Einen Namen musste unsere Band natürlich auch haben. Wir einigten uns auf „Saint Peter`s Ol`time Band". Der erste größere öffentliche Auftritt war bei einem Schulfest. Dann wagte es der Hotelier vom Hotel Stadt Hamburg, uns zu engagieren. Als er auch um Gesang bat, röhrte ich „Bei mir bist Du scheen, please let me explain, bei mir bist Du scheen, I love you so"! Wenn ich heute nach über 60 Jahren darüber nachdenke, kann ich nur schmunzeln, dass man uns und unsere Musik ertragen hat. Aber sogar im Kurhaus von meinem Onkel sollten wir auftreten. Dort klang der Flügel in der Veranda immer etwas schräg, da nur die eine Seite des Instruments stets etwas Sonne bekam, die andere aber immer im Schatten lag, was sich auf die Saitenstimmung nicht gerade gut auswirkte. Wie das so häufig bei Schülerkapellen ist, zerfiel alles mit unserem Abitur, das wir bis auf den jüngeren Knut dann 1958 ablegten. Knut studierte später Musik und machte in Norddeutschland Karriere. Am vorletzten Tag meines Schulbesuches sollte ich noch einmal mein Können zeigen. Mein junger Musiklehrer hatte mich gebeten, den spontan gebildeten Abiturientenchor zur Eröffnung der Prüfungen zu dirigieren. Musik hatte ich als Leistungsfach, wie es heute heißt, angegeben und bekam auch prompt eine Eins. Das aber war auch für die Gesamtnote bitter nötig, denn im Englischfach bekam ich eine Fünf, nicht nur, weil ich wegen des Schulwechsels Nachholbedarf hatte, sondern weil ich schlichtweg auch bei dem herrlichen Strandleben zu bequem war, die englische Sprache zu pauken und mein Defizit aufzuholen. Nach der Schule sieht man das selbstverständlich völlig anders. Zu spät!

Noch einmal, mein Abitur schon in der Tasche, hatte ich Glück. In der Schule gab es offiziell keinen altsprachlichen Zweig. Aber auf Initiative meines Lateinlehrers gab es einen Kurs in Altgriechisch für Schüler verschiedenster Stufen, aber mit etwa gleichem Niveau. So trafen wir uns dann nachmittags zu je zwei mal zwei offiziellen Unterrichtsstunden. Beim unserem Abitur hörte der Schulrat zum ersten Mal von diesem Kurs und hakte nach, ob wir denn auch einen offiziellen Abschluss bekämen. Es wurde verneint. Bei mir stand zunächst wie auch bei den anderen Teilnehmern im Abschlusszeugnis, soundso viel Stunden teilgenommen und mit gut, also einer Zwei, abgeschlossen. Nach den offiziellen Abiturprüfungen bekam ich einen Anruf von der Schule, man würde uns Abiturienten anbieten, mit einer Prüfung das offizielle Graecum zu erlangen. Ich willigte ein, wenn nur die Beurteilung „Gut" und nichts Schlechteres zum Schluss im Zeugnis zu lesen sei. Bei dem dann anberaumten schriftlichen Prüfungstermin wurde wie üblich der verschlossene Umschlag vom Schulministerium mit der Übersetzungsarbeit offiziell geöffnet und dann der zu übersetzende Text langsam und deutlich einmal vorgelesen. Normalerweise kann man so einen altgriechischen Text nicht sofort verstehen. Mir aber war sofort der Inhalt klar und ich hatte einen Großteil schon beim Vorlesen verstanden. Dann wurde mir der schriftliche Text zur Übersetzung vorgelegt und ich erkannte den Grund meines schnellen Verständnisses, den ich aber verschwieg. Ohne Schwierigkeiten übersetzte ich den Text ins Deutsche und gab meine Arbeit ab. Der aufsichtführende Lehrer wunderte sich und verweigerte die Annahme, zumal er die Zeit protokollieren musste. Er gab mir eine Tageszeitung zu lesen und bat mich, nach einer Pause alles noch einmal zu kontrollieren. Dann gab ich die Arbeit endgültig ab. Ein paar Tage später kam die Nachricht, ich hätte diesmal mit einem „Sehr gut" bestanden und in meinem Zeugnis würde die Bezeichnung „ Graecum" nachgetragen. Erst sehr viel später konnte ich dann auch laut erzählen, dass ich zwei Jahre früher in meiner alten Bückeburger Schule schon einmal genau die gleiche Arbeit gelesen und übersetzt hatte. „ Manche wittern pfiffig dreist alle Finten, alle Schliche, nichts ermangelt ihrem Geist als der Sinn fürs Wesentliche". Nun war der Weg zum Studium frei.

Zum Glück vergisst der Mensch meist mit der Zeit wohl zum Selbstschutz schlechte Zeiten und erinnert sich gern guter Stunden. So schien in meiner Jugend im Sommer am Strand von St. Peter eigentlich jeden Tag die Sonne. Dass es gerade an der Nordsee auch im Sommer durchaus auch sehr kalt, sehr stürmisch und auch regnerisch sein kann, tritt in den Hintergrund. Aber so ganz habe ich die Winterzeit doch nicht vergessen, wenn sich draußen auf den Sandbänken übermannshohe Eisschollen übereinander auftürmten, wenn man das wilde Meer alle zwölf Stunden wegen der vorderen Eismassen nur ganz von fern heranrollen hörte. Schnee gab es an der Nordsee nur selten. Dafür aber eisige Winde und viel Eis. Diese Eisschollen schafften es dann, die Brücke zur Sandbank, die damals noch aus Holz war, in jedem Winter in großen Abschnitten zu zerstören. Während der Tourismus vor über sechzig Jahren an der gesamten Nordsee im Winter darniederlag, blühte er im Frühjahr zu den Osterfeiertagen für zehn Tage einmal kurz auf. Die einzige Saison, die es damals nur gab, begann im Sommermonat Juni. Und schon ab Mitte September freuten sich die Einheimischen, die Hoteliers und das bleibende Personal, dass sie nach langer harter Arbeit ihren Strand, ihre Sandbank wieder für sich hatten. Dann konnten sie auch wieder in ihren eigenen Betten schlafen, die man im Sommer an die Gäste vermietet hatte Damit die Gäste aber auch schon zu Ostern über die Brücke zur Sandbank kamen, oft in der frohen Hoffnung, nach den Stürmen noch Bernstein zu finden, musste sie jedes Jahr aufs Neue repariert werden. Das war dann die Stunde des örtlichen Zimmermanns, der sich auf die durch die Kurverwaltung sicher bezahlten, ersten Einnahmen des neuen Jahres freute. An der Holzbrücke gab es fast immer reichlich zu reparieren. So wurde ich zusätzlich zum Gesellen als Hilfskraft engagiert. Auf einem Zweiradkarren wurden die lange Holzbohlen und Latten und das Arbeitsgeschirr gepackt und ab ging es mit der Fuhre, bis die Zerstörung der Brücke zu einem Halt zwang. Nach der Begutachtung des Schadens wurde das alte Holz entfernt, ein paar passend geschnittene Latten eingefügt und mit kräftigen Nägeln festgeschlagen. Es dauerte keine halbe Stunde, dass der Meister in Richtung Sandbank schielte, um dann im besten friesischen plattdeutsch zu sagen: ich sehe einmal nach, ob der Giftschuppen schon auf hat. Er meinte das kleine Restaurant auf dem Pfahlbau am Strand. Er hatte Glück, denn auch dort war man in Erwartung der ersten Touristen am Aufräumen. Und so konnte unser Meister, der bis morgens neun oder zehn Uhr noch keinen „Tropfen" getrunken hatte, seinen Alkoholpegel leicht wieder anheben, während der Geselle und ich fleißig weiter hämmerten. Zwar waren noch nicht alle Eisschollen geschmolzen und auch der Wind blies nicht gerade milde, aber die Arbeit hielt uns warm. Alte Bohlen wegreißen, Nägel entfernen, neue Latten zurechtsägen, passend auflegen, nageln. Man stellt sich das so einfach vor, ist es aber keineswegs. Denn ein guter Zimmermannshammer ist zwar praktisch, hat aber auch sein Gewicht. Aus der linken Hand lässt man den mehrzölligen Nagel zwischen die Finger gleiten, um dann mit der rechten Hand mit möglichst wenigen Schlägen mit der gerippten Bahn des Hammers den Nagelkopf gezielt einzuschlagen. Wer in dieser Tätigkeit ungeübt ist, wie ich das immer war, der kann abends vor Schmerzen den ganzen Arm nicht mehr hochheben. Nicht selten meldete sich aber auch unser Meister ab, er müsse mit seinem Mofa unbedingt einen Kunden besuchen. In Wahrheit aber fanden wir ihn so gegen 11 Uhr vormittags am runden Stammtisch im Olsdorfer Krug, zusammen mit anderen Handwerksmeistern, seinen typisch friesischen „Pharisäer" schlürfen. Bei dem Pharisäer wird sehr starker Kaffee mit braunem Zucker und mit nicht weniger als 4 cl, also einem doppelten Schnaps, mit 54 prozentigem Jamaikarum aufgefüllt. Oben drauf kommt ein großer Esslöffel voll Schlagsahne. Die Kunst ist es, das Kaffee-Alkoholgemisch durch die Sahne hindurch zu trinken. Umrühren ist strengstens verboten und kostet dann eine

Tsichrunde. Obwohl natürlich jeder Einheimische dieses Ritual genau kannte, rührte er dennoch in der Tasse mit dem filigranen friesischen Silberlöffel zur Freude der anderen um. Es war ja keine Schadensfreude, sondern ein guter Grund, nochmals einen Doppelten, wenn auch teuer erstanden, zu bekommen.

Dann nahte der Sommer. In allen Hotels und Pensionen gab es bei den Vorbereitungen genug zu tun. Jede Hilfe war gern gesehen. So gab es auch für mich im Kurhaus meines Onkels jede Menge Aufgaben wie beispielsweise Tischleuchten zu reparieren. Bei dieser eigentlich so harmlosen Tätigkeit passierte es mir, dass ich durch ein verwickeltes Kabel für eine längere Zeit unter Strom mit einer Spannung von 220 Volt stand und dabei zitterte wie Espenlaub. Erst der belgische Hausmeister rettete mich, in dem er die Stromzufuhr unterbrach. Ich selbst hatte zwar keine Brandwunden, aber durch den Stromdurchfluss einen fürchterlichen Schock, von dem ich mich erst nach Tagen erholte. Noch heute graut mir nach über sechzig Jahren vor diesem Erlebnis. Darum sperre ich heute nicht nur die Stromzufuhr, wenn ich an elektrischem Strom im eigenen Haushalt arbeite, sondern ich schraube auch die Sicherung heraus und stecke sie in meine Hosentasche, damit niemand den Strom wieder anschalten kann.

Der belgischer Hausmeister des Kurhauses mit seiner stets schräg auf dem Kopf sitzenden Baskenmütze und seiner kleinen Moustache, dem Oberlippenbärtchen, mit seiner rauen Stimme wie der singende italienische Jurist Carlo Ponti, war ein Relikt des zweiten Weltkrieges. Er hatte als junger Mann mit den Nationalsozialisten kollaboriert und stand im Heimatland auf der schwarzen Liste. Aus Furcht vor der drohenden langjährigen Gefängnisstrafe wagte er es nicht, in sein Heimatland zurückzukehren. Er war in seiner französischen Art immer gut aufgelegt und erzählte viele lustige Geschichten. Er rauchte aber auch eine Zigarette nach der anderen, am liebsten die schwarze, filterlose, mit Maispapier umhüllte Gauloise, die ihm, wie es Franzosen nun typisch tun, brennend oder nicht, fast immer im Mundwinkel herunterhing. Viel arbeiteten wir zusammen. Doch leider wurde auch ich durch ihn zum Raucher Er war es auch, der für die Pflege und Fütterung der in einem mit Meerwasser gefüllten großen Bassin schwimmenden Helgoländer Hummer für das Restaurant verantwortlich war. Als ich einmal mit einem Strahl aus einem dicken Wasserschlauch einen Hummer aus Spaß reizen wollte, schnappte dieser zu. Die Situation sofort erfassend, griff der Belgier zu und umklammerte die andere, sehr viel kräftigere Schere des Hummers, mit der der Hummer durchaus meinen Finger hätte zermalmen können. Hummer nutzen den schwächeren Arm zum schnellen Greifen und den stärkeren zum Öffnen oder auch Brechen harter Beute. Nur durch das Drehen eines daneben gesteckten Schlüsselbartes gelang es ihm, die Schere etwas zu öffnen, damit ich meinen Finger unverletzt und noch heil herausziehen konnte. Sonst hätte ich in der Zukunft mit neun Fingern Klavier spielen müssen.

In den Schulferien, später in den Semesterferien, wurde aus mir ein Rettungsschwimmer an dem langen Badestrand auf der Sandbank. Meine DLRG-Prüfungen hatte ich schon in Bückeburg abgelegt. Zwar benutzten wir weder Sonnencreme oder -öle, noch gelten wir unsere Haare ein, aber ansonsten waren wir durchaus mit den „Beach-boys" in den heutigen Zeitschriften gut zu vergleichen. Zu Beginn der Saison halfen wir den Strandkorbvermietern beim Verteilen der Strandkörbe. Ebenso wurde unser Einsatz gefragt, wenn einmal Springflut war, das Meer höher als normal stieg und die Körbe auf der flachen Sandbank zu schwimmen anfingen. Dann mussten wir schnell helfen und die Strandkörbe auf die Hochgestelle schleppen. Denn die einheimischen Vermieter mieden höheres Wasser wo sie nur konnten. Zuerst wunderte ich mich warum, bis ich herausfand, dass nicht ein Einziger der Einheimischen auch nur schwimmen konnte. Auch beim Einholen unseres Rettungsbootes gingen diese Männer maximal bis zum Knie ins Wasser und keinen Schritt weiter. Dabei waren sie früher fast alle einmal Fischer gewesen, die aber ihren Beruf aufgegeben hatten und nun am Badestrand ihren Unterhalt verdienten.

Neben unserem eigenen Pfahlbau der Rettungswacht mit einer Plattform, einem großen Mast für den Signalkorb, verschiedenen kleineren Lagerräumen und Sozialräumen, gab es noch zwei Hochstände, von denen man einen sehr guten Blick über das gesamte Strandleben hatte. Nun sollte man meinen, bei mehreren tausenden Badegästen kann man nicht erkennen, wenn sich etwas verändert. Das stimmt aber so nicht, weil die Beobachtungsweise eine andere ist. Man sieht das Strandleben als ein Gesamtbild wie beispielsweise bei der Betrachtung eines Gesichtes. Wenn nun auf dem linken Wangenknochen eine winzige Wimper liegt, die vorher nicht dort war, fällt einem das auf. Fehlte in dem Gesamtbild vom Strand etwas, was man unbewusst in sich aufgenommen hatte, beispielsweise der Kopf eines Schwimmers, tauchte er auch nach genauem Hinsehen nicht wieder auf, dann war es an der Zeit, zu reagieren. Hauptaufgabe aber war es, die Menschen vor dem Hinausschwimmen mit Luftmatratzen zu warnen oder auf eventuelle Untiefen aufmerksam zu machen. Oft legten die Badegäste ihre Kleidung auch zu dicht am Wasser ab, da sie vergessen hatten, dass wir am Meer Flut und Ebbe haben. Oft wollten sie auch einfach nicht glauben, dass der Abstand zwischen dem Wasser und der Ablage mindestens ein paar hundert Meter sein sollte, da die Sandbank an einigen Stellen sehr flach war und schon bei normaler Flut an einigen Stellen halb überspült wurde. Viele Menschen reizte es auch, bei Ebbe die zweite noch vorgelagerte Sandbank zu besuchen. Stieg nun die Flut, wurde diese nur überspült, was eigentlich nicht so gefährlich war, da man an einigen Stellen sogar bei Hochwasser im Wasser noch stehen konnte. Viel gefährlicher war der reißende, über hundert Meter breite Priel, in dem es wegen des schnell auflaufenden Wassers und der Strömung auch für gute Schwimmer kein Halten gab. Und kam man in einen Strudel, fehlte den Landratten der Mut, in dem Strudel ganz nach unten bis auf den Grund zu tauchen, um in aller Ruhe an anderer Stelle wieder aufzutauchen. Zum Glück war unser Einsatz selten. Aber wenn diese beschriebenen Situationen eintraten, hatten wir alle Hände voll zu tun. Indirekt habe ich viele Menschen vor dem Ertrinkungstod gerettet.

Es muss nicht erwähnt werden, dass wir Rettungsschwimmer von vielen Schönen des Strandes angehimmelt wurden. Ja, manche Mutter einer Strandnixe hatte auch überhaupt nichts dagegen, wenn der Medizinstudent, nun Rettungsschwimmer, später einmal Arzt, ihre Tochter abends zum Tanz abholte. War der Tagesdienst am Strand vorbei, verteilten am Ausgang der Brücke und vor dem Hotel mein Vetter, meine Cousinen, meine Schwester und ich in den späten Nachmittagsstunden noch die selbstgedruckten Handzettel mit der Einladung zum Tanzvergnügen und anderen Unterhaltungen wie den „Jekami-Abend" , jeder kann mitmachen. Abends hatten dann mein Vetter und ich auch noch eine besondere Aufgabe.

Während des Krieges erwartete die deutsche Heeresleitung eine Invasion der Alliierten auf der Halbinsel Eiderstedt mit ihren flachen Sandbänken, ideal für Landungsboote. Deshalb hatte man dort nicht nur in die Dünen Bunker mit Geschützen gebaut, sondern es waren auch auf der Halbinsel Soldaten stationiert. Zum Glück. Denn auf der Halbinsel hatte man jahrhundertelang untereinander geheiratet, was auch erkennbar war. Nun kam endlich etwas Auffrischung in diese Nordfriesenmischung. Damit ist nicht der Tee gemeint. Gewarnt vor einer drohenden Invasion, hatte mein Großonkel seine besten Weine versteckt. Da der Grundwasserspiegel auf der Halbinsel nur zwei Handbreiten unter dem Boden ist, hat dort kein Haus einen Keller, da dies viel zu teuer käme, wenn man ihn trocken halten wollte. Aber unter dem Haupthaus des Kurhauses gab es eine Art von Keller mit einem Sandboden. Als nun mein Patenonkel das Haus übernahm, fand man beim Aufräumen unter diesem Raum und tief im Sand verbuddelt wertvolle alte Weine der besten Sorte ebenso wie verschiedene Sekte. Wegen der konstanten kühlen Temperatur im Sand mit minimalen Schwankungen hatten sie sich bestens gehalten und stellten für einen Weinkenner einen richtigen Schatz dar. Weil nun dieses Weinlager mit seinen Kostbarkeiten schwer zu kontrollieren war, war es die Aufgabe von meinem Vetter und mir, im Wechsel sich um die Weinausgabe zu kümmern. So stiegen wir abends in dieses Verließ, öffneten uns selbst eine gute Flasche, hörten der von oben kommenden Tanzmusik des Orchesters zu und gaben die bestellten Weinflaschen heraus, die mit einem Bon von einer Bediensteten eingelöst wurden. Im Laufe des Abends wurden die Ausgaben weniger. So konnten wir wieder nach oben kommen, am Tanzvergnügen teilnehmen und nur zwischendurch die Weine ausgeben. Aus diesen Beständen brachte mein Onkel sehr viel später viele Flaschen mit nach Finnland zu meiner Hochzeit. Eine Sorte war „Brauneberger Juffer Spätlese". Leider weiß ich nicht mehr den Jahrgang. Der Wein ist auch heute noch Spitze.

Während noch in dem sittlichen Bückeburg eine feste Umarmung oder ein „ Konfirmandenkuss" das Höchste aller Gefühle war, erwarteten die jungen Mädchen vom Strand, die meist auch aus der Großstadt Berlin, Frankfurt oder Hamburg kamen, schon etwas mehr. In Bückeburg hatten wir Jungen während der Tanzstunde uns noch verschämt über die Unterhose eine stramm sitzende Badehose angezogen, damit die Partnerin auch ja nichts merken konnte, dass sich bei uns etwas regte. Das war nun an der See alles anders. Aber wie? Oft nahm ich im Hinterzimmer der Hotelküche meine Mahlzeiten ein. Auch dort gab es nette, frische, gern lachende Mädchen, die zwar bei der Arbeit am heißen Herd etwas nach Schweiß rochen, die wegen der mangelnden Sonne während der Arbeitszeit nicht so knackig braun wie die Schönen vom Strand waren, die aber das Herz am rechten Fleck hatten. Lieselotte war ihr Name, mit der ich mich abends zu einem Spaziergang an den Dünen oder zu einem Klönschnack auf der Hotelküchentreppe traf. Irgendwann war sie auch bereit, zu einem kleinen Drink in mein Domizil in der feuchten Garage gegenüber der Küche mitzukommen. Doch dabei blieb es nicht. Mit einem Lächeln begrüßten wir uns am nächsten Morgen, als sie mir das Frühstück wieder in der Hotelküche machte. Alle ersten Erlebnisse werden selten vergessen, sei es die erste Schwarzfahrt mit dem Auto, der erste Sprung ins Wasser vom Dreimeterbrett oder das erste Liebesabenteuer. In der nächsten Sommersaison arbeitete Lieselotte woanders. Das war auch gut so. Denn am Strand gab es viele andere „hübsche Deerns".

Die Studentenzeit

Als ich 1958 mein Abitur machte, konnte man auf allen deutschsprachigen Universitäten mit Ausnahme von Chemie und Physik alles ohne Aufnahmeprüfung studieren. Zu der Zeit gab es auch sehr viel weniger Universitäten, Hochschulen und kaum Akademien. Die Anzahl hat sich bis heute mindestens verdreifacht. Aber auch die Anzahl der Studierenden hat sich fast verzehnfacht. Mein Abiturzeugnis war mittelmäßig. Mit diesen Noten wäre ich heute nicht zum Studium zugelassen worden. Allerdings gehörte ich eben zu den nur fünf Prozent eines Jahrgangs mit Hochschulberechtigung. Unter dem Einfluss meiner Mutter, die eine ungerechte Scheidung hinter sich hatte, entschied ich mich für das Jurastudium. Die Mutter meiner Tanzstundenliebe, die erfahrene Buchhändlerin, meinte, wenn ich in einer Studienstadt ohne Straßenbahn leben wolle, müsse ich in Tübingen anfangen. So fuhr ich mit der Dampflok in etwa 12- 14 Stunden von St. Peter über Hamburg, Hannover, wo meine Bückeburger Klassenkameradin zustieg, über Göttingen, Frankfurt, Darmstadt, Heidelberg nach Stuttgart. Von dort ging es mit der Regionalbahn nach Tübingen. Es war Anfang Mai, der Beginn des Sommersemesters. Der Zug war voller Studenten, denn die oben genannten Orte waren auch Universitätsstädte. In Tübingen waren 1958 rund 5000 Studenten eingeschrieben, heute sind es an die 20. 000. Ausgerüstet war ich mit zwei Koffern, in denen mein ganzes Hab und Gut steckte. In der Tasche hatte ich 150 D-Mark, was einer jetzigen Kaufkraft von rund 400 Euro entspricht. Hiermit sollte ich den ganzen Monat auskommen, das heißt, Miete, Essen, Bücher und Anmeldegebühr bezahlen.

Mein erstes Zimmer fand ich im Stadtteil Lustenau in einer Mansarde für 40 Mark inklusive Morgenkaffee. Meine Wirtin hatte acht Kinder und arbeitete als Abwäscherin in der Mensa. Die älteste Tochter machte bei mir das Zimmer sauber und naschte dabei häufiger an meiner Schokolade, die mir meine Mutter geschickt hatte. Viele Jahrzehnte später erfuhr ich durch ein Gespräch mit einem pensionierten Universitätsangestellten, dass meine ehemalige Wirtin zusammen mit ihrer ältesten Tochter, die meine Schokolade genascht hatte, einen gemeinschaftlichen Mord begangen haben soll. Opfer war der Ehemann und Vater der Kinder. Der ganze Stadtteil Lustenau hätte während der Gerichtsverhandlungszeit meine Wirtin unterstützt und sei auf ihrer Seite gewesen, da der Ehemann ein fürchterliches Ekel gewesen sei, der ohne Arbeit den ganzen Tag seine Frau und Kinder tyrannisiert haben soll. Leider hätte man aber wegen der eindeutigen Umstände eben die Frau und ihre Tochter von Rechts wegen verurteilen müssen. Ich konnte nur sagen, dass ich den Wirt, zu dem ich damals kaum Kontakt hatte, als einen sehr unangenehmen Menschen kennengelernt hatte.

Zwei Semester darauf zog ich in das Haus einer Studentenverbindung, bei der ich aktives Mitglied wurde. Mit dieser Zeit verbinden mich retrospektiv gesehen keine schönen Erinnerungen, obwohl ich zunächst an dem typischen Leben durchaus aktiv teilnahm. Das hieß aber auch, sehr viel Alkohol in Form von Bier. Bis dahin hatte ich zwar auch Bier, aber nie in solchen Mengen getrunken. Eine der Folgen war, dass der Besuch der Vorlesungen sehr darunter litt und ich kaum Prüfungen ablegte. Aber niemand, auch nicht die Älteren dieser Vereinigung, wiesen mich in irgendeiner Weise diesbezüglich zurecht. Den Mund aber rissen diese sexuell noch unreifen Jünglinge weit auf und wollten mich bestrafen, weil ich mit einer der Töchter eines „Alten Herrn" mehr als nur eine höfliche Beziehung hatte. Ich schlug aber auch mit dem Rapier meine Partien und zog mir so ein paar Narben zu, auf die ich heute aber lieber verzichtet hätte. Später im Leben wurde ich stets nach meinem Können, nach meinem Charakter beurteilt, aber nie nach dem Quantum Bier, das ich schlucken kann ohne umzufallen. Hinzu kam, dass diese Gruppierung politisch sehr rechtslastig war, was ich aber erst später erkannte. Sie distanzierten sich ausdrücklich von damaligen Gegnern des Hitlerregimes, die es in ihren Reihen auch mal gegeben hatte. Deshalb und wegen anderer Gründe bin ich später ausgetreten. Dumm ist nur, dass ich heute immer noch aufgrund meines Aussehens darauf angesprochen werde. Nach vier Semestern Jura Studium bei hochqualifizierten Professoren kehrte ich ohne größere Erfolge Tübingen den Rücken und setzte mein Studium in Hamburg fort. Zwei volle Jahre waren quasi verloren. Der Ort Tübingen selbst und seine Region aber bleiben mir in sehr guter Erinnerung.

In Hamburg angekommen war meine erste „Studentenbude" erste und allerbeste Lage. Direkt am Rathausmarkt mit Eingang an den Alsterarkaden vermietete meine Wirtin mir ihre Speisekammer. Es passten gerade ein Bett, ein kleiner Schrank und ein Stuhl hinein. Waschen musste ich mich in der Küche genauso wie am Küchentisch schreiben. Das Zimmer kostete auch gleich mehr als in Tübingen, 70

Mark pro Monat. Verkehrsmäßig war es aber optimal. Mein Trost: In einer leergeräumten Speisekammer hatte auch schon der dänische Märchendichter Hans Christian Andersen hausen müssen, in Kopenhagen in der Ulkegade 108. Immerhin fuhren in Hamburg 1960 die Straßenbahnen kreuz und quer und sämtliche Linien kreuzten den Rathausplatz. Ich kam also immer an, aus welcher Richtung ich auch kam. Offiziell anmelden durfte ich mich aber nicht, da meine Wirtin nicht untervermieten durfte. Dies führte eines Tages zu einer kleinen Verwicklung mit der Polizei.

Schon damals gab es Sperrmülltage, auch in Hamburg. Bei einer „Kneipptour" mit Freunden, etwas oder auch mehr angetrunken sahen wir am Straßenrand eine leere Zinkwanne stehen, in die ich mich fröhlich hineinsetzte. Dann trugen mich zwei von uns über eine große Verkehrsstraße, wobei das eine oder andere Auto bremsen oder ausweichen musste. Angekommen auf der anderen Straßenseite nahm uns gleich die Polizei in Empfang, die dort ihre Wache hatte, was wir nicht bemerkt hatten. Wir sollten uns ausweisen. Als ich dran kam und gefragt wurde, wo ich denn wohne, behauptete ich in St. Peter-Ording, da ich ja Hamburg als Wohnsitz wegen meiner Wirtin nicht angeben durfte. Dass ich in St. Peter wohnen würde, nahm man mir die Polizei nicht so ganz ab. Ausweisen konnte ich mich auch nicht. „Sollen wir dann die Polizei in St. Peter anrufen", fragte mich der Polizeibeamte. Wenn es nicht auf meine Kosten sei, denn ein Ferngespräch kostete damals richtig Geld, dann bitte ja. Nein, das wäre ein Dienstgespräch, erwiderte der Beamte und stellte die Verbindung nach St. Peter her. Nur, solange er es auch klingeln ließ, niemand meldete sich. Um meine Haut zu retten, fragte ich, ob ich ihm helfen könne und erklärte ihm, wie und wo er die Polizei in St. Peter antreffen könne. Dann erklärte ich ihm, wir hätten im Winter nur einen einzigen Polizisten, der Malorny hieße. Dieser habe eine sehr hübsche Tochter, mit der ich schon einmal geflirtet hätte. Da jetzt im Winter nichts in unserem Ort los sei, stände unser einziger Dorfpolizist in unserer einzigen im Winter überhaupt geöffneten Dorfkneipe an der Theke und tränke wohl gerade sein einziges Bierchen, wie so häufig am Abend gegen 20 Uhr. Die Rufnummer des Olsdorfer Kruges sei 2500, die hätte ich im Kopf. Wenn er nun dort direkt anriefe und nach dem Polizisten fragte, könne der ihm bestimmt bestätigen, wer ich sei. In so einem kleinen Ort kenne jeder jeden. Allerdings könnte ich jetzt nichts über den momentanen Alkoholpegel unseres allbekannten „Dorfudels" sagen. Da musste selbst der Hamburger Polizist schmunzeln und ließ uns mit einer Verwarnung gehen.

Noch ein Semester sollte ich in Hamburg Jura studieren, als mir endgültig klar wurde, dass dies nicht meinem Können und meinen Neigungen entspricht. Als ich mich aber einfach von einer zur anderen Fakultät umschreiben wollte, gab es eine Überraschung. Der Numerus clausus war für Medizin mittlerweile eingeführt worden. Da aber in den ersten Semestern die Vorlesungen gemeinsam mit den Zahnmedizinern gehalten werden, immatrikulierte ich in der zahnmedizinischen Fakultät, was noch möglich war. Zusätzlich machte ich noch alle möglichen Zusatzprüfungen, um weiter Medizin zu studieren und um ein Stipendium zu bekommen. Meine Familie war anfangs entsetzt und sprach aus Empörung kein Wort mit mir. Also verließ ich sie schon am zweiten Weihnachtstag, um meine Studien fortzusetzen. Schließlich müsste ja ich ein Leben lang mit dem, was ich machte, zufrieden sein und nicht die anderen. Ich hätte schließlich die längere Lebenserwartung. Die Frage war nur, wie das Studium zu finanzieren sei. Da würde ich mich um einen Weg bemühen. Doch dauerte es nur wenige Monate, bis meine Familie und auch meine Freunde merkten, wie glücklich ich mit meinem Medizinstudium war. Es gab nur noch eine einzige Hürde zur Zulassung, die ich aber dann gut umschiffte.

Ich will nun nicht das ganze Studium beschreiben, sondern nur einige Punkte herausgreifen. Ich fange gleich mit der ersten Vorlesung in Anatomie an, in der uns Professor Horstmann bat, in den Seziersaal kein Butterbrot mitzunehmen, sondern dies bitte mit Rücksichtnahme auf die Toten in der Pause draußen zu verzehren. Ich dachte, dass könne doch niemand machen. Aber Tatsache ist, dass man sich auch an den Anblick eines Toten sehr bald gewöhnen kann, ja selbst an die damit verbundenen Gerüche. Andernfalls wäre es für die betroffenen Berufe wie einem Bestatter oder Pathologen nicht möglich, ein normales Leben zu führen. Dabei darf aber der Respekt vor dem Verstorbenen nie verloren gehen.

Zu meiner medizinischen Ausbildung gehörten anfangs auch noch die Vorlesungen und Kurse in Botanik, Zoologie, Physik und Chemie dazu. Da ich hiervon in meiner Schulzeit herzlich wenig gehört hatte, fand ich alles höchst interessant und las gern auch noch abends zusätzlich in den

Büchern. Außerdem belegte ich weitere Kurse, um mir noch mehr naturwissenschaftliches Wissen anzueignen. In dieser Phase überlegte ich, mich der Physiologie völlig zu widmen und nicht Arzt zu werden. Ich wollte wissen, was passiert, wenn der Mensch beispielsweise ein Brötchen isst, warum die Haare im Alter grau werden und vieles mehr. Das Heilen stand bei mir zunächst nicht im Vordergrund. Da ich bei meinem Abitur kaum wusste, dass Na CL Kochsalz bedeutet, musste ich die gesamte Chemie von Grund auf neu erlernen, was zum Schluss für mich nur von Vorteil war. Später konnte ich deshalb in Heidelberg sogar meinen eigenen Studienkollegen im gleichen Semester Nachhilfeunterricht in Chemie geben. Das Studium war zu meiner Zeit noch nicht so stressig und wir Medizinstudenten hatten noch freie Zeiten. So meldete ich mich auch für Zusatzkurse im Tropeninstitut an, wo ich mit dem noch nicht so bekanntem Elektronenmikroskop arbeiten oder unter einem Stereomikroskop Fliegen sorgfältig zerlegen durfte. Im Botanischen Institut begutachtete ich die Kristalle in den einzelnen Pflanzenblättern und in Zoologischen Institut lernte ich, dass bei den Vögeln das Blut vom Herzen im Bogen nach rechts läuft und nicht nach links wie bei den Mammalia, zu denen wir Menschen zählen. Kurz, ich versuchte auf viele Fragen auch der anderen Naturwissenschaften möglichst ausführliche Antworten zu bekommen.

Dann ging ich noch einmal für ein Semester nach Heidelberg, um an der ehrwürdigen Universität zu studieren und im Folgesemester mein Vorphysikum abzulegen. Diese Prüfung gibt es schon lange nicht mehr. In Heidelberg hatte man viele der alten Institute noch nicht zum Neuenheimer Feld verlegt. So fanden ein Teil der Vorlesungen und Kurse noch in den ehrwürdigen, jahrhundertealten Gebäuden rings um den alten Marstall statt. Ich selbst wohnte im Stadtteil Ziegelhausen. Dorthin zu kommen gab es zwei Möglichkeiten. Entweder man überquerte die noch nicht für den Verkehr gesperrte alte Brücke und nahm den Bus oder ich fuhr mit der Straßenbahn durch das Heidelberger Karlstor in Richtung Schlierbach. Auf der Höhe des gegenüberliegenden Ziegelhausens ging ich zum Flussanleger und ließ mich gegen einen geringen Obolus vom Fährmann über den Neckar bringen. In den sechziger Jahren gab es noch einen richtigen Fährmann. Die Brücke in Ziegelhausen wurde erst später gebaut. Auch die Straßenbahn fuhr von Schlierbach quer durch die Innenstadt die Hauptstraße entlang bis ins Depot in der Bergheimer Straße. Die alten Gleisspuren kann man noch heute gut in der heutigen Fußgängerzone erkennen. Die halboffene Tram war stets proppenvoll. Auf und Abspringen war verboten. Aber wer wollte es verhindern? Statt vieler Japaner sah man sehr viele US-Amerikaner, nicht nur als Touristen. Denn in unmittelbarer Umgebung, besonders in Ramstein, waren um die 100.000 Soldaten mit ihren Familien stationiert, die größtenteils aus Sicherheitsgründen umzäunten Stadtteilen wohnten Aber es gab auch viele amerikanische Studenten. Teilweise nahm es aber so überhand, dass uralte Traditionskneipen wie „Zum roten Ochsen" in einen „Red Ox" mutierten. Nicht immer ging es zwischen Deutschen und US-Amerikanern ohne einen handfesten Streit aus.

Mit einem Studenten aus den Staaten befreundete ich mich. Über sich selbst lächelnd erzählte er mir diese Geschichte: Als er nach Deutschland kam, konnte er so gut wie kein Wort Deutsch. Er suchte sich ein Zimmer und schrieb seinen Eltern, wo er nun untergekommen sei und bat gleichzeitig um Geldnachschub. Auf den Briefumschlag schrieb er seine neue Anschrift. Dazu ging er an die Straßenecke und schaute nach, wie der Name der Straße lautete. Mehrere Monate hörte er nichts von seiner Familie und wunderte sich. Doch er hatte auch dazugelernt. Denn an dem Haus an der Ecke, wo er wohnte, stand zwar deutlich das Wort Straße zu lesen. Aber vollständig hieß es eben auf dem Schild „ Einbahnstraße". Und davon gibt es in Heidelberg mindestens zwanzig oder dreißig.

Einmal teilte mir ein Hamburger Freund mit, er käme als Guide für einen Tag mit einer großen Gruppe von jungen US-Amerikanern nach Heidelberg. Ob ich der Gruppe als Stadtführer von Heidelberg dienen könne. Die Gruppe wolle innerhalb von zehn Tagen Europas wichtige Städte kennenlernen. Die Tour begänne in Oslo, dann Kopenhagen, weiter Hamburg, Köln, und dann in Heidelberg und weiter über München nach Italien bis Rom und zurück ab in die Staaten. *All very, very fast*! Daraufhin beobachtete ich die offiziellen Stadtführer, wie sie es machten und was sie von Heidelberg zeigten, holte mir vom Touristenzentrum entsprechende Unterlagen und wartete auf die Ankunft des Busses. Als sich dessen Türen öffneten, strömten etwa 30 bis 40 junge Leute heraus, die ausnahmslos alle Turnschuhe an ihren Füßen trugen. Ich sah drei Mal hin, denn derartiges Schuhwerk kannte wir hier in Deutschland zu der Zeit nur beim Sport und wirklich nur dort. Von den professionellen Stadtführern hatte ich mir abgesehen, dass man am besten zunächst mit seinen Gästen die alte Brücke überquert, um dann rückwärts schauend den herrlichen Blick hoch oben auf das Schloss und unten auf die Altstadt zu haben. Als ich bei dem Fußmarsch erzählte, dass die erste Steinbrücke an dieser Stelle schon 1248 gebaut worden sei und dass die jetzige Brücke, auf der wir gerade standen, aus dem Jahr 1788 stamme, staunten die „american tourists" nicht schlecht und wollten es mit ihrem Geschichtsverständnis kaum glauben. Als sie aber dann von unten herauf auf das Schloss blickend die Zerstörungen dieses imposanten Bauwerks sahen, meinten sie mit sehr trauriger Miene, sich quasi entschuldigend, sie bedauerten, dass im letzten Weltkrieg das Schloss so in Mitleidenschaft gezogen worden sei. Noch mehr aber wunderten sie sich, als ich lachend antwortete, dass in beiden letzten Weltkriegen keine einzige Kugel auf das Schloss geschossen worden sei. Zum ersten Mal sei im Jahr 1689 und danach noch einmal 1693 auf Veranlassung des französischen Königs Ludwig XIV. das Schloss bombardiert worden. Und um das Geschichtsverständnis der jungen Amerikaner etwas abzurunden, erinnerte ich sie daran, dass nur 69 Jahre früher die Mayflower bei ihnen gelandet sei. So alt sei Europa und so jung sei ihre Nation.

Vom amerikanischen Geheimdienst CIA wurde ich dort und vielleicht auch danach wieder Hamburg überwacht. Der Grund war, dass ein Studienkollege, mit dem ich auch in der Freizeit sehr viel zusammen war, mit einer Französin verheiratet war, die als Übersetzerin beim US-Militär in Mannheim fest angestellt war. Durch sie hatte er einen gut bezahlten Job als Fahrer bei den Amerikanern bekommen und kutschierte so höhere Offiziere zum Frankfurter Flughafen oder holte von dort auch angeblich teure Optiken für den B 52 Aufklärungsbomber ab, wie er mir erzählte. Mit einem flotten Achtzylinder unter dem Hintern hatte er dann einmal eine kleine private Spritztour durch die Kurpfalz gemacht. Danach dauerte es nicht lang, dass er zu seinem Führungsoffizier gebeten wurde, der sofort zur Sache kam und ihm sagte, dass auch er aufgrund der Tatsache, dass er nicht nur viel sähe, sondern auch höre, strengstens überwacht würde. Dann zählte er ihm bis in die kleinsten Details alle seine Sünden auf, nicht nur, wo wer gewesen sei und wo er welchen Wein getrunken habe, auch mit wem er regelmäßig Kontakt gehabt hätte. Und dazu gehörte eben auch ich. Auch sagte man ihm, dass man ebenfalls sein gesamtes Umfeld im Auge habe. Na ja, ich war noch nie in meinem Leben ein Fan der US-Amerikaner, aber jetzt war ich wenigstens gewarnt. Und seit meine Schwester in Kalifornien lebt, bin ich halt eben vorsichtiger.

Nach den Semesterferien kehrte ich noch einmal für gut eine Woche nach Heidelberg zurück, um mein erstes offizielles Zwischenexamen, das Vorphysikum, abzulegen. Da es zu teuer gewesen wäre, meine „Bude", für drei Monate zu halten, mietete ich mich in einem kleinen Hotel mitten in der Altstadt ein. Und da mein Geldbeutel nicht gerade üppig war, nahm ich im Hotel das Mansardenzimmer. Nur einen Steinwurf entfernt in gleicher Höhe schaute ich direkt auf den Glockenturm der Providenz-Kirche mit dem Ergebnis, dass ich nicht nur mit dem Segen der Kirche, sondern auch jedes Mal mit einem mächtigen morgendlichen Geläut in aller Frühe in die Prüfungen verabschiedet wurde. Dort konnte ich damit glänzen, was ich vorher in Hamburg gelernt hatte und sorgte so ein wenig für Überraschung. Über den rechten und linken Blutkreislauf bei Säugetieren und Vögeln habe ich schon berichtet. Mit etwas Geschick lenkte ich auch die Prüfung auf meine Lieblingsthemen wie auf die Seegurke, die unterhalb der Mainlinie wohl nur wenige kennen. So konnte ich dann berichten, dass die Seegurke ein direkter Verwandter der Seesterne ist, die auf allen Weltmeeren vorkommt. Auch gilt sie in vielen Ländern als Delikatesse. So verzehren die Spanier das Muskelfleisch der Königsseegurke, die Japaner kochen aus den Innereien eine Suppe, Konowata genannt, und in Malaysia trocknet und räuchert man sie, um dann daraus ebenfalls eine Suppe zu kochen, die man in Europa unter dem Namen Trepang-Suppe heute auch in den Regalen großer Kaufhäuser findet. Mit einem guten Zeugnis in der Tasche verließ ich Heidelberg. Aber es war nicht der letzte Besuch. Später im Beruf nutzte ich jede Gelegenheit zur Fortbildung in Heidelberg. Als mein Sohn dann dort studierte, gab es auch immer einen guten Grund, diese Stadt, die ihr Aussehen und ihren Charakter über Jahrzehnte nie verändert hat, wieder zu besuchen.

In Hamburg bezog ich wieder mein altes Zimmer und setzte die Studien fort. Zur gleichen Zeit wurde die medizinische Akademie von Lübeck, heute eine Universität, eröffnet. Studenten wurden gesucht. Aber aus wirtschaftlicher Sicht war für mich Hamburg besser. An der Uni gab es eine zentrale Arbeitsvermittlung für Studenten. Dort riefen die Firmen an oder kamen auch direkt, um sich Arbeitskräfte zu besorgen. Es war die Zeit des „Wirtschaftswunders" und Arbeit gab es genug.

Die ersten Arbeitskräfte wurden im Ausland geworben. Den Anfang machten die Italiener. Das erste Anwerbeabkommen wurde schon 1955 geschlossen. Im Jahr 1960 folgten die Spanier und im gleichen Jahr die Griechen. Ein Teil dieser sogenannten Gastarbeiter blieb. Viele aber kehrten wieder zurück in ihre Heimat. Heute sind es gerade diese alten Männer, die in den Urlaubsländern deutschen Touristen sprachlich helfen. 1961 wurde der Arbeitsmarkt für die Türken geöffnet. Von ihnen blieben die meisten und ihre Enkel leben heute mit uns zusammen. Diese Volksgruppe ist aber auch die, die bis zum heutigen Tag sich trotz aller Angebote und Versuche am wenigsten integriert hat. Liegt es an der Konfession oder an der Bildung oder an beidem? Sicher mancher Süditaliener konnte nicht so fließend schreiben oder lesen, aber er hatte zumindest eine Grundschule besucht. Bei den Menschen aus Anatolien aber waren sehr viele von ihnen völlige Analphabeten, wie ich Jahrzehnte später in meinem Beruf immer wieder feststellen musste. 1964 gab es noch einmal einen Schwung Gastarbeiter aus Portugal und 1968 aus Jugoslawien, das als einziges kommunistisches Land seinen Bürgern große Freizügigkeit bot. Aber auch außerhalb Europas hatte Deutschland Arbeitsverträge geschlossen, so 1963 mit Marokko und mit Südkorea.

Zum Glück besaß ich schon früh einen Führerschein der Klasse I und III, was der heutigen Klassifikation A, BE, C1E und MLT entspricht. Für die nur sechseinhalbstündige Pflichtausbildung—ich hatte genug Übung beim Fahren auf dem Fabrikgelände und im Park meiner Großeltern erworben—einschließlich der Prüfung hatte ich zum Sonderpreis für Auszubildende alles zusammen nur 135 D-Mark bezahlt. Das wären von der damaligen Kaufkraft her etwa 350 Euro. Heute kostet allein schon der Motorradführerschein runde zweitausend Euro. Im Gegensatz zu heute, wo die Fahrerlaubnis zum 18. Geburtstag fast eine Selbstverständlichkeit ist, hatten nur wenige Studenten diesen Schein. Ein Vorteil für mich, denn Fahrer wurden fast immer benötigt.

So sammelte ich für die Firma Hoechst mehrfach pro Woche in allen Hamburger, Altonaer und Harburger Kliniken in großen Bottichen den Aszites ein. Hierbei handelt es sich um die überschüssige Flüssigkeit, die sich in allen Körperhöhlen ansammelt und dann abgepumpt werden muss, wenn wegen Bösartigkeit zu viel davon vom Körper produziert wird. Die Flüssigkeit wurde von der Pharmaindustrie weiterverarbeitet. Auch die Placenten, Mutterkuchen, waren ein beliebtes Sammelobjekt. Hiervon wurden Salben für die Schönheit der weiblichen Haut hergestellt. „Placentubex" war eine allbekannte Schönheitscreme für das Gesicht. Manchmal führte mich auch mein Weg bis nach Cuxhaven, wo ich in Fünfzig-Kilo-Fässern Vitamin C in pulverisierter Form, auch Ascorbinsäure genannt, hinbrachte. Als bestes Konservierungsmittel wird es auch heute noch den Fischkonserven zugesetzt. Ein beliebter Job war auch das Reinigen und Bohnern von Großraumbüros, wo man nur der Putzmaschine hinterherlaufen musste. Beim Otto-Versand, der noch in der Anfangsphase war, gab es ein ausgezeichnetes Kantinenessen für einen hungrigen Studenten. Dort war es meine Aufgabe, mehrfach täglich die Briefpost mit den Bestellungen in einem VW-Bulli von der Hauptpost abzuholen. Schließlich gab es ja noch keine Möglichkeit via Internet zu bestellen. Auch als Fahrkartenkontrolleur der Hamburger Hochbahngesellschaft betätigte ich mich, was nicht in jedem Falle angenehm war. Aber so lernte ich sämtliche Verkehrsverbindungen Hamburgs kennen. Am schönsten war es, morgens in aller Herrgottsfrühe gegen 5 Uhr auf den auch zur HHA gehörenden Fährschiffen seinen Dienst zu versehen, wenn der Hafen noch leicht nebelig war und die großen Schiffspötte von den kleinen, aber kräftigen Schleppern an die Pier gezogen wurden, wenn Tausende von Hafenarbeitern zu den Hallen und Werften strömten und eine Stimmung herrschte, wie sie bestenfalls in einem Edgar Wallace Krimi in Schwarzweiß nachvollzogen werden kann. Der Chef einer Autoersatzteillieferfirma setzte großes Vertrauen in mich. Damals wurden noch an jedem Freitag der Woche der Lohn des Arbeitnehmers in bar in einer Lohntüte ausbezahlt. So bekam ich jeden Freitagmorgen den Auftrag, die gesamte auszubezahlende Summe von der Bank abzuholen. Nicht nur die Firma lag in unmittelbarer Nähe des heutigen Fischmarktes, auch die Bank lag nicht weit davon in der Nähe der Reeperbahn, einer Region, die auch für Kleinkriminalität wohl bekannt ist. So fuhr ich innerlich zitternd und mich immer umschauend zur Bank und ließ mir manchmal bis zu 20.000 D-Mark auszahlen. Schon beim Nachzählen der vielen kleinen Scheine kam ich ins Schwitzen. Denn stimmte die Summe nicht, hätte es viel Ärger gegeben. Alles in eine Tasche und zurück ging es wieder ängstlich umschauend, ob ich nicht verfolgt würde. Tief holte ich Luft, wenn die Buchhalterin zusammen mit dem Chef den Geldbatzen in

Empfang genommen hatte und signalisierte, dass alles stimme. Mein letzter Job vor meinem Examen war der als Nachtportier im Hotel Zur Oper gegenüber der Staatsoper. Er begann abends um 22 Uhr und ging bis morgens 6 Uhr. Der Vorteil war, dass ich jeden Abend vom Chefkoch ein ganz tolles Abendgericht erhielt, was dann auch für 24 Stunden reichte, und dass ich dabei noch nebenbei Zeit hatte, mich auf mein Examen vorzubereiten. Zwar gab es in unmittelbarer Nähe des Hotels mehrere Banken, aber dennoch waren viele der ausländischen Gäste einfach zu bequem, dorthin nur ein paar Schritte zu gehen, um Geld zu wechseln, obwohl sie auf diese Möglichkeit hingewiesen wurden. Also tat ich das, was ich vom regulären Personal am Tresen gelernt hatte, ich wechselte die Währung, aber nicht zum allerbesten Kurs. Ein kleines Zubrot für mich. Im Hotel hatte die Japan Airlines für ihr Flugpersonal mehrere Zimmer reserviert. Wenn nun die Crew in den Nachmittagsstunden angekommen war, hatte vor allem der männliche Teil, kaum war der Abend angebrochen, es sehr eilig, sich in Richtung Reeperbahn zu bewegen. Nun ist ja bekannt, dass Asiaten aufgrund eines genbedingten fehlenden Abbauenzyms nicht so gut Alkohol vertragen. Auch sprechen sie öfters, wenn sie Englisch oder deutsch sprechen in einer sehr hohen, fast piepsigen Stimmlage. Wenn sie dann nach Mitternacht von ihrer Tour etwas alkoholisiert wieder eintrafen, baten sie beispielsweise nach einer längeren Denkpause etwas zögernd in englischer Sprache oder was es denn sein sollte: „t u u- t r i i − s s e w w e n n" was so viel wie *two-three-seven* heißen sollte. Darauf drehte ich mich um, nahm den Schlüssel vom Bord und übergab diesen mit den Worten *„ni-san-nana"*, was auf Japanisch zwei-drei-sieben heißt.

Überrascht wurde der Gast schlagartig ein wenig nüchterner. Das Zählen auf Japanisch hatte mir ein japanischer Steward als Dank dafür beigebracht, dass ich mit ihm die Aussprache des Satzes „verehrte Gäste, wir fliegen jetzt Hamburg an, bitte unterlassen Sie das Rauchen und schnallen Sie sich an", geübt hatte. Der letzte Arbeitsplatz außerhalb meines Berufes war nach meinem Staatsexamen für zwei Monate in einer Offset-Druckerei, da ich von dem Klinikgehalt mit rund 500 D-Mark nicht noch ein paar Schulden begleichen konnte.

Nach bisher ganz erfolgreich gelaufenem Studium musste ich beim Physikum in einem Fach noch eine Ehrenrunde drehen, in Embryologie. Ich hatte mich offensichtlich nicht ausreichend vorbereitet. Jetzt hieß es, dieses Gebiet besonders gut zu beherrschen. Das war später dann von großem Vorteil. Denn in diesem Fach lernt man, wie sich der Mensch Schritt für Schritt entwickelt, mit sämtlichen Drehungen und Änderungen der Organe. Man begreift, was passiert, wenn eine Entwicklung stehengeblieben ist, wie sich das auf den Körper auswirkt. Man lernt, wie fötale Fehlbildungen entstehen können. Auch die Zoologie hilft einem da weiter, wie bei meinem Lieblingsthema des Blutkreislaufes der Vögel.

Die klinischen Semester machten mir dann doch sehr viel Freude. Auch arbeitete ich, wenn es meine Zeit und meine Finanzen zuließen, auf den verschiedensten Abteilungen der Kliniken in Hamburg und mehrfach in Bad Oldesloe. Während ich dort unter anderem auf der Infektionsabteilung mit vielen gefährlichen Erregern konfrontiert wurde und täglich Patienten mit einer Hepatitis hautnah behandelte, erkrankte nicht ich, sondern mein Schulkamerad

Klaus an einer Hepatitis, der auf der Gynäkologie arbeitete. Vielleicht schützte ich mich mehr, weil ich um die Infektionsgefahr wusste. Dass man, wenn es ganz schief läuft, sich auch bei der Hasenjagd lebensgefährlich infizieren kann, lernte ich dort. Die Erkrankung heißt Tularämie und kommt zum Glück aber sehr selten beim Menschen vor. Dennoch erkrankten im Jahr 2014 immerhin noch 21 Menschen daran. Dass ich diese Erkrankung ausgerechnet in einem kleinen Krankenhaus selbst gesehen habe, gleicht statistisch dem hohen Gewinn einer Lotterie.

Sehr viel klinisch arbeiten durfte ich auch in der meiner Studentenbude benachbarten Klinik. Es war eine Privatklinik, die aber auch allgemein Kassenpatienten aufnahm. Der Chef war ein erfahrener Chirurg, der im Krieg sehr viel gesehen hatte und mir sehr viel praktische Dinge zeigte, einschließlich, wie man in der Klinikküche Fleisch oder Leber richtig zuschneidet, damit es später nicht zäh aus der Pfanne kommt. Auch operierten dort zwei Frauenärzte, denen ich damals schon mehrfach assistierte und viel lernte. Aus Sicherheitsgründen wurden Äthernarkosen gegeben, die nicht sehr angenehm, dafür aber relativ sicher vor Komplikationen sind. Und deshalb durfte ich auch unter Aufsicht als Student schon meine ersten Narkosen geben. Eines Tages assistierte ich meinem Lehrmeister bei einer Blinddarmoperation. Wir hatten noch nicht richtig begonnen, als er mich auf die rechte Seite des Patienten schob und mir das Skalpell in die Hand drückte. „Nun man los" meinte er. Als ich zögerte, ergänzte er, dusseliger könne ich mich in ein paar Jahren auch nicht anstellen. Er würde schon aufpassen. Mit dem Skalpell umzugehen, hätte ich ja im Präparier-Kurs der Anatomie gelernt, die

Anatomie sei mir ja auch klar. Also legte ich los. Schwierigkeiten gab es nur beim Knoten des Nahtmaterials. Da halfen dann später Trockenübungen, wie alle Mediziner es tun. Voller Stolz stand dieser erste Wurmfortsatz in Alkohol eingelegt bis zum Studienabschluss auf meinem Schreibtisch. Verbände wechseln gehörte auch zu meinen täglichen Übungen. Aber es gab auch eine nächtliche Aufgabe: Verstorbene Patienten zusammen mit der diensthabenden Nachtschwester in die kühle Garage des Nachbarhauses zu bringen. Für diesen Nachtdienst durfte ich auch während der Vorlesungszeit mir in der Klinikküche Essen holen. Irgendwann war aber damit Schluss, nachdem ich ein paar Mal besonders mit jüngeren Schwestern meinen Schabernack getrieben hatte. Der Weg in die Garage war nicht gerade bestens beleuchtet. Und wenn wir dann in so einer dunklen Ecke waren, hob ich ein paar Mal den Oberkörper des Verstorbenen ruckartig leicht an, wobei der Leiche ein relativ kräftiger, stöhnender Laut entwich. Die junge Schwester bekam einen riesigen Schreck, wollte fast wegrennen und war kaum zu beruhigen, auch wenn ich ihr anschließend alles erklärte. Dabei war bei dem Toten durch das Aufrichten nur die Restluft aus der Lunge entwichen und hatte die Stimmbänder in umgekehrter Richtung klingen lassen.

Während ich in der privaten Klinik weitaus mehr durfte als nur Haken halten, sah das in der Chirurgie der Universitätsklinik Hamburg-Eppendorf UKE völlig anders aus. Professor Zuckschwerdt war der Chef, ein über Deutschlands Grenzen hinaus bekannter Chirurg. Auf der einen Seite war er zu seinen Untergebenen sehr jovial und loyal, auf der anderen Seite herrschten Machtverhältnisse wie vor einem Jahrhundert. Daneben herrschte Prof. Horatz, der den ersten Hamburger Lehrstuhl für Anästhesie innehatte und der auch nicht zimperlich mit seinen Eleven umging. Ich will es an einem Beispiel erklären, was ich so persönlich erlebt habe. Professor Z. behielt es sich vor, eigene erkrankte Mitarbeiterinnen und Mitarbeiter grundsätzlich selbst zu operieren. Nun litt eine junge Krankenschwester an einer Entzündung des Wurmfortsatzes des Blinddarmes, kurz Appendizitis genannt. Nachdem Prof. Horatz die zierliche Frau mit viel Brimborium ins Nirwana geschickt hatte, begann der abkommandierte Leitende Oberarzt, etwa 50 Jahre alt und selbst Professor der Chirurgie, assistiert vom zweiten Oberarzt, der auf der Gegenseite stand und unterstützt vom Stationsarzt, der zwischen den Beinen zu stehen versuchte, mit der Operation. Hoch über allem thronte ich auf einem Hocker, die große Operationslampe ständig neu justierend. Der Oberarzt setzte den typischen Hautschnitt, zerteilte fein säuberlich anatomisch korrekt die schlanke Muskulatur, hob mit einer Pinzette vorsichtig das innere Bauchfell an und öffnete dieses. Dann ging er mit dem rechten Zeigefinger in die Tiefe und lupfte vorsichtig den Dünndarm leicht heraus, um sich dann von einem an einer mittelgroßen Zange festgeklemmten, walnussgroßen Tupfer unterstützt bis zum Übergang des Dünndarms zum Dickdarm, auch Blinddarm genannt, vorzuarbeiten. Noch eine kleine Drehung und es zeigte sich dort ein Regenwurm dicker, etwa 8 cm langer, leicht gedunsener und geröteter Fortsatz, an dessen Rückseite längst ein kleiner, gelblich getönter Fettstreifen ging. Dieser Wurmfortsatz wurde nun auf dem Bauch der Patientin auf einem rosettenförmig gefalteten Tuch fein präsentiert und zunächst von der OP-Schwester mit einem feuchten Tuch gegen Austrocknung geschützt. In diesem Moment lief eine weitere Hilfsschwester, auch Springer genannt, die alles genau beobachtet hatte, den rund 50 Meter langen Gang entlang zum Arbeitszimmer von Prof. Zuckschwerdt und klopfte mit dem Ruf „Herr Professor, Sie können nun kommen". Der gut 1,90 Meter große, kräftige Prof. machte sich darauf mit großen Schritten auf den Weg, während die Hilfsschwester versuchte, ihm im Gehen daneben trippelnd die Gummischürze umzuhängen und ihm im Laufen die Brille abnahm, sie putzte und auch wieder aufsetzte. Im Waschraum des Operationssaales angekommen, wusch sich Herr Professor nun tatsächlich selbst mit Kernseife kurz beide Hände und Unterarme. Dann hielt er demonstrativ beide Hände mit abgespreizten Fingern nach vorn, während eine dritte Person aus einer großen Flasche Isopropylalkohol ihm über die „goldenen Chirurgenhände" goss. Schließlich stülpte man eine Mütze über seinen Kopf und half ihm beim Einkleiden in den Operationskittel. Da ja die Hände eines Professors quasi immer „steril" sind, war es auch nicht nötig, die sonst streng vorgeschriebene Waschzeit einzuhalten. Nun trat Prof. Zuckschwerdt auf die rechte Seite der Patientin, das heißt, er versuchte es. Denn zunächst fand das große Durchtauschen der Plätze statt. Nicht ganz einfach, denn für die drei ersten war es schon eng genug. Nun begann die große Stunde des großen Chirurgen. Mit einer Pinzette hob er den Wurmfortsatz an, zog einen Faden durch das Fettgewebe, um durch einen Zug so gleichzeitig die dort liegende winzige Arterie, die aber manchmal viel Ärger machen kann, abzubinden. Nun setzte er zwei Klemmen an das darmnahe Ende des Wurmfortsatzes und schnitt diesen zwischen den Klemmen ab. Der verbliebene

Stumpf wurde sorgfältig abgebunden und anschließend noch einmal desinfiziert. Ringsherum wurde mit feinster Nadel eine sackartige Verschlussnaht, auch als Tabaksbeutelnaht bezeichnet, angelegt, mit einer Pinzette der Stumpf in die Tiefe gedrückt und die Sacknaht darüber verschlossen. Noch ein Kontrollblick, und der Operateur verabschiedete sich. Die ganze vorstehend beschriebene Prozedur dauerte keine fünf Minuten, was bei erfahrenen Operateuren ohne Komplikationen durchaus üblich ist. Den Verschluss des Bauchraumes überließ er seinen Untergebenen. Der Professor aber konnte immer behaupten, er hätte selbst und höchstpersönlich den entzündeten Wurmfortsatz entfernt. Hier in der Chirurgie sah ich sehr viel, wenn ich auch bestenfalls als dritter Assistenz den Haken halten durfte oder den wichtigen Posten des Beleuchters innehatte. Überrascht war ich doch, als ich zum ersten Mal ein ganzes amputiertes Bein in einem Tuch eingeschlagen zur benachbarten Pathologie auf meiner Schulter bringen durfte. Ich hätte nie gedacht, dass ein menschliches Bein so schwer sein kann.

Da ich nicht gerade zu den stillen Studenten zählte und auch oft kritisch meinen Mund aufmachte, meinte ein Mitstudent, ich solle mich doch zur Wahl der Studentenvertreter aufstellen. Obwohl ich kaum einen Erfolg erwartete, bekam ich zur großen Überraschung so viele Stimmen, dass ich zum Leiter der medizinischen Fachschaft avancierte. Daneben wurde mein Studienkollege Hans-Jürgen, der gut ein Jahrzehnt später mein Doktorvater werden sollte, zum Sprecher ernannt. Hans-Jürgen war Mitglied des SHB, dem sozialistischen Hochschulbund. Politisch weiter nach links ging es nicht mehr. Als Gegenpol hatte man mich im Glauben auserkoren, ich sei ziemlich rechts angehaucht. Man irrte sich aber bei uns beiden sehr mächtig, denn keiner von uns beiden war weder politisch extrem links noch rechts. Wir trafen uns bis auf geringe Abweichungen so ziemlich in der Mitte. Aber ein scharfes Auge warf man schon auf uns, denn es begannen die Vorläufer der 68iger Revolution. In meiner Funktion als Vertreter der Medizinstudenten hatte ich auch häufiger mit den Professoren und dem Dekan der Fakultät zu verhandeln. So kam man sich auch menschlich näher und lernte, auch die Schwächen seines Gegenübers zu erkennen. Im Gegensatz zu einigen wenigen radikalen Studenten, die die Welt mit allen Mitteln verändern wollten, sahen wir zwar die verkrusteten Strukturen der Universität, meinten aber auch, auf dem Wege der Verhandlung Veränderungen herbeiführen zu können. Gegen die Presse von Axel Springer, insbesondere gegen den Verlag der Bild-Zeitung, der wissentlich Falschmeldungen herausgab, aber waren fast alle Studenten und gingen auch dafür auf die Straße. So gab es auch Diskussionsstoff mit meinem Schwager, der für die Springer-Presse schrieb, zum Glück von London aus. Ein einziges Mal erlebte ich es, als vor dem Verlagshaus mehrere Hundertschaften der Polizei sich in Marsch setzten, um uns Tausende von protestierenden Studenten zu vertreiben. Es herrschte eine höchst mulmige Stimmung. Um nicht körperlich zu Schaden zu kommen, flüchtete ich mich in mein Auto, das ich in einer Nebenstraße geparkt hatte. Als im Auditorium Maximum bei einer Feierlichkeit Studenten in den hinteren Reihen skandierten „unter den Talaren ist der Muff von tausend Jahren", saß ich mitten im Saal und bedauerte die Professoren, die tatsächlich an diesem Tag im Ornat im Talar und mit Barett vorne an einem langen Tisch saßen. Sie waren in der Minderzahl und hatten in dem Moment keine passende Antwort parat. In der medizinischen Fachschaft vermieden wir eine Radikalisierung und kamen auf dem Verhandlungsweg mit dem Dekanat und den Professoren auch zu für beide Seiten akzeptablen Zielen. Dabei lernte ich auch den Chef der Gynäkologie Prof. Klaus Thomsen näher kennen, der mir viele Jahre später auch eine Planstelle an der Frauenklinik des UKE anbot. Ich zog es aber vor, meine Ausbildung in Helsinki abzuschließen. Wir pflegten freundschaftlich miteinander umzugehen. Während der Studienzeit war ich häufiger Gast in seinem Privathaus. Im Laufe der Zeit wurde er zu meinem väterlichen Freund, auch fünfzehn Jahre später noch, als ich selbst schon Chef einer gynäkologischen Abteilung war und einen guten Rat benötigte. Damals hätte es dessen Familie gern gesehen, wenn ich mich um ihre Tochter Cornelia mehr gekümmert hätte. Doch ich nahm sie gern zu unseren Freizeitunternehmungen mit, bewahrte aber ansonsten die nötige Distanz. Wir waren gute Freunde, mehr nicht.

Damals bekam die Frauenklinik im UKE Besuch aus Finnland. Über diesen Besuch habe ich im Rahmen eines Literaturwettbewerbes einen sehr ausführlichen Artikel geschrieben, bei dem ich im Jahr 2004 den ersten Preis bekam. Dieser Artikel ist in Finnland im Archiv für Volksdichtung (*Suomalaisen Kirjallisuuden Seuran Kansanrunousarkisto*) archiviert. Hier der erste Teil:

Fennogermanische Mutationen Teil 1

Es war im Winter 1962- 1963, als mir als Leiter der Fachschaft für Medizin der Universität Hamburg durch Professor Thomsen, dem Chef der Universitäts-Frauenklinik, aufgetragen wurde, für den finnischen Professor Paavo Vara und seine Studenten einen würdigen Empfang und ein gutes Programm vorzubereiten. Prof. Vara hatte vor dem Kriege in Deutschland studiert und pflegte regelmäßig zum Abschluss eines Kursus mit seinen Studenten und Assistenten Hamburg zu besuchen. Ich gab mein Bestes und organisierte all meine Freunde, um zu helfen und das Empfangskomitee zu bilden. Niemand von uns kannte Finnland oder hatte jemals vorher Finnen kennengelernt. Es war die Zeit des Kalten Krieges. Und für Reisen ins Ausland hatten wir damals noch kein Geld. Hamburgs Flughafen war noch klein. Die Fluggäste mussten auch bei Regen und Wind quer über das Flugfeld gehen. Wir standen also in der Abfertigungshalle und schauten gespannt auf unsere Gäste, die gerade aus einer DC der Finnair ausstiegen, um zur Abfertigungshalle zu gehen. Doch wir trauten unseren Augen nicht. Wir erwarteten circa zwanzig junge Männer und Frauen in unserem Alter, also 22 bis 25 Jahre alt, gekleidet wie wir. Was aber dort sich zur Halle bewegte, war ein Abklatsch eines Politbüros aus der Sowjetunion oder der DDR. Zwar besaßen die meisten von uns noch keinen Fernseher. Die Bilder aber kannten wir und sie waren jedem von uns geläufig: dunkler, eng anliegender Mantel bis kurz über die Knie reichend, die Schultern durch kleine Kissen gepolstert, auf dem Kopf gerade in die Stirn gezogen ein kleiner, dunkler Hut mit schmaler Krempe wie ihn heute noch manchmal alte Männer aus Kasachstan in Deutschland tragen. Die Abfertigung dauerte damals noch länger, und so wandelte sich unser Grinsen in ein freundliches Lächeln bei der Begrüßung, die dann aber umso herzlicher war.

Wir wurden bald gute Freunde und hatten ein sehr schönes langes Wochenende. Zu unserer Überraschung konnten fast alle deutsch sprechen. Es gab kaum Verständigungsschwierigkeiten. Der Grund für die guten Deutschkenntnisse der Finnen war, dass diese Generation, die noch im Krieg geboren war, auf dem Gymnasium als erste Fremdsprache neben Schwedisch Deutsch hatte, und zwar sechs Jahre, so genanntes „pitkä Saksa".

Der Gegenbesuch

Ein Jahr später fuhren wir Richtung Finnland, diesmal mit dem Zug, der seinerzeit von Hamburg über Kopenhagen via Helsingör-Helsingborg bis Stockholm durchging. Alkohol hatten wir in Mengen mitgenommen. Er sollte ja in Finnland sehr teuer sein. Doch die meisten Flaschen hatten wir schon auf der Zugfahrt bis Stockholm selbst geleert, so dass wir, als wir uns auf der Bore nach Helsinki einschifften, nicht mehr ganz nüchtern waren. Das Schiff war klein und die See war stürmisch, die Stimmung an Bord aber noch stürmischer. Denn auch die finnischen Touristen auf dem Schiff nach Helsinki hatten dem billigeren zollfreien Alkohol ebenfalls gut zugesprochen. Unten am Kai im Hafen von Helsinki, direkt neben der alten Markthalle, stand eine große Abordnung unserer neuen finnischen Freunde, um uns bei strahlendem Herbstwetter zu begrüßen. Matti, Sirpa, Irmeli und Seppo und wie sie alle hießen, hatten ihre

finnische Reserviertheit abgelegt und begrüßten uns freu-
destrahlend. Nach einer Radtour durch Helsinki ging es
zum Anbau der Universitäts-Frauenklinik, in dem während
der Dauer des Kursus normalerweise die finnischen Stu-
denten untergebracht waren und der sinnigerweise den
Namen „Fornix" trug. So bezeichnet man die „Anhänge"
des weiblichen inneren Genitals. Jedenfalls hat dieser An-
hang der Frauenklinik schon vieles in all seinen Jahren er-
lebt. Eine Abordnung von uns fuhr mit ein paar Finnen zum
Flughafen von Helsinki, um unseren Professor Thomsen
abzuholen, der mit dem Flugzeug nachgekommen war.
Während es in Hamburg von der Uniklinik bis zum Flugha-
fen nur knapp zwei Kilometer sind, war die Fahrt in Helsinki
endlos, weit außerhalb des Stadtgebietes. Das Flughafen-
abfertigungsgebäude war nicht größer als eine größere
Werkstatt, von einer größeren Halle ganz zu schweigen.
Hinten auf dem kahlen Rollfeld sah man ein paar Funkti-
onshallen. Man erzählte uns, dass zum Ausbau der Piste in
Finnland Alkoholsünder zum Steine Schleppen und ande-
ren Arbeiten eingesetzt würden und dass man auch nicht
davor zurückschrecke, bekannte finnische Persönlichkei-
ten des öffentlichen Lebens hier einzusetzen. Unser Prof.
war guter Dinge und das Programm konnte jetzt mit ihm
weitergehen. Zum Abend hatten uns die Finnen in ein Lo-
kal zum gemeinsamen Essen eingeladen. Wir aßen an lan-
gen Tischen, tranken Wasser zum Essen, das in großen
Kannen mit Eisstücken angeboten wurde. Es schmeckte
ausgezeichnet. Nur wunderten wir uns, dass die „ Hähn-
chen" in Finnland so klein waren. Es war an dem Geflügel
kaum Fleisch zum Essen. Erst sehr viel später hat sich das
aufgeklärt und ich meine, dass einige von uns noch immer

denken, in Finnland isst man eben Hähnchen oft nur in Kü-ken- Größe. *Dass die Finnen uns etwas auch für sie Beson-deres anbieten wollten, hatten wir deutschen Gäste wohl nicht gemerkt, nämlich Wachteln. 1963 gab es in Finnland ohne in Verbindung mit einem Essen abends nach 22 Uhr nirgends ein alkoholisches Getränk. Es sei denn, man war Mitglied eines Clubs wie Professor Vara, der ohne Schwie-rigkeiten den im Keller residierenden Marski Club mit ei-nem Teil seiner nimmer müden Gäste betreten durfte. Der ganze Club machte einen gediegenen Eindruck. Die Kellner bedienten in dunkler Livree. Auf der Empore spielte eine Dreimannkapelle. Es herrschte eine sehr gute Stimmung. Und da einer meiner Freunde wie immer auch seine Klari-nette im kleinen Kasten mithatte, setzte ich mich schon leicht angeheitert in der Pause des kleinen Orchesters an den Flügel, um gemeinsam mit ihm bajuwarische Ländler und Lieder zu spielen. Schließlich sangen auch die finni-schen Gäste, von denen alle ausnahmslos sehr fein geklei-det waren, aus voller Kehle „in München steht ein Hof-bräuhaus". Das hatten sie in ihrer Studentenzeit auch in Finnland gesungen. Einer meiner Freunde ging zwischen-zeitlich auf die Toilette. Im Foyer des WCs stand ein Herr im Frack. Mein Freund wunderte sich über so viel Vor-nehmheit, dass die Klomänner in Finnland sogar einen Frack trugen, und gab ihm eine Finnmark. Viel Geld für da-malige Zeiten. Die starke Finnmark stand seinerzeit zur D-Mark etwa hundert zu siebzig. Nun das Geld wurde bereit-willig entgegengenommen. Als aber dann der befrackte Herr vom Klo sich am Nebentisch in der Nachtbar gemüt-lich leicht schmunzelnd in den Ledersessel setzte, und sich als Dekan der Universität bei Professor Vara über dessen so ausgelassenen Gäste lachend erkundigte, wurde es auch meinem Freund klar, dass Finnen eben fast jeden Spaß mitmachen.*

Am nächsten Morgen die Vorlesung zu überstehen, war nach einem derartigen Abend hart. Unser Professor stützte sich bei seinem Vortrag die ganze Zeit auf den großen Zeigestock, um wenigstens das Gleichgewicht halten zu können. Mit Professor Vara zu trinken verlangte schon ein hohes Stehvermögen. Unser Prof. berichtete, dass in Hamburg die erste transuterine Transfusion bei einer schwangeren Frau geglückt sei. Als aber dann seitens der Finnen referiert wurde, dass dies ihnen schon mehrfach geglückt sei, herrschte unsererseits betretenes Schweigen. Es war das erste Mal in meinem späteren Beruf, dass ich merkte, dass die Skandinavier zu der damaligen Zeit medizinisch einen Schritt voraus waren. Dies bestätigte sich immer wieder und bestimmte auch mein Leben.

Abends hatten wir dann die Finnen zu einem Umtrunk in den Fornix eingeladen. Nicht alles hatten wir auf der Zugfahrt vertrunken und so gab es noch jede Menge Flaschen Whiskey, was damals sehr in Mode war. Da dieser aber in Finnland damals wie auch heute sündhaft teuer war, waren die Finnen mit diesem Getränk herzlich untrainiert. So habe ich seinerzeit das erste Mal in meinem Leben bei einem Gelage Männer unter dem Tisch liegen sehen.

Irgendwann wurde auch die Klinik besichtigt. Während man in Deutschland schon langsam anfing, Schwesternhauben abzuschaffen, zeigten sich hier die sehr hübschen Krankenschwestern in blütenweißer Schwesterntracht mit gestärktem Häubchen und einem dezenten Make-Up, was in Deutschland nicht gestattet war. Auch wenn wir nicht alles verstanden, so gingen die Schwestern mit ihrem Chef recht unkonventionell und herzlich um, anders als in Deutschland üblich. Am letzten Tag zeigte man uns noch die Technische Universität Dipoli, die gerade fertig geworden war, und dann ging es zum Hafen. Nach so anstrengenden Tagen mit so anstrengenden deutschen Gästen war das Verabschiedungskommando etwas kleiner. Ich bekam zum Abschied einen wunderschönen finnischen Dolch geschenkt, den ich heute noch besitze und auch regelmäßig nutze".

Soweit zum ersten Teil meines Berichtes. Die Fortsetzung mit der Einladung nach Finnland nach meinem Examen und der Beschreibung der Finnen und ihrer Eigenarten kommen später an passender Stelle.

Auto, Car, Voiture oder Bil

In den meisten Ländern der Welt wird das Auto bis auf wenige Ausnahmen ebenfalls mit dem Wort Auto bezeichnet. England, Frankreich, Schweden manchen da eine Ausnahme. Aber selbst in der Türkei versteht man das Wort Auto, wenn es auch eigentlich Araba heißt. Der Leser wird schon gemerkt haben, dass ich erblich belastet bin. Mein Großvater liebte besonders große Autos und mein Vater fuhr auch Autorennen, wenn auch in bescheidenem Maße. Dann ist es auch kein Wunder, dass sich diese Neigung vererbt hat, dass ich schon als Schüler heimlich oder auch mit Duldung Personenwagen, aber auch große Kraftfahrzeuge gelenkt habe, habe ich schon berichtet. Und so ist es auch kein Wunder, dass Autos selbst während meiner Studienzeit immer ein Thema waren, obwohl ich zeitweise von der Hand in den Mund lebte. In meiner Studienzeit in Hamburg hatte ich einen sehr freundlichen, sechzigjährigen Mann kennengelernt, der sein Geld mit Schrott verdient hatte - was ja auch heute noch funktioniert - der damals einen Gebrauchtwagenhandel im Stadtteil St. Georg Hamburgs betrieb. Wenn ich mal vom Studium abschalten wollte, besuchte ich ihn in seiner kleinen Bude auf dem Autoplatz. Dann tranken wir ein Bier und fachsimpelten über Autos. Einmal schlug er mir eine Wette vor, er würde mir einen ganzen Kasten Bier zahlen, wenn ich es schaffen würde, die abgeschlossenen Türen von drei seiner Gebrauchtwagen auf dem Hof frei nach Wahl innerhalb von drei Minuten jeweils zu knacken, ohne dass etwas zu Bruch ginge. Ich ging auf die Wette ein, obwohl ich nicht daran glaubte. Man kann sich denken, dass ich es einfach nicht schaffen konnte. Doch dann, als ich es für Quatsch und unmöglich hielt, zeigte er mir nun selbst, dass dies durchaus möglich ist. Ich kam aus dem Staunen nicht heraus. Mit dieser Einführung habe ich dann später einmal meinen eigenen VW Käfer geknackt, als die Schlüssel im Auto geblieben waren, was früher noch möglich war und häufiger geschah. Doch dieser ehemalige Schrott- und nun Gebrauchtwagenhändler hatte noch ein ganz besonderes Hobby. Er sammelte schon fast seit seiner Jugend Oldtimer Autos. Davon besaß er mittlerweile die allerfeinsten, seltensten und schönsten Wagen, die jeden Sammler und Fan das Herz höher schlagen lassen. Seine Sammlung hatte er anfangs in den Hallen des Schlosses Tremsbüttel bei Oldesloe untergebracht, wo diese auch durchaus ohne Schwierigkeiten zu besichtigen war. Im Hamburger Abendblatt konnte man wiederholt lesen: Besucht das Automuseum Schloss Tremsbüttel. Später war das Museum dann in der Nähe des Hamburger Hauptbahnhofs. Aber zu der Zeit stand ich im Examen und ging dann nach Finnland.

Eines seiner Prachtstücke war ein Achtzylinder Horch 850. Von dieser Serie besaß er neben anderen Autos ein zweites Exemplar, außerdem einen Bugatti, allerdings in nicht fahrbarem Zustand. Horch war ein Ingenieur, der um 1910 bei Daimler-Benz gearbeitet hatte. Später machte er sich selbstständig und baute hochzylindrige Luxusautos. Historisch gibt es einen Bezug zu Audi. Als der Gründer der Autofirma Horch eine neue Firma gründete, riet ihm ein Freund, diese doch Audi zu nennen, die lateinischer Version für „horch" oder „höre". Publik aber wurde dieser

Name für eine Autoserie erst in den sechziger Jahren. Man muss sich diese Luxuskarossen vergleichsweise vorstellen wie die riesigen, meterlangen Cabrios mit dem Mercedes-Stern, in denen in den dreißiger und vierziger Jahren der Mann im Wagen meist stehend die Paraden abnahm, der Deutschland zugrunde richten sollte. So ein riesiger, repräsentativer Wagen wog damals gut und gern mehrere Tonnen. Die schweren Reifen hatten einen Umfang, der den großen Reifen eines Lkw´s gleichkommt. Das Lenkrad maß ebenfalls etwa sechzig Zentimeter und mehr. Der Wagen ließ sich bei den schweren Reifen und dem Gewicht nur mit aller Kraft lenken, denn von einer Servolenkung träumte man noch. Allerdings gab es schon eine Zentralschmierung, die man in regelmäßigen Abständen bedienen musste, auch während der Fahrt. Dazu trat man mit dem Fuß links neben der Kupplung auf ein kleineres Pedal. Beim Bremsen musste man vorausschauend sich stets auf das Bremsmanöver vorbereiten. Heute ist eine Servobremse in jedem Kleinstwagen selbstverständlich. Deshalb kostete ein Bremsakt bei diesem Mehrtonner eine richtige körperliche Anstrengung. Beim Schalten der Gänge war man gezwungen, selbst bei den höheren Gängen Zwischengas zu geben, was die heutige Generation überhaupt nicht mehr kennt. Aber auch bei den ersten neueren Autos der Nachkriegszeit war es anfangs noch üblich, beim Hochschalten von dem ersten in den zweiten Gang die Kupplung zu drücken, durch gleichzeitiges Gasgeben die Motorumdrehungszahl fein nach Gehör auf ein bestimmtes Niveau zu heben (Drehzahlmesser gab es nicht) und dann den nächsten Gang bei gleichzeitigem Kommenlassen der Kupplung mit Gefühl reinzuschieben. Klingt vielleicht schwer, ist aber erlernbar. Das alles zeigt, dass es nicht ganz einfach war, mit diesem Riesenauto im Stadtverkehr zu fahren. Leichter und durchaus angenehm aber war es, den schweren Wagen unter leisem Summen des Achtzylinders die Autobahn Richtung Lübeck, auf der früher sehr viel weniger Verkehr war, einfach mit einhundertundzwanzig Kilometern die Stunde rollen zu lassen, immer leicht in Angst, nicht sehr plötzlich den Wagen zum Stehen bringen zu müssen. Woher ich das nun alles so genau weiß? Weil mein älterer Freund mir vertraute und mich dieses tolle Auto fahren ließ, aber nicht im Stadtverkehr. Es versteht sich, dass dieses Auto gern zwanzig Liter Sprit schluckte. Aber wer damals vor dem Kriege genauso wie heute sich so ein teures und einmaliges Auto leisten kann oder konnte, dem ist oder war der Spritverbrauch ziemlich egal. Einmal zogen wir in Hamburg damit eine richtige Show ab. Es war das Jahr 1967, als der damalige Schah von Persien Reza Pahlavi, der 1941 von seinem Vater die Macht übernommen hatte und gerade seine Farah Diva geheiratet hatte, Deutschland einen Besuch abstattete. Hierbei kam er auch nach Hamburg und sollte, begleitet von einer Eskorte, zum Hamburger Rathaus zu einem Empfang geleitet werden. An sämtlichen größeren Straßen wie dem Jungfernstieg und Ballindamm und auf der Lombards Brücke standen die Menschen, um wenigstens einen kurzen Blick auf den Mann aus dem vorderen Orient zu werfen, der mit vielen Gesetzen sein Land zwar modernisiert hatte, der aber auch mit äußerst harter Hand regierte, was man bei dem Staatsbesuch geflissentlich nicht wissen wollte. Da wir in der Zeitung gelesen hatten, wann der Schah genau zum Hamburger Rathaus kommen sollte, machten wir uns bereit, um im offenen Horch, der wie eine stolze Staatskarosse imponierte, die Route eine halbe Stunde vorher abzufahren. Am Steuer saß, bestens gekleidet, mein Freund und Eigentümer der repräsentativen Karosse, daneben ebenfalls in besten Klamotten ich auf dem Nebensitz. Hinter uns zeigten sich seine Tochter mit ihrer Freundin in auffallenden Sommerkleidern und großen Hüten auf dem Kopf. Sehr langsam fuhren wir nun, immer huldvoll winkend, wie man es von gekrönten Häuptern kennt, einmal um die Binnenalster herum, während die Bevölkerung an den Straßenrändern fröhlich, aber auch etwas irritiert uns zuwinkte, da niemand wusste, wer da nun wirklich kam. Auch die Polizei an den Straßenecken war ebenso sichtlich irritiert, denn sie wusste in dem Moment nicht, um wen es sich handelte und wie sie sich verhalten sollte, da es Mobiltelefone zur schnellen Information noch nicht gab. Das war nun unsererseits das Erlebnis des Besuches des Shahs von Persien. Leider mussten wir dann später in der Zeitung lesen, dass bald darauf auf dem Hamburger Rathausplatz persische Geheimpolizisten sich erdreistet hatten, auf deutschem Boden protestierende deutsche Bürger niederzuknüppeln. Noch schlimmer wurde es noch danach in Berlin, als bei Demonstrationen in einer Nebenstraße der Student Benno Ohnesorg erschossen wurde.

Aber dieser Horch kam nur seltener aus seinem „Stall". Doch irgendwie musste auch das Automuseum in Tremsbüttel finanziert werden. Mein Freund hatte nicht immer Zeit, denn er musste ja seine Gebrauchtwagen verkaufen. Also fragte er mich, ob ich nicht Lust und Zeit hätte, mit einem seiner alten Autos kreuz und quer durch Hamburg zu fahren. Irgendwo sollte dann ein großes Werbeschild zu lesen sein. Das ließ ich mir nicht zwei Mal sagen. Ich nahm den „Opel Laubfrosch" aus seiner Sammlung, der als zweisitzige, offene Luxusversion in seiner knallgrünen Farbe schon auffiel. Er wurde auch Doktorwagen genannt, weil er bei dieser Berufsgruppe sehr beliebt war. Das Auto war 1924 auf den Markt gekommen und immer mehr modernisiert worden. Mein Laubfrosch war noch rechtsgesteuert, hatte außen eine quakende Ballonhupe und an der Seite ein riesiges Reserverad. Der Laubfrosch war das erste Auto, das in Deutschland am Fließband gebaut wurde. Ein ähnliches Auto wurde fast zeitgleich von Citroën in knalligem Gelb gebaut. Am Heck des kleinen, aber auffälligen Autos hatten wir dann die Werbung montiert: „Besucht das Automuseum Tremsbüttel". Dieses Auto war gewissermaßen nach vielen Verbesserungen der Vorläufer des Opel P4, mit dem mich meine Eltern noch in den Harz gebracht hatten, und des späteren Opel Kadett. So fuhr ich dann in meiner Freizeit hin und her durch Hamburg, meist bei schönem Wetter, auch dort, wo normalerweise das Autofahren untersagt war. Aber niemand sagte etwas. Ich genoss Narrenfreiheit, wie ich es ein halbes Jahrhundert später mit meinem Oldtimer Traktor erfahren sollte. Ich war doch sehr erstaunt, wie stark der Motor mit seinen maximalen 20 PS war (anfangs waren es nur 4 PS), dass er sogar in Blankenese die steile Straße vom Elbufer hoch auf die Höhe der Elbchaussee ohne Mucken schaffte. Aber am Berg mit Zwischengas die Gänge hoch und runter zu schalten, brachte mich dann doch ins Schwitzen. Für alte Autos ebenso wie später für alte Traktoren sollte ich Zeit meines Lebens ein Faible haben.

Die Zeit meines klinischen Studiums gehört neben dem späteren Facharztexamen in Finnland zu der intensivsten meines Lebens. Ich lernte nicht nur viele neue, mir völlig unbekannte Dinge, ich bekam nicht nur fast jeden Tag neue Anregungen, ich lernte auch sehr viele liebenswerte, hochinteressante und bemerkenswerte Menschen kennen. Auch in der gesamten Weltliteratur wird das Leben zwischen dem zwanzigsten und dreißigsten Lebensjahr als bedeutender Lebensabschnitt beschrieben. Es heißt immer, dass man besonders in der Kindheit sehr geprägt wird. Die zweite Prägung findet meines Erachtens in dieser Phase statt.

Außer den Menschen In meinem privaten Leben hatten auch meine Professoren, die alle eine Persönlichkeit waren, einen großen Einfluss auf mich gemacht.

Professor Thomsen hatte ich schon genannt. Er gehörte mit seinen rund fünfzig Jahren zur jüngeren Generation der Hamburger Klinikchefs. Thomsen hatte sich eine relativ junge Mannschaft aufgebaut, auf die er sich verlassen konnte, wie auch er immer für sie da war. Seine Vorlesungen im neu gebauten Hörsaal waren nie langweilig. Bei den Vorlesungen im alten steil nach oben gehenden Hörsaal der Chirurgie von Professor Zuckschwerdt hatte jeder seiner ärztlichen Mitarbeiter, der nicht gerade zu einer Operation abkommandiert war, zu den Vorlesungen im Hörsaal zu erscheinen.

Damals trugen noch die Ärzte den „Eppendorfer Arztkittel". Dieser Kittel bestand aus einem besonders dicken und fest gewebten Tuch und war wie ein großer, weiter Feldherrenmantel mit hoher Taille geschnitten und vielen münzengroßen, leicht gewölbten, silberglänzenden Knöpfen besetzt. Diese Mäntel wurden in der Regel früher nur von Ärzten an der Universitätsklinik Eppendorf getragen oder anderswo nur, wenn sie in Hamburg-Eppendorf ihre Ausbildung bekommen hatten. Nicht ohne ein wenig Stolz, denn das UKE hatte früher weltweit einen ausgezeichneten Ruf. Schon Ende des neunzehnten Jahrhunderts reichte das Allgemeine Krankenhaus St. Georg nicht mehr den Bedürfnissen der Hansestadt. So begann man 1884 an der damaligen Stadtgrenze in einem riesigen Park mit dem Bau mit 55 Pavillon. Diese weitläufige Verteilung mit 1340 Betten war in einer Zeit, als Antibiotika völlig unbekannt waren, für die damalige Krankenhausplanung wegführend. 1892 war die erste erfolgreiche Bewährungsprobe, als Hamburg von einer Choleraepidemie heimgesucht wurde. Auch der eigene Tiefbrunnen mit sauberem Wasser war bei der Bekämpfung entscheidend. Heute erkennt man nur noch Reste der ursprünglichen Planung. Aus dem allgemeinen Krankenhaus wurde erst 1919 mit der Gründung der Hamburger Universität auch eine Universitätsklinik. Als ich dort studierte, wurden teilweise die Patienten immer noch mit einer Plane überdachten Schubkarre von einem in den anderen Pavillon transportiert, besser gesagt, gekarrt.

Zurück zur Vorlesung in dem bis oben gefüllten Hörsaal der Chirurgie, in dem, wenn man ganz oben in der letzten Reihe sitzt, die Akteure unten als sehr klein erscheinen. Professor Zuckschwerdt sah sich neben dem Katheter stehend kurz um. Dann bat er meist eine hübsche Studentin zu sich nach unten. Mit der linken Hand sich auf den Zeigestock stützend umfasste der große Mann mit der rechten von oben herab die Schulter der Kandidatin. In dieser Haltung fragte er die meist leicht Verschüchterte vor dem im Bett liegenden, zitternden Patienten nach diesem und jenem chirurgischen Problem, nicht ohne kleinere Zwischenbemerkungen. Aus diesem Grund vermieden es unsere Studienkolleginnen, in das Blickfeld des Professors zu geraten.

Wer sich für die bildenden Kunst oder auch Geschichte interessierte, der ging in die Vorlesungen von Prof. Kimmig in der Hautklinik. Dort konnte er beispielsweise zu dem Thema Geschlechtskrankheiten hören, dass etwa 1730 angeblich die Österreicher dem damaligen jungen Kronprinzen Preußens bei dessen Besuch eine junge hübsche Frau für die Nächte arrangiert hatten, wie es damals durchaus üblich war. Dumm war nur, dass diese infiziert gewesen sein soll. So wäre es zu einer folgenreichen Entzündung des hochwohlgeborenen Genitaltraktes und einer Verklebung der Harnröhre gekommen. Der Volksmund nennt es Tripper. Begrenzt heilen konnte man es zu der Zeit nur durch eine Bougierung der Röhre. Noch heute kann man diese häufig angewendeten Marterinstrumente in einigen Museen sehen. Dabei wird das zusammengefaltete, längliche Instrument vorsichtig tief in die Harnröhre geschoben und dann die Mechanik wie mit einem Scherengriff langsam möglichst weit geöffnet, was ohne Narkose fürchterliche Schmerzen verursachen muss. Dilatieren nennen es die Mediziner. Auch war es selten mit nur einer einzigen Behandlung getan. Schlimmstenfalls hat man sogar den Dödel, Schniepel, auch Wunderhorn oder membrum virile genannt, einfach gespalten, damit wenigstens die Blase sich entleeren konnte. Es ist für jeden gut vorstellbar, dass nach einer solchen Prozedur die Erektilität des Mannes ein für alle Mal leiden muss. So gäbe es historisch neben vielen anderen auch diesen Grund, warum aus dem Kronprinzen ein „Großer" wurde, da er wie so viele Männer dieses stark belastende Defizit durch heroische und besondere Taten kompensieren wollte. Friedrich der Große hatte bekanntlich auch keine eigenen Nachkommen. Da diese und andere Geschichten sich wiederholten, nannten wir das Institut „Klinik für Haut und Liebe".

Prof. Fritz, der die Gerichtsmedizin in Hamburg weiter ausgebaut hatte, verschreckte am liebsten seine Studentinnen, in dem er den Demonstrationsraum etwas abdunkeln ließ, mit einer winzigen Sonde in den aufgeblähten Bauch einer Wasserleiche stieß und mit seinem Feuerzeug eine oft bis zu einem Meter hohe Stichflamme des entweichenden Methangases entzündete.

Professor Stelzner, der Nachfolger von Professor Zuckschwerdt, jesuitisch erzogen, trug auch in der Vorlesung stets weiße Baumwollhandschuhe und beeindruckte uns sehr, wenn er gleichzeitig mit der linken und mit der rechten Hand mit Kreide zeichnend auf der Tafel uns die Anatomie erklärte.

Professor Jores erklärte uns in seinen Vorlesung über Psychosomatik, warum manche Menschen schlank und warum andere stark übergewichtig sind. Dabei präsentierte er uns eine dreiköpfige Familie, Vater, Mutter und zehnjähriger Sohn, die zusammen runde vierhundert Kilo Körpergewicht aufbrachten, die er über ihre Essensgewohnheiten selbst frei berichten ließ.

Am Anfang unseres Studiums stellte sich Prof. Horstmann in der Anatomie häufig auf ein Bein, streckte die Arme weit nach außen und wedelte mit den Händen. Dabei erklärte er, sein Körper sei der Uterus, die Gebärmutter, die beiden ausgestreckten Arme die Tuben oder Eileiter und die wedelnden Hände die Fimbrien, also die das befruchtungsfähige Ei auffangenden tentakelähnlichen Greifarme. Bewundernswert war nur, dass er diese Haltung, obwohl schon längst vom Thema abgekommen, fast während der weiteren Vorlesung so beibehielt.

Die Vorlesungssäle waren meist restlos überfüllt. Wenn man sich nicht rechtzeitig einen Platz gesichert hatte, blieb es einem nur über, auf den Stufen oder den Fensterbänken zu sitzen. Deshalb zog ich es auch bei einigen Fächern wie der Pathologie vor, die Themen zuhause systematisch im Buch zu bearbeiten.

Zu den einzelnen Prüfungen war es aber besser, sich zusammenzuschließen und gegenseitig abzufragen. Für eine Zwischenprüfung tat ich mich mit einem jüdischen Studenten zusammen. In der Mittagspause blieb er aber hungrig, da er die in der Mensa angebotenen Würste aus Schweinefleisch aus konfessionellen Gründen ablehnte. Erst nachdem ich ihn bearbeitet und ihm erklärt hatte, dass die Schweine im alten Israel massenhaft mit Trichinen verseucht waren und dies der wahre Grund der Verzehrverbots von Schweinefleisch sei und heute in Deutschland jedes geschlachtete Tier genauesten untersucht würde, wagte er es schließlich doch, wenigstens ein kleines Stück zu probieren. Die Wurst war wohl nicht von der schlechtesten Sorte. Denn später war der Genuss von Schweinefleisch für ihn kein Hindernis mehr.

Zum Staatsexamen bildeten wir eine Vierergruppe. Da war einmal mein Kollege Hans-Jürgen, den ich von der Fachschaft her kannte. Hinzu kam Rüdiger, der in meiner Nähe wohnte und mit dem ich schon früher viel zusammen war. Wir drei waren aber der Meinung, es gehöre auch eine Frau aus psychologischen und optischen Gründen in unsere Gruppe. Also fragten wir Hella, die wir von den Vorlesungen her kannten, ob sie bereit sei, bei uns mitzumachen. Sie willigte gern ein. In dieser Gruppe meldeten wir uns dann nach 3- 4 Monaten Vorbereitung auch für das mündliche Examen an. Schriftlich wurde nicht geprüft. Einen praktischen Prüfungsteil gab es meist nur in den Hauptfächern. Bei der Vorbereitung trafen wir uns jeweils bei dem einen oder anderen und fragten uns gegenseitig ab oder erklärten schwierige Zusammenhänge. Dabei lernte jeder die Schwächen und die Stärken des anderen gut kennen, was bei der Prüfung später manchmal von Vorteil war, in dem man irgendwie eingriff, um den Kollegen nicht absacken zu lassen. Die Prüfungen zogen sich über viele Wochen hin. Geprüft wurde in dreizehn Fächern. In den großen Fächern Chirurgie, Innere und Gynäkologie waren die Prüfungen an zwei Tagen in zwei Kliniken bei zwei Professoren. Medizingeschichte konnte in allen Fächern nebenbei abgefragt werden. So wurde ich gefragt, ob Louis Pasteur Franzose oder Deutscher gewesen sei. Eine ziemlich tendenziöse Frage, denn Louis Pasteur (1822- 1895) wurde in Dole in der Region Comté, deren Käse viele kennen, geboren und übernahm 1849 die Professur in Straßburg. Mit Robert Koch hatte er so manche wissenschaftliche Kontroverse. Als 1871 Elsass-Lothringen durch den deutsch-französischen Krieg zu Deutschland kam, lehrte Pasteur schon längst in Paris an der Sorbonne.

Zwar galten die Prüfungen als öffentlich, Zuhörer aber hatten wir nie. Dafür konnten wir aber auch mit den Professoren über unsere Zensuren manchmal etwas handeln. Je mehr Prüfungen wir hinter uns hatten, desto kesser wurden wir darin. Wir hatten die Prüfungstermine so gelegt, dass wir zu Weihnachten mit Allem fertig waren. So konnten wir am 18. Dezember 1968 das mit gut bis sehr gut bestandenem Examen in unserer Gruppe gründlich feiern. Damit war einer der schönsten, aber auch wichtigsten Lebensabschnitte beendet.

Freundinnen und Freunde

Zu diesem so wichtigen Lebensabschnitt gehören auch die Freundschaften mit beiden Geschlechtern, wobei es sich bei den Beziehungen zum weiblichen Geschlecht meist um Liebschaften handelte, aber auch um echte Freundschaften, was es durchaus gab. Und da diese Beziehungen meist vergänglicher sind als die männlichen, will ich mit der holden Weiblichkeit beginnen.

Ich muss aber vorher kurz die Zeit beschreiben, da diese sechziger Jahre ein halbes Jahrhundert später mit dem heutigen Leben im dritten Jahrtausend nicht zu vergleichen sind. Als ich studierte, gab es noch im Strafgesetzbuch den Kuppelei-Paragraphen 180 StGB, in dem es heißt „….wer durch Gewährung….von Gelegenheiten der Unzucht Vorschub leistet, wird wegen Kuppelei mit dem Gefängnis nicht unter einem Monat bestraft….auch kann zugleich auf Verlust der bürgerlichen Ehrenrechte…..erkannt werden". Mit dem verklausuliertem Wort Unzucht ist schlichtweg Geschlechtsverkehr gemeint. Wir wohnten fast immer zu Untermiete. Ein eigenes Appartement mit eigenem Eingang konnte sich niemand leisten. Das hieß aber auch, dass jede Studentenwirtin damals mit einem Bein fast immer im Gefängnis stand. Nach 22 Uhr war deshalb offiziell kein Herrenbesuch mehr erlaubt. Ebenso wurde „die Veröffentlichung schamloser Schriften und Bilder mit Gefängnis bis zu einem Jahr bestraft", wie es im Paragraph 184 StGB steht. Da der Begriff „schamlos" sehr dehnbar ist, müsste heute nach damaliger Rechtsauffassung jeder Chefredakteur einer Boulevard-Zeitung mindestens sechs Mal pro Jahr ins Kittchen. Die für heutige

Moralvorstellung harmlose Monatsschrift „Der Playboy" wurde quasi noch unter dem Ladentisch verkauft. Auch der Paragraph 175 StGB, der „Unzucht zwischen Männern" behandelt, wurde erst im Jahr 1994 gestrichen. Kondome wurden anfangs nur in den Apotheken verkauft. Selten gab es Automaten mit „Verhüterli", stets nur auf den Herrentoiletten der Gaststätten, niemals aber auf Damentoiletten und auch nie öffentlich an einer Straßenecke. Die Antibabypille kam 1961 unter dem Namen „Anovlar" in Deutschland auf den Markt, wurde aber am Anfang nur von wenigen Gynäkologen und auch sehr zögerlich verschrieben. Bis zum Jahr 1974 wurde ein Schwangerschaftsabbruch nach § 218 StGB mit Gefängnis, ja sogar mit Zuchthaus bestraft. Erst dann entschied sich der Bundestag mit sehr knapper Mehrheit für die Fristenlösung. Vor dieser Zeit reisten viele betroffene Frauen in die Niederlande, wo eine Schwangerschaftsunterbrechung unter bestimmten Voraussetzungen erlaubt war. In der Pathologie wurde uns gelehrt, dass die jährliche Anzahl der illegalen Aborte pro Jahr in Deutschland in den sechziger Jahren ebenso hoch sei wie die Anzahl der normalen Geburten. Bei jeder auch noch so harmlosen Blutung hätten wir als angehende Ärzte aus Sicherheitsgründen für die Frauen und den entsprechenden richtigen Therapien so lange an den Versuch einer kriminellen Unterbrechung zu denken, bis wir das Gegenteil beweisen könnten. Die Gesellschaft Deutschlands war nach außen hin sehr sauber, obwohl sie hinter den Kulissen alles andere als dies war. Seit dem Beginn des 19. Jahrhunderts hatte sich die Gesellschaft in ihren Moralvorstellungen auch nach zwei Weltkriegen kaum verändert und war schlichtweg bigott.

Wer mehr zu den Moralvorstellungen um Neunzehnhundert wissen will, sollte den Roman „Die Welt von Gestern" von Stefan Zweig lesen. Erst die in den sechziger Jahren von San Francisco kommende Hippiebewegung und die „Achtundsechziger Revolution" in Deutschland sollten die verkorksten Moralvorstellungen langsam verändern.

In St. Peter im Sommer am Strand in der Sonne stieg nicht nur der Östrogenspiegel der Badenixen, sondern auch mein eigener Testosteronspiegel. Nachdem mir nun Lieselotte gezeigt hatte, wie es geht, setzte ich es auch in die Praxis um. Meine Mutter war in diesem Punkte ganz offen und machte nur schmunzelnd irgendeine nette Bemerkung, wenn sie beim Bettenmachen merkte, dass das Bett nicht allein benutzt worden war. Sie war für ihre Generation freier in der Moral. Im Gegensatz zu der Zeit in St .Peter führte ich in Bückeburg noch ein, wie man so sagt, braves Leben mit der Ausnahme einer hübschen Bauerstochter.

In Bückeburg gab es nur die einzige Buchhandlung „Frommhold", die aber ein breitgefächertes Angebot an interessanter Literatur hatte. Die Buchhändlerin war eine sehr belesene Frau und hatte zwei Töchter. Die Ältere war es, die mich auf der Orgel der Schlosskirche spielen ließ. Ihre Schwester Raimunde war gleichaltrig mit meiner Schwester und in deren Parallelklasse des Gymnasiums. Nach der Konfirmation mit sechzehn Jahren ging ich, wie damals in dem Alter üblich, zusammen mit meiner Schwester Barbara zur Tanzstunde, die im Festsaal des Hotels „Deutsches Haus" neben dem Museum stattfand. Nicht nur Barbara war eine ausgezeichnete Tänzerin, sondern auch die jüngste Tochter der Buchhändlerin. Wir waren sehr bald nicht nur beim Tanz unzertrennlich. Sie spielte Violine und ihre Schwester Orgel und daheim Klavier und auch Flöte. Ein von mir für uns arrangiertes Trio wurde aber wegen der vielen Fehler nie gespielt. Die Vertonung eines Gedichtes von Hermann Hesse erwähnte ich schon. Es zeigte, dass ich bis über beide Ohren in Raimunde auf jugendliche Weise verliebt war. Dabei war diese Liebe für heutige Verhältnisse quasi platonisch. Scheue, verständnisvolle Blicke, ein kurzes Fassen der Hand oder ein hingehauchter Wangenkuss waren das Höchste der Gefühle. Ja, sogar ein Gedicht schrieb ich für sie. Mehr aber konnten wir beide auch nicht zeigen, denn stets war jemand anders zugegen, sei es die Schwester, die Mutter oder ihre Freundin, die leider nie begreifen wollte, dass wir auch einmal allein sein wollten. Sie und ihre Familie waren mir aber auch eine große Stütze in der Zeit, als meine Mutter wegen ihrer Krebserkrankung nicht immer zuhause war und es auch schon in der Ehe meiner Eltern mächtig kriselte. Die Familie gab mir auch sehr viele Anregungen in der Musik und in der Literatur. Ich war jederzeit herzlich willkommen und fühlte mich geborgen. Nachdem ich dann im Herbst 1956 wegen der Scheidung meiner Eltern nach St. Peter-Ording gezogen war, verloren wir uns bis auf kurze Treffen bei den seltenen Besuchen in Bückeburg aus den Augen. Doch eines Tages überraschte sie mich in Hamburg, wo ich mittlerweile studierte. Sie hatte inzwischen einen Bundeswehrsoldaten geheiratet, der an der BW-Akademie beschäftigt war. Sie suchte meine Nähe und überschüttete mich mit Geschenken. Ihren Äußerungen musste ich entnehmen, dass ihre Ehe wohl nicht ganz so glücklich war. Damals hatte ich das

Gefühl, dass ihre Zuneigung zu mir keineswegs verblasst war und sie mich wohl am liebsten auch geheiratet hätte. Nur ich selbst war damals noch nicht reif für eine feste Bindung, abgesehen davon, dass ich auch noch nicht mit meinem Studium fertig war, geschweige denn eine Familie hätte ernähren können. Auch war von meiner Seite die Zuneigung völlig platonisch trotz der inneren Zusammengehörigkeit. Zu einer Ehe gehört eben doch ein wenig mehr. Sie wanderte später nach Australien aus. Wenn ich später in Bückeburg weilte, wie bei den Jubiläen unseres Gymnasiums, hatte ich dennoch stets die Hoffnung, ihr noch einmal zu begegnen. So hielt ich regelmäßig, aber leider vergebens, Ausschau. Wir sollten uns nie wieder sehen. Bei einem Klassentreffen erfuhr ich über meine Schwester, dass sie sich bei ihren Deutschlandbesuchen stets nach mir erkundigt haben soll. Später soll sie wieder nach Deutschland zurückgezogen sein, sei aber im frühen Alter verstorben. Erst davon Kenntnis erhielt, dass ich sie nie mehr in meinem Leben sehen würde, mit ihr sprechen könnte, wurde mir nun im Alter klar, was sie mir bedeutet hatte, dass es weitaus mehr war: meine allererste, sehr tiefe und echte Jugendliebe.

Einmal jedoch drohte mein pubertärer Testosteronspiegel auch in Bückeburg überzulaufen. Es waren die hübschen Bauerstöchter, die es mir bei den sommerlichen, dörflichen Erntefesten in den Dörfern rings um Bückeburg angetan hatten. Als Schüler zogen wir an den Wochenenden auf diese jährlichen Erntefeste, wo unter der Begleitung der Feuerwehrkapelle vom Marsch, Fox, über den Walzer bis zu den typischen Volkstänzen wie „Maike, Widdewee oder Achttourigen" alles getanzt wurde. Wenn wir Städter auch die Volkstanzschritte nicht so richtig kannten, zeigte einem die dralle Deern mit ihren kräftigen Armen schon, wie und wo es lang ging. Es war auch ein billiges Tanzvergnügen, denn meist schafften wir es durch geschickte Ablenkung des Türstehers, mit einer einzigen Eintrittskarte Einlass für vier oder mehrere von uns Pennälern zu bekommen. Das Bier war auch nicht teuer. Das Glas kostete 50 Pfennig. Schnaps wurde von uns nie getrunken. Als Schüler brauchten wir auch nicht viel Alkohol. Meist meinten wir, nach zwei bis drei Glas schon „dun" zu sein.

Dabei hatte ich eine nette Maid kennengelernt, die in ihrer Entwicklung schon weiter war als ich. So erklärte ich dem hübschen Mädchen ich würde sie in der nächsten Nacht besuchen, wenn sie mir verraten würde, in welcher Kammer ihres typischen niedersächsischen Bauernhauses sie schlafen würde. Ich wusste, dass im größeren hinteren Teil des Hauses, wo auch das große Scheunentor sich befand, das Vieh untergebracht war. Im vorderen Drittel, das auf der Höhe des Kamins durch eine Innenmauer abgeteilt war, lebte üblicherweise die Familie. Dort waren die Stube, aber auch die Schlafkammern und, wie sich herausstellen sollte, modernisiert auch ein Badezimmer. So machte ich mich eines Abends spät mit dem Fahrrad auf, legte es im Vorgarten leise ab und schlich um das Bauernhaus, rüttelte vorsichtig an jeder Tür und versuchte, ein Fenster aufzuschieben. Bei einem kleinen Fenster hatte ich Glück. Zwar lag es etwas höher, aber mit Hilfe einer herumstehenden leeren Bierkiste schaffte ich es, mich hoch zu hangeln. Doch als ich das Fenster weiter aufschob, gab es einen höllischen Lärm. Es war das Badezimmer und auf dem Fenstersims hatte die Familie meiner Ausersehnten ihre sämtlichen Waschutensilien gestellt, die nun polternd in die darunter stehende Badewanne fielen. Entsetzt hielt ich inne. Doch dann war Ruhe. Plötzlich hörte ich ein leises Zischen. Es war sie, die wohl in Erwartung wach geblieben war und nun, nur mit einem leichten Nachthemd bekleidet, durch die Innentür ins Bad kam, kopfschüttelnd mir durch das Fenster half, das Bad aufräumte und mir den Weg in ihre Kammer zeigte. Ihre Eltern müssen wohl nicht zuhause gewesen sein, denn normalerweise hätte der Hausherr bei dem Lärm wach werden müssen.

Ein paar Jahre später sollte ich noch einmal im Zusammenhang mit den Tücken eines niedersächsischen Bauernhauses konfrontiert werden. Diese Häuser sind nicht klein und haben oft eine Länge von 27 Meter und mehr und eine Breite von über 13 Metern. In Schaumburg-Lippe sind die Dächer mit Tonziegeln abgedeckt, während man in der Lüneburger Heide und an der Küste meist ein reetgedecktes Dach sieht. Aber die Wohn und Vieheinteilung ist immer gleich. Vorne leben ihre Bewohner und hinten lebt das Vieh. Über dem Viehstall befindet sich in der Regel der Heuboden, von dem man durch eine Luke dann direkt die Kühe oder Schafe füttern kann. In meinen Semesterferien arbeitete ich auf einem großen Bauernhof in Hollenstedt in der Nordheide. Eigentümer war ein Hamburger Rechtsanwalt, der mich bei meiner Klage gegen meinen Vater kostenlos vertreten hatte. Da er kein Bauer war und beruflich keine Zeit hatte, führte ein Verwalter mit seiner Frau und seiner Tochter den Hof. Ihren Namen habe ich vergessen, nicht aber ihre feminine Figur, die durchaus in ihren Formen an ein Bild von Rubens erinnerte. Obwohl der Vater diesen „Wonneproppen" ständig zu bändigen versuchte, schaffte er es nie so ganz. Um nicht erwischt zu werden, hielt sie den Heuboden für den besten Treffpunkt. Also schlich ich mich abends nach dem Einholen der Ernte und dem Einfahren des Heus auf den Boden. Vom Duft her konnte es kein schönerer Ort sein, so berauschend war das Heu, aber nicht nur allein. Aber wenn man kein Hemd anhat oder auf einer Decke liegt, pikst es nur, wo auch immer, und stachelt nicht nur die Sinne. Plötzlich hörten wir ein kräftiges Husten. Kurz danach nochmals. War es der Vater, der nach seiner Tochter suchte? Hat er ahnungsvoll die Pferdepeitsche in der Hand, dachte ich? Wir waren mucksmäuschenstill. Nochmals ein Husten. Vorsichtig wälzten wir uns an die Luke, um durch eine Ritze einen Blick nach unten zu werfen. Dort stand neben den anderen gemächlich wiederkäuenden Kühen eine, die sich wohl erkältet hatte oder einen Halm im Hals hatte. Ihr Husten klang genauso wie die eines Menschen. Später habe ich im Stall bei anderen „Beschäftigungen" noch mehrfach dieses Husten gehört. In dem Heu müssen wohl ein paar kleine Disteln gewesen sein, worauf am nächsten Tag die blutigen Streifen am Rücken hinwiesen.

Rollschuhfahren ist ja völlig harmlos. Dennoch habe ich genau das Mädchen, mit der ich im pubertären Alter die Bahnhofstraße mit Rollschuhen fast täglich immer auf und ab gefahren bin, nie vergessen. Sie hätte mit ihrer Schönheit, ihrem klaren Gesichtsschnitt Schönheitskönigin werden können. Doch als sie etwa 15 Jahre alt war, zog sie mit ihren Eltern nach Hamburg. Sechs oder sieben Jahre danach erinnerte ich mich immer noch an sie, obwohl wir in der Zwischenzeit keinerlei Kontakt miteinander hatten und ich noch nicht einmal wusste, wo sie genau wohnte. Sowie ich in Hamburg mit dem Studium begann, suchte ich sofort über das Einwohnermeldeamt die Anschrift meiner einstigen Rollschuh fahrenden Jugendgespielin. Sie und die Mutter staunten nicht schlecht, als ich nach sechs Jahren an ihrer Haustür klingelte. Ich strahlte, denn aus dem hübschen Mädchen war eine bildschöne Frau geworden, in die ich mich sofort bis über beide Ohren verliebte. Wir gingen dann ein paar Mal aus und sie zeigte mir Hamburg, ihre neue Heimat. Doch merkte ich, dass der Funke irgendwie nicht auf sie übersprang. Eines Tages bat mich ihre Mutter zu einem Gespräch unter vier Augen. Dabei eröffnete sie mir, dass ihre Tochter inzwischen verlobt sei, mir aber das nicht gleich sagen mochte, um mich nicht zu verletzten. Mit hängenden Ohren verließ ich das Haus ohne sie jemals wieder zu sehen. Aber auch nach sechzig Jahren würde ich sie auf der Straße sofort wieder erkennen.

Es war nicht das letzte Mal, denn kleinere Liebschaften vom Sommer in St. Peter meldeten sich auch bei mir in Hamburg mit Wissen und Unterstützung der Eltern, die wohl in mir als künftiger „Herr Doktor" eine gute Partie für ihre Tochter sahen. So kam sie mit dem seiner Zeit modernsten Schnelltriebwagen der Deutschen Bahn, dem TEE, der nur Wagen der ersten Klasse und ein Restaurantabteil hatte, ohne Zwischenhalt mit einer „maximalen" Geschwindigkeit von mehr als 160 km/h direkt von Frankfurt in Hamburg an. Heute fährt ein ICE ohne Mühe mit der doppelten Geschwindigkeit. Der gleiche Zug erreicht In Frankreich wegen des besseren Gleisbettes bei der

Fahrt von Mannheim nach Paris spielend 320 km/h. Bei der Einfahrt in den Hamburger Hauptbahnhof durfte ich dieses damalig beeindruckende, stromlinienförmige Wunder der Technik zum ersten Mal bewundern. Selbst hätte ich mir ein Billet für dieses Gefährt niemals leisten können. Für die damalige Zeit unbegreiflich, dass die Eltern, die ich vorher im Urlaub in St. Peter ebenfalls kennengelernt hatte, ihre gerade siebzehnjährige, noch schulpflichtige Tochter allein in die weite Welt abfahren ließen. Heute wird das völlig anders gesehen. Ich zeigte ihr Hamburgs Schönheiten und lieferte sie abends brav vor dem Hotel ab, was für sie von Zuhause aus bestellt war. Den erwarteten Gegenbesuch habe ich nie vollzogen. Danach wurde die Korrespondenz immer seltener.

Dagegen reiste ich gern einmal für ein Wochenende nach Heidelberg, um von einer jungen Heidelbergerin, der ich in London auf dem Piccadilly Circus bei einem Besuch meiner Schwester begegnet war, in die Arme geschlossen zu werden. Auch hier war ihre Erwartung größer als ich zu geben bereit war.

Dieses Problem, wenn es denn überhaupt eines war, begleitete mich mit einer Ausnahme die gesamte Studentenzeit. Als mittelloser Student, der von der Hand in den Mund lebte, war ich prinzipiell und auch aufgrund meiner Erziehung nicht bereit, eine allzu feste Verbindung einzugehen, auch weil meine finanziellen Ressourcen nicht ausreichten. Ich war da keine Ausnahme. Von sämtlichen Hamburger Medizinstudenten meiner Generation waren nur zwei oder drei verheiratet. Dazu gehörte auch Hans-Jürgen, dessen Frau aber als Stewardess zum Haushaltetat beitrug. Gegen Ende des Studiums sah man dann aber schon mehr feste Paare. Denn ohne Trauschein war es quasi unmöglich, unter einem Dach zu wohnen. Als ich einmal zusammen mit meiner Schwester in Hamburg eine gemeinsame Wohnung mieten wollte, wurde uns, obwohl sonst alles in Ordnung war und wir auch amtlich nachweisen konnten, dass wir Geschwister waren, eine kleine gemeinsame Wohnung verweigert, da es angeblich unmöglich gewesen wäre, den Besuch in puncto Geschlecht zu kontrollieren. So verbohrt war diese Welt noch vor rund sechzig Jahren.

Von dem bunten Strauß an hübschen, charmanten, lachenden, fröhlichen jungen Frauen, in deren Gunst ich stand und die mich dann in einer geschwisterlichen Wohnung unkontrolliert hätten aufsuchen können, kann und will ich nur ein paar Blumen beschreiben. Da war die temperamentvolle Lehramtsstudentin, die ich in Willis Studentenheim kennengelernt hatte und die mit mir kräftig Eckarts Examen feierte. Die blonde Verkäuferin aus dem bekannten Porzellangeschäft Latorff am Gänsemarkt hatte neben mir noch einen anderen „Lover", was ich aber erst später bemerkte, den sie aber später heiraten sollte. Eifersucht halte ich für eine persönliche Schwäche. Ihr Stiefvater machte mich mit dem französischen Calvados allzu kräftig bekannt. Die Blindheit von Verliebten ist ja sprichwörtlich Die temperamentvolle, begabte und fröhliche Tochter eines Binnenschiffers arbeitete in der Verwaltung der Hamburger Theater arbeitete, versorgte gern unseren gesamten Freundeskreis mit Theaterkarten, an die oft schwer heranzukommen war. Von zwei nur kurzen Freundschaften berichte ausführlicher, weil deren persönlicher Hintergrund nicht gegensätzlicher hätte sein können und exemplarisch für die Nachwehen des zweiten Weltkrieges sind.

Da war die siebzehnjährige, fröhlich lebhafte, jüdische Gymnasiastin. Sie war einige Jahre vorher mit ihrer Familie aus Israel nach Deutschland zurückgekommen, fühlte sich hier und in Hamburg wohl und hatte keinerlei Ressentiments. Doch als ihr Vater erfuhr, dass seine Tochter mit mir befreundet war, einem nicht jüdischen Studenten, untersagte er strengstens seiner Tochter jeglichen weiteren Kontakt zu mir und drohte ihr mit Konsequenzen. Ein Gespräch mit mir lehnte er grundsätzlich ab. Sie war zu jung, um sich ihrer Familie zu widersetzen. Ähnlich Situationen gibt es heute wieder, wenn muslimische Mädchen sich in einen christlich getauften jungen Mann verlieben.

Die gegenteilige Geschichte war meine kurze Freundschaft mit einer 22- jährigen, blonden, intelligenten und charmanten Frau. Nach ein paar Monaten unserer Freundschaft bat sie mich, sie zu einem Empfang in ihr Elternhaus zu begleiten. Es war das Jahr 1960 und ich hatte keinerlei Ahnung, in welche Gesellschaft ich mich begeben würde. Die Bundeswehr gab es erst seit gut zweieinhalb Jahren. Bei dem Empfang begegnete ich außer ihren Eltern meist nur höherrangigen Bundeswehr-Offizieren bis zum General mit und ohne Begleitung ihrer Ehefrauen. Alle mussten theoretisch schon im letzten Weltkrieg gedient haben, nur erkannte ich nicht sofort die Zusammenhänge. Der Vater meiner Freundin war in Zivil im Gegensatz zu den teils uniformierten Gästen, manche sogar mit viel „Lametta" an der Brust. Alle schienen sich sehr gut zu kennen. Das eine oder andere Gesicht war mir aus Zeitungsabbildungen bekannt, so auch der narbengezeichnete damalige Inspekteur der neuen Bundeswehr, der ein bekannter Flieger des letzten Weltkrieges und Onkel meiner Freundin war. Meine Beziehung zu ihr währte nicht lang. Doch etwa ein halbes Jahr später nahm sie wieder Kontakt zu mir auf und bat mich, zu helfen und ihrem Vater einen Anwalt zu vermitteln. Er sei wegen Kriegsvergehen verhaftet worden. Auf meine Nachfrage nach dem Grund der Verhaftung gestand sie mir, dass ihr Vater unter anderem an der Niederschlagung des Warschauer Aufstandes beteiligt war. Obwohl ich mit einem kompetenten Anwalt befreundet war, konnte und wollte ich mich bei diesem Thema restlos heraushalten. Viel wusste ich damals auch noch nicht über die Geschichte des zweiten Weltkrieges. Doch ein Teil der Kriegsgräuel war schon allgemein bekannt, auch das, was in Polen besonders in den Jahren 1943/44 geschehen war. Erst später erfuhr ich, dass ihr Vater als Kommandeur der Sicherheitspolizei in Warschau für die Ermordung von Hunderten von Juden und anderer Gräuel verantwortlich war und zur Rechenschaft gezogen werden sollte. Fast alle älteren Gäste, einschließlich des Bundeswehrinspekteurs gleichen Jahrganges wie der Gastgeber müssen schon vor der Verhaftung genau gewusst haben, um welchen Mann es sich bei ihrem Gastgeber handelte. Bis auf einen Journalisten, der ihn zwei Jahre früher 1958 in Hamburg erkannt und angezeigt hatte, hatten alle geschwiegen. Alte Seilschaften? Kurz nach dem Krieg waren viele Nazigrößen zunächst untergetaucht, führten ein bürgerliches Leben, bekleideten sehr bald wieder hohe Ämter und brachten es sogar bis zum Bundeskanzler wie Kurt Georg Kiesinger, der schon

1933 aktives Mitglied der NSDAP geworden war. Der Prozess gegen ihren Vater zog sich über Jahre hin, bis er schließlich mit nur 10 Jahren Gefängnisstrafe äußerst milde verurteilt wurde. Später teilte sie mir mit, dass sie einen US-Amerikaner geheiratet hätte und in die Staaten ziehen würde.

Über einen Studienfreund aus Tübingen bekam ich einen Job in einer Kosmetikschule. Meine Aufgabe war es, den gutaussehenden Schülerinnen vor allem den Aufbau der Haut beizubringen. Viele von ihnen stammten aus begütertem Hause und brachten entweder nicht die schulischen Voraussetzungen für einen qualifizierten Lehrberuf oder ein Studium mit oder waren mehr mit ihrer eigenen Schönheitspflege beschäftigt. Einige von ihnen hatten auch die meist von ihren Eltern finanzierte Ausbildung *„just for fun"* begonnen. So auch die schlanke, große, blonde Tochter eines Professors für Gynäkologie, mit der man „Pferde stehlen konnte", die aber letztlich mit jungen Studenten nichts im Sinn hatte und sie gern auf Abstand hielt. Im Hintergrund hatte sie einen zwanzig Jahre älteren Geschäftsmann an der Angel, den sie dann auch heiratete. Die Hochzeit fand im historischen Schabbelhaus hinter dem Lübecker Mariendom statt, zu der unsere gesamte Freundesgruppe eingeladen war. Ihr Vater, ein adeliger Freiherr und Professor war völlig sterblich und ohne jeglichen Dünkel, während ihre bürgerlich geborene Mutter sehr viel Wert auf den angeheirateten Titel legte und mit Frau Baronin angeredet werden wollte. Wir machten uns den Spaß, den in ihrem Zimmer hängenden Wandka-

lender mit den etwa alle 28 Tage auftauchenden Kreuz-
chen durch weitere Kreuze durcheinander zu bringen.
Nicht ganz ungefährlich für sie für die damalige Zeit.

Zu dieser Gruppe gehörte auch eine stets fröhliche, junge
Frau aus der Hansestadt Lübeck. Sie war eine mehrerer
Töchter eines Lübecker Marzipanfabrikanten, aber nicht
Niederegger. Man sagt ja, die hohe Anzahl von Töchtern
ist direkt proportional dem Wunsch nach einem Sohn. So
unterschiedlich die Schwestern in ihrem Äußerlichen waren, waren sie dennoch alle Persönlichkeiten. Später begegnete ich ihrer Schwester, die eine Ausbildung zur Bib-
liothekarin machte und bei der Wirtin ihrer Schwester in
ein Nebenzimmer eingezogen war. Auch wenn wir uns
schon bei der ersten Begegnung sofort sehr gut verstanden, fielen wir uns nicht gleich in die Arme, sondern begannen bei den folgenden häufigeren Treffen uns gegenseitig besser kennenzulernen. Sie hatte eine sehr breite
Allgemeinbildung und konnte mir immer wieder Anregungen geben, besonders in Literatur und Musik, obwohl
sie kein Instrument spielte. Sie erzählte mir, der ich Mo-
zart bevorzugte, von dem russischen Komponisten und Pi-
anisten Sergei Prokofjew. der auch in Bayern im Kloster
Ettal mit seiner bekannten Destillerie gewohnt haben soll,
bevor er später nach Russland zurückgekehrte. Ich führte
sie häufig sonntagmorgens in die Musikhalle zu den Gene-
ralproben des Hamburger Philharmonischen Staatsor-
chesters unter der Leitung von Wolfgang Sawallisch. Die
Hauptkonzerte wurden montags vom NDR übertragen. Da
kaum jemand einen Fernseher besaß, hörten viele Menschen regelmäßig diese Konzerte im Radio. Es war keine
plötzliche, stürmische Liebe, sondern unsere gegenseitige

Zuneigung wuchs von Tag zu Tag. Wir gehörten zu einer größeren Clique, die viel unternahm. Auch ihre Eltern luden manchmal uns alle zum Wochenende ein. Wir waren wohl gern gesehene Gäste, was man auch an den aufgetischten Mahlzeiten erkennen konnte. Von dem Familienvater mit seinen Frauen lernte ich, großzügig mit seinem Auto zu sein. Er stellte sehr oft seinen großen Mercedes seinen Töchtern zur Verfügung, die alle den Führerschein hatten, was zu der Zeit nicht unbedingt für Frauen üblich war, und ging zu Fuß in seinen Betrieb. Natürlich war meiner schon kränkelnden Mutter nicht entgangen, dass ihr Sohn sich mehr und mehr zu einer bestimmten Frau hingezogen fühlte. Also lud sie uns zu einem Wochenende nach St. Peter-Ording ein. Es war zwar ein schönes Wochenende, dennoch hätte ich mir persönlich gewünscht, dass meine Mutter meine Auserwählte mehr in die Arme geschlossen hätte. War es die typische Eifersucht einer Mutter, nicht mehr die Nummer Eins bei ihrem Sohn zu sein? Anders als norddeutsche vergöttern italienische Männer selbst noch im höheren Alter ihre „Mamma". Für ein Semester ging sie nach Wien, um dort ihre Studien fortzusetzen. Es war die Zeit der vielen Briefe und weniger der teuren Telefonate. Früher stand auch noch an den zahlreichen öffentlichen gelben Telefonzellen in großen Lettern zu lesen „Fasse Dich kurz". Als sie einmal am Telefon sehr traurig war, setzte ich mich spontan in meinen VW und brauste nach Wien. Ihre Wirtin war sehr verständnisvoll, als ich dort plötzlich unangemeldet aufkreuzte, während sie noch in der Vorlesung war. Ich durfte mich nach der langen Fahrt duschen und ein Nickerchen auf dem Sofa machen. An dem Wochenende sahen wir beiden

Überglücklichen uns gemeinsam zum ersten Mal ausführlich Wien an, die Stadt, die ich später in meinem Leben noch mehrfach besuchen sollte, mit dem Fahrrad, zu Fortbildungen in Begleitung meiner späteren Ehefrau Sirkka und schließlich sogar noch einmal mit einem Fordson Oldtimer-Traktor. Am Ende ihres Semesters holte ich sie aus Wien ab. Wir reisten in kürzeren Tagesabschnitten auf der Landstraße die Donau entlang, möglichst immer dicht am Wasser. Bei Ulm ging es dann landeinwärts Richtung Tübingen, wo ich früher studiert hatte. Als ich aber im Hotel „Christliches Hospiz" zur Übernachtung uns in einem Doppelzimmer anmeldete, gab es Schwierigkeiten. Ohne Trauschein war ein Doppelzimmer weder nach herrschender Gesetzgebung noch nach der Moral dieses Hauses erlaubt. Also zogen wir in zwei getrennte Zimmer, was für Studenten eine erhebliche Kostenbelastung war. „Dass die Bäume nicht zu hoch in den Himmel wachsen, dafür sorgt der liebe Gott", sagte immer meine Mutter und meinte damit, dass trotz allen Glücks dafür gesorgt ist, das Leben einen immer wieder zurück auf den Boden der Tatsachen zurückbringt. Ich hatte beschrieben, welche Möglichkeiten zur Verhütung einer Schwangerschaft es damals gab. Und so war es nur eine Frage der Zeit, wann dieses Ereignis eintreten sollte. Als es dann Fakt war, war dies für mich aber keineswegs ein Unglück. Ich hatte nur noch wenige Semester zu studieren und hätte auch die letzten Semester in ihrer Heimatstadt fortsetzen können. Mit gutem Willen hätten auch ihre Eltern helfen können. Doch diese waren völlig anderer Meinung. Durch sie kam es letztendlich zum Bruch, zu keiner Mutter-oder Vaterschaft und zu einer endgültigen Trennung unserer Verbindung. Trotz aller späteren zwischenzeitlichen Flirts danach dauerte es viele Jahre, bis meine spätere Ehefrau Sirkka in Finnland das Feuer einer echten Liebe erst richtig wieder zum Lodern brachte.

Nach einer längeren Zeit begegnete ich der Schwester meines in der Nachbarschaft wohnenden Studienfreundes. Die Geschwister hatten schon sehr früh ihre Mutter verloren. Für ihren jüngeren Bruder war sie ein wenig Mutterersatz. Sie arbeitete als Stewardess bei der Lufthansa und war so eine Arbeitskollegin von Hans-Jürgens Ehefrau. Als echte Hamburgerin hörte man ziemlich gut an ihrer Sprache, woher sie stammte. Stets war sie trotz ihres harten Jobs gut aufgelegt. Durch sie lernte ich, wie hart diese Arbeit in den Lüften sein kann. Wenn ich sie manchmal abends vom Flughafen abholte, war sie oft sehr erschöpft. An einem Tag hatte sie fast alle großen Städte Europas besucht, sogar bis Beirut. Diese fast viertausend Jahre alte Stadt und Hauptstadt des Libanon war, für die heutige Zeit kaum vorstellbar, vor fünfzig-sechzig Jahren die blühende Metropole des Vorderen Orient und wurde früher als das Paris des Mittleren Ostens bezeichnet. Sie war eine kleine, lebhafte, stets fröhliche, immer hilfsbereite Frau, die genau wusste, was zu tun war und es dann auch anpackte. Als ich dann das Stipendium nach Finnland erhielt, zog sie es vor, zu ihrem alten Freund zurückzukehren. Später heiratete sie einen Hamburger Gynäkologen. Eineinhalb Jahrzehnte später, als ich längst wieder zurück in Deutschland und in Zeven Chef war, rief mich ihr Bruder an und offerierte mir den Kauf der Praxis seines inzwischen verstorbenen Schwagers, ihres Ehemanns. Ich antworte ihm damals witzelnd, als er ergänzte, seine Schwester sei in der Praxis angestellt: „Gern, aber nur samt totem und lebenden Inventar". Lieber aber blieb ich zu der Zeit an einer Klinik statt in einer Praxis. Unsere gute Freundschaft blieb bis zu ihrem sehr frühzeitigen Tod.

Frauen haben zwar immer mein Leben irgendwie bestimmt und beeinflusst, schließlich bin ich ja auch Frauenarzt geworden, dennoch hatte ich auch Freunde, aber nicht viele, wenn man den Freundschaftsbegriff enger fasst. Die besten Freundschaften werden in der Studienzeit geschlossen, einer entscheidenden Phase der persönlichen Entwicklung. Die Art des Kennenlernens ist dabei sehr unterschiedlich. Oft sind es wichtige, prägende, gemeinsame Erlebnisse wie beispielsweise ein Examen, die dann verbinden.

Hierzu gehörte der oben erwähnte Studienfreund Rüdiger. Er wohnte in einer Wohngemeinschaft in meiner Nachbarschaft. Durch seine beiden Mitbewohner der WG, zwei junge Adelige, lernte ich Mitglieder des Hochadels wie den Ururenkel des letzten deutschen Kaisers, einen Prinzen von Hohenzollern und andere kennen. Dabei wurde mir bestätigt, was ich schon aus meiner Bückeburger Zeit wusste, wo meine Familie häufiger Kontakt zu Mitgliedern des Fürstenhauses hatte, dass diese Menschen auch völlig sterblich und unter dem Hemde nackt sind. Als wir uns dann gemeinsam auf das Examen vorbereiteten, sahen wir uns jeden Tag. Er heiratete zwar bald, war aber geschieden, als ich aus Finnland wieder nach Deutschland zurückkam. Später heiratete er eine Iranerin, eine sehr nette Frau und berufliche Kollegin. Da er wie ich Gynäkologe geworden war, hatten wir später auch häufiger beruflichen Kontakt. Privat aber wurde dieser immer geringer. Ursache hierfür dürfte aus meiner Sicht sein, dass er ein echter Hamburger in seiner Lebensweise ist, während ich, auf dem Lande in einer Kleinstadt mit Schützenverein, Taubenzüchtern und einem Männerchor lebend, in einem anderen Umfeld lebe. Man sagt, dass ich nach meiner Lebensphase in Finnland mich sehr geändert haben soll, was auch immer das heißen mag. Ich hoffe im positiven Sinne.

Wie er gehörte auch Hans-Jürgen zu meiner Examensgruppe. Die ersten Berührungen hatten wir nach der Wahl der Fachschaftsvertretung. Hans hatte schon früh geheiratet und war wohl auch dadurch ein sehr viel braverer Student als ich und mein Freundes- und Bekanntenkreis. Da er regelmäßig und pünktlich sämtliche Vorlesungen besuchte, war er auch bei den Vorbereitungen stets bestens informiert. Wenn wir uns bei ihm in seiner Wohnung gegenseitig examinierten, saß seine Frau dabei und strickte. Eines Tages sorgte er bei einem Professor für Pathologie für großes Erstaunen. In den sechziger Jahren konnte noch nicht einmal ein Universitätsprofessor es sich finanziell leisten, mal eben so einen anderen Kontinent mit dem Flugzeug privat zu bereisen. Als nun Hans gleich nach der Weihnachtspause zu spät im pathologischen Histologie Kurs erschien, wurde er vom Professor gefragt, woher er denn jetzt so spät käme. „Aus Rio de Janeiro" antwortete Hans durchaus wahrheitsgemäß. „Wie bitte"? hakte der Prof. nach, in der Meinung nicht recht gehört zu haben. Aber es stimmte. Seine Frau war Stewardess bei der Lufthansa. Und so konnte er, wenn ein Passagierplatz frei war, für ein Zehntel des offiziellen Preises mitfliegen und im Zimmer seiner Frau übernachten. Nur waren diesmal beim Rückflug von Südamerika alle Plätze belegt, so dass er sich deshalb zum Histologie-Kurs verspätete. Wegen dieser Vergünstigungen war es auch ihm und seiner Frau später möglich, mich an Wochenenden in Helsinki, auch mal eben so, wiederholt zu besuchen. Statt fünfhundert D-Mark musste er nur fünfzig bezahlen. Ein preiswertes Vergnügen und für mich jedes Mal eine große Freude. Nach einem Studienaufenthalt in den USA setzte er seine wissenschaftlichen Untersuchungen zum Teil auch in Helsinki fort, wo wir uns dann häufiger trafen. Wie er später noch mein Doktorvater wurde, davon berichte ich im dritten Teil meiner Erinnerungen. Als Kinderarzt war er auch bei meiner Tochter und meinem Sohn sehr beliebt. Hans und seine Frau leben heute im Rentenalter nicht weit von mir entfernt in einer Stadt in der Nordheide, wo er die Kinderabteilung der Klinik geleitet hatte. So haben wir immer noch regelmäßigen Kontakt, sehen uns aber mit zunehmenden Alter seltener. Als politisch Interessierter ist er noch heute in der kommunalen Politik sehr aktiv.

In Hamburg trafen sich zu meiner Studentenzeit in meinem Domizil die unterschiedlichsten Menschen, diskutierten, feierten, tanzten und tranken miteinander in allerbester Harmonie, obwohl sie ohne meine Gegenwart sonst kaum Kontakt miteinander hatten. Einer von ihnen war Willi, der sich als Mensch in keine der bekannten Schubladen einordnen ließ. Er war drei Jahre älter als ich. Ich hatte ihn über eine Studienkollegin, mit der ich zusammen das Embryologie-Examen repetiert hatte, kennengelernt. Willi war ein kleiner, quirliger, temperamentvoller Mann mit für sein Alter schon leicht schütterem Haar, einem klar geschnittenen Gesicht und wachen Augen. Seine

Eltern waren einfache, äußerst herzliche Leute, die am Anfang des letzten Weltkrieges aus Polen nach Niedersachsen gekommen waren. Miteinander sprachen sie nur polnisch. Wenn sie deutsch sprachen, hörte man sofort, was ihre Muttersprache war. Mit fleißiger Arbeit hatten sie in Wolfenbüttel selbst Stein für Stein ein großes Haus gebaut. Ihren drei Söhnen hatten sie eine vernünftige Grundlage zur beruflichen Weiterbildung mitgegeben. Der älteste Sohn war Jurist und der jüngste arbeitete als Dozent für Kieferchirurgie an der Uni und aus Willi wurde ein Chefarzt der Anästhesie. Willis Lebenslauf ist einmalig. Nach der Grundschule hatte er bei der Bundesbahn die Lehre zum Schlosser, heute Industriemechaniker, absolviert und mit der Gesellenprüfung abgeschlossen. Daneben besuchte er das Abendgymnasium und machte sein Abitur. Danach war er nach entsprechender Ausbildung als technischer Zeichner tätig, wo er seinem Chef auffiel. Dieser legte ihm dringend eine akademische Ausbildung nahe, am besten für einen technischen Beruf. Aber er entschied sich zur Verblüffung aller zum Studium der Humanmedizin, womit er in Hamburg begann und es gleichzeitig mit mir im Wintersemester 1968/69 erfolgreich abschloss. Anschließend durchlief er weiter in Hamburg die unterschiedlichsten Abteilungen, war unter anderem zwei Jahre lang in der Pathologie im St. Georg Krankenhaus tätig und wurde nach seiner weiteren Ausbildung schließlich Chef der Anästhesie und Intensivabteilung am Krankenhaus „Alten Eichen", wo er bis zu seiner Pensionierung blieb. Mit „Mikro Willi", wie er in Anlehnung an die Mikrovili, Zellstrukturen der Histologie, als Mediziner und wegen seiner Körpergröße auch genannt wurde, sollte mich eine langjährige Freundschaft mit allen Höhen und allen

Tiefen verbinden. Wir besuchten zwar die gleichen Vorlesungen, hatten aber unterschiedliche Kurse belegt. Dafür sahen wir uns aber sehr viel in unserer Freizeit.

Der frühere botanische Garten in unmittelbarer Nähe des Dammtor-Bahnhofes hatte gerade durch die Bundesgartenschau „Planten und Blomen" ein neues Antlitz bekommen. Mitten im Zentrum gab es an einem künstlichen See gelegen das „Orchideen Café", allgemeiner Treffpunkt nicht nur für Oldies, sondern durchaus auch für die jüngere Generation. Außer an jedem Abend gab es auch an Wochenenden nachmittags Tanz mit einer kleinen Kapelle, die die Schlager der Saison spielte. Und weil sich die jungen Frauen besonders hübsch gemacht hatten, war das Lokal auch bei der männlichen Gesellschaft sehr beliebt, besonders nachmittags zu den „Tanztees". Wer es etwas derber mochte, brauchte nicht weit zu gehen. Direkt neben dem Innenstadtbahnhof Dammtor befand sich das Hamburger „Münchner Hofbräuhaus", in dem es jeden Abend hoch herging. Beide Lokalitäten hatten bei uns Studenten auch den Ruf eines „Abschlepplokals".

Da es in dieser Zeit noch keine Parkplatzprobleme gab, fuhr man auch durchaus mal mit dem Auto ins Hofbräuhaus und auch wieder heim. Immerhin lag die Alkoholgrenze für Autofahrer noch bei 1,7 Promille. Auch die Geschwindigkeitsbegrenzung war in geschlossenen Orten gerade eingeführt, während man auf Landstraßen so schnell fahren durfte wie das Auto hergab. Das waren aber meist kaum mehr als 120km/h. So saß ich dort an einem Abend mit einem Hamburger Polizisten am Tisch und trank meine „halbe Maß". Dabei erzählte mir mein Tischnachbar, dass es der Polizei sofort auffallen würde, wenn

jemand konstant mit 50 km/h auch auf leeren Ausfallstra-
ßen nachts durch die Stadt fahren würde. So belehrt, fuhr
ich immer, wenn ich Bier getrunken hatte, mit wechseln-
dem Tempo in der Stadt. Heute nehme ich ein Taxi, was
wohl die beste Lösung ist.

Willi, einige andere Freunde und ich waren wieder einmal
an einem Sonntagnachmittag im beliebten Orchideen-
Café, als Willi von einer jungen Frau mit brünettem, mo-
disch hochgestecktem Haar im hübschen Kleid fasziniert
war. Auch Willi und wir anderen waren „ordentlich" gekleidet, wie es sich zu der Zeit gehörte, also im Anzug und
mit Krawatte. Jeans waren noch nicht allgemein üblich
und nur als Arbeitskleidung auf dem Markt, was sie ja
auch ursprünglich einmal waren. Man kleidete sich sehr
konservativ. Willi war Feuer und Flamme und verabredete
sich später mit der Hamburgerin. Es dauerte nicht lange
und die beiden waren ein Paar. Sie wohnte noch im Stadtteil Wellingsbüttel bei ihren Eltern und arbeitete als Mas-
kenbildnerin im Deutschen Schauspielhaus, wo sie nicht
geringere Schauspieler als Gustaf Gründgens, Elisabeth
Flickenschild, Will Quadflieg, Erich Ponto und andere Be-
rühmtheiten auf deren Auftritte maskenmäßig vorberei-
tete. Es war allerhöchste Schauspielkunst, die nicht nur
die Gebildeten der Gesellschaft, sondern jeden Bürger fas-
zinierte. Da nur wenige Menschen einen Fernseher hatten
oder dazu üblicherweise in die umliegenden Kneipen gingen, besuchten viele lieber regelmäßig die Schauspieltheater. Die verfilmte Aufführung von Goethes Faust mit der
obigen Besetzung ist als DVD auch heute noch absolut
empfehlenswert. Angeregt durch seine Frau hat Willi Zeit

seines Lebens regelmäßig viele Aufführungen aller Hamburger Schauspieltheater besucht. Er hatte Glück, ein Zimmer in einem modernen Studentenheim zu bekommen. Die Zimmer waren zwar recht klein, dafür aber gab es gut ausgerüstete Gemeinschaftsküchen, wo ich von einem Studenten aus Indien lernte, wie man richtig scharf ein Essen würzen kann. Im Keller standen große Waschmaschinen, in die der ganze Freundeskreis öfter den Inhalt einer mit muffelnden Strümpfen gefüllten größeren Wanne gemeinsam in die Maschine stopfte. Schön war der Geruch nicht. Das anschließende Strümpfe Sortieren war nicht immer einfach. Nicht weit vom Studentenheim hatte der erste ALDI Laden Hamburgs eröffnet, den mir Willi voller Stolz zeigte. Das hatte man bisher noch nie in Deutschland bzw. in Hamburg gesehen. Auf einfachen Regalen standen lediglich die nach oben geöffneten Kartons, aus denen man die Ware entnehmen konnte. Mehr nicht, keine weitere Verpackung, kein Schnickschnack. Alles verhältnismäßig preisgünstig, zum Teil sehr billig. Die heutigen ALDI Läden sind, verglichen mit den allerersten in Hamburg, regelrechte Luxusgeschäfte. So verkaufte sich alles zu günstigen Preisen in Blitzes Eile. Das sprach sich schnell herum, besonders bei denen, die den Groschen häufiger umdrehen mussten. „Feine Leute" traf man dort nie. Ihnen war es zu peinlich, einen derartigen Laden zu betreten. Das sollte sich später ändern. Wenn es auch immer einen Grund gab, im Freundeskreis zu feiern, so waren doch Verlobung und besonders Willis Polterabend vor der Hochzeit etwas Besonderes. Bei seinem Polterabend in Hamburg zog später dann die ganze Corona mächtig angeheitert, musikalisch unterstützt durch Eckarts Klarinette und meinem Akkordeon, über die Reeperbahn und schließlich durch die berüchtigte Herbertstraße, was den halb entblößten, vollbusigen Damen mit toupierten Haaren, dem auffallenden Make-Up, den kurzen Rüschenhöschen, die Beine in schwarzen Netzstrümpfen in hochhackigen Stöckelschuhen wohlfeil sich zeigend nun überhaupt nicht gefiel. Da half es nur, schnell in die Mitte der Straße auszuweichen, um dem Inhalt der in unsere Richtung geschütteten Pisspötte zu entgehen. Da die berühmte Davidwache gleich nebenan liegt, statteten wir auch dort den diensthabenden, nicht gerade hoch erfreuten Polizisten einen Besuch ab, die unsere Truppe aber gelassen empfingen, um uns schnell wieder hinauszukomplimentieren. Nach der standesamtlichen und kirchlichen Feier, bei der ich mit einem auffallend lroten englischen Morris Maxi Chauffeur spielte, wurde die Hochzeit im Norden Hamburgs in dem großen Haus, wo auch noch drei Tanten seiner Frau wohnten, ausgiebig gefeiert. Nach meinem Examen ging ich ein halbes Jahr später nach Finnland. Aber der Kontakt blieb weiterhin. Es kam der erste Sohn, dessen Patenonkel ich auf Wunsch seiner Eltern wurde. Willi versorgte mich auch in Finnland mit kleinen Paketen, in denen meist eine Flasche Whiskey war. Auch kam seine Familie zu meiner Hochzeit, bei der er nun umgekehrt unser Chauffeur wurde. Da Willi nicht mehr bei seinen Schwiegereltern wohnen wollte, sah er sich nach einem anderen Domizil um und wurde in Hamburg-Wedel fündig: An der Ortsgrenze ein sehr großes Grundstück am Waldesrand mit einem alten, heruntergekommenen Wohngebäude. Er dachte praktisch. Da er handwerklich begabt war, wollte er Stück für Stück das Haus selbst und mit Hilfe aus dem Verwandtenkreis renovieren. Aber es fehlte an Geld zum Kauf. So fragte er Elkes Tanten, alle drei berufstätig und unverheiratet, wie viel Prozent Zinsen sie auf ihre Ersparnisse von der Bank erhielten. Er rechnete sich alles kurz durch und machte ihnen zu einem höheren Zinssatz ein gutes Angebot. Mit dieser Summe und der zusätzlichen Hilfe einer Bank war er liquide und konnte das Objekt kaufen. Da ich mittlerweile in Finnland lebte, sahen wir uns zunächst nur bei meiner Hochzeit und bei meinen Deutschland Besuchen. Als ich aber wieder in Cuxhaven arbeitete, kam er häufiger zum Badeurlaub mit seiner Familie, die sich um den zweiten Sohn erweitert hatte. Umgekehrt besuchten wir ihn gern in Wedel. Allein die Fahrt mit der Elbfähre von Wischhafen nach Glückstadt war für uns schon ein Erlebnis. Unabhängig vom Wetter wurde fast immer gegrillt und die Hausfrau machte dazu Salate. Der Besuch in Wedel war mit seinem verwilderten Garten und seinem nur halbfertigem Haus immer ein wenig wie in einem Märchen. Für den Hausherrn lag es günstig, da er als Oberarzt nun in Hamburg-Rissen arbeitete. Als er aber den Chefarztposten für Anästhesie und Intensivmedizin in einem Krankenhaus im Norden Hamburgs erhielt, musste er zwangsläufig in dessen Nähe umziehen. Meine Frau hatte inzwischen bemerkt, dass sie meinen Freund Willi um alles bitten konnte und dass er immer für sie und unsere Kinder völlig uneigennützig da war. Ihn brauchte sie nur anzurufen, er kam und kümmerte sich. Auch bei meinen beiden Kindern hatte er einen Stein im Brett. Wenn er kam, hatte er stets irgendeine kleine Aufmerksamkeit für sie. Und oft war es etwas Ausgefallenes. Auch um einen medizinischen Ratschlag war er nie verlegen. Ich bin ihm bis zum heutigen Tag dankbar, dass er sich so intensiv um mich gekümmert hat, als dringend Hilfe angesagt war. Als ich 1979 gleich nach meinem Start in Zeven auf der Intensivstation der Universitätsklinik Eppendorf wegen eines allerschwersten Virusinfekts mit einer Letalität von fünfzig Prozent lag, war mein Freund und Intensivmediziner Willi sofort zugegen und kontrollierte alles bis in die geringste Kleinigkeit, damit nichts passieren konnte. Während anfangs die Welt noch rosig war, kam langsam Schritt für Schritt die Kehrseite des Lebens ans Licht. Seine Frau sollte schwer erkranken. Die beiden Söhne gingen nach dem Abitur ins Studium. Der ältere arbeitet heute als Diplom-Ingenieur bei Airbus und der jüngere berät als Nationalökonom große Firmen und Banken. Willi hatte für seine Eltern in der Nähe seines eigenen Wohnhauses ein Haus gekauft.

Später sollte es zwischen uns aus vielerlei Gründen einen Knacks in unserer Beziehung geben. Es gab familiäre Erbstreitigkeiten, in die ich nicht mit hineingezogen werden wollte. Unabhängig von einigen anderen Kapriolen war in den letzten Jahren nicht nur mir, sondern auch anderen Studienkollegen und Freunden Willis sonderbares Verhalten aufgefallen. Wiederholt war er leicht verwirrt. Ich merkte, dass er Hilfe benötigte und wollte ihn unter diesen Umständen nach so langer Freundschaft nicht allein schwimmen lassen. Darum nahm ich wieder häufiger Kontakt zu ihm auf und ließ die alten unangenehmen Dinge ruhen. Später bei meiner eigenen siebzigsten Geburtstagsfeier war er so auffällig, dass ich von meinen eigenen Gästen darauf angesprochen wurde. Auch bei unseren immer seltener werdenden Telefonaten war ich öfter verblüfft. Eines Tages erklärte er mir, er sei nun aktives Mitglied der Hamburger Freimaurer geworden. Ich konnte mich nur wundern, denn es passte nun überhaupt nicht zu seinem Lebensweg, seinem Umfeld und seinem Charakter. Geistig konnte er der Loge keinen Beitrag mehr leisten. Es kann jedoch sein, dass er sich den Freimaurern angeschlossen hatte, um nicht allein zu sein. Mit seiner leider kranken Frau konnte er nichts mehr unternehmen und die alten Kontakte wurden ebenfalls sparsamer. Im Zusammenhang mit einer bösartigen Erkrankung, weswegen er in er Uniklinik in Behandlung war, verstärkten sich die Zeichen seiner Verwirrung. Als ich ihn dort und ein paar Wochen später zuhause besuchte, war er noch diese zwei Mal für einen kurzen Moment geistig klar. So konnten wir uns persönlich im Gespräch austauschen, aber nur begrenzt. Solche Momente sind wichtig, wenn ein Mensch sich von dieser Welt verabschiedet. Denn diese formen das Bild, was dem Verbliebenen bleibt. Nicht lange nach meinem Besuch starb er. Wenn ich heute an Willi denke, so war ich mit einem außergewöhnlichen Menschen, mit dem ich sehr viel erlebt habe, fast ein halbes Jahrhundert befreundet. Das schöne Bild der Erinnerungen wird jedoch durch manche Vorfälle, die mich selbst aber nie betroffen haben, etwas getrübt. Mit seiner Frau telefoniere ich manchmal oder besuche sie, wenn ich in Hamburg bin. Über meine Memoiren bekam ich wieder Kontakt zu seinen Söhnen, was mich sehr freut.

„Wer sich die Musik erkiest, der kommt darin um" heißt es in einem alten Lied. Nun, sowohl Eckart als auch ich haben die Musik erwählt, wie es im Hochdeutschen heißen würde, und sind auch nicht dabei umgekommen, Es ist besonders die Musik, die uns ein halbes Jahrhundert zusammenhält. Eckart, Sohn eine Arztes aus dem Bayerischen

Wald, war mit seinem Freund nach den vorklinischen Studien, davon ein Teil in Wien, nach Hamburg gekommen, um hier die Studien fortzusetzen und abzuschließen. Beide waren zwei Semester weiter als ich selbst und mein Freundeskreis. Bei Eckarts Erscheinen im Klinikum Eppendorf fiel er sofort allein schon optisch auf. Bunt kariertes Hemd, kleiner Seppelhut und schwedische Holzclogs, dazu ein kleines Körbchen für die Studienutensilien oder in der Freizeit eine kleine längliche und gepolsterte Holzkiste. So kleidete man sich nicht in dem hanseatischen Hamburg. Aber wie die Norddeutschen die Alpen und München faszinieren, sind die Bayern und Österreicher von der Nord- und Ostsee und ihren Hansestädten, vor allem Hamburg, begeistert. Es gibt aber einen großen Unterschied im äußerlichen Verhalten. Kein Bayer zieht sich ein gestreiftes Fischerhemd über mit einem roten Halstuch und setzt eine blaue Skipper-Mütze auf. Nie habe ich einen Süddeutschen mit einer Prinz-Heinrich-Mütze auf dem Kopf gesehen. Umgekehrt tragen Norddeutsche spätestens im Urlaub in Bayern oder auch Österreich gern dicke Strickjacken, bunt karierte Hemden, einen breit- oder schmalkrempigen Filzhut und lange, manche sogar kurze Lederhosen. Bei Eckart kam hinzu, dass er oft auch mit bayerischem Dialekt sprach, bei dem man schon sehr gut zuhören musste, um ihn zu verstehen. Trotz unterschiedlicher Vorlesungen lernten wir uns irgendwann kennen und verstanden uns sofort. Als sich dann noch herausstellte, dass ich außer Klavier auch noch Akkordeon spielte, wurden wir sehr bald Freunde und musikalisch ein richtiges Team. Eckart studierte ganz zielgerichtet und war diszipliniert jeden Morgen, auch wenn der Abend lang geworden war, in den Vorlesungen. Sein Freund Rainer besaß ein Auto, was in den sechziger Jahren für Studenten eine Ausnahme war, einen VW Käfer mit dem Ortskennzeichen TIR für Tirschenreuth im Bayerischen Wald, was niemand kannte oder wusste, wo es lag. Einige dachten auch, es hieße Tirol. Eines Tages beschlossen wir, also Rainer, Eckart, Willi und ich, für ein Wochenende das geteilte Berlin zu besuchen. Aufgrund des Transitabkommens zwischen der alten Bundesrepublik und der DDR durfte man nur die dafür vorgesehenen Grenzübergänge sowie Straßen und Autobahnen benutzen. Für Norddeutsche gab es die Übergänge bei Helmstedt und im Norden bei Lübeck-Schlutup und Lauenburg-Horst. In Schlutup angekommen, wurden uns nicht nur unsere Pässe zur Kontrolle abgenommen, sondern man forderte uns im barschen Ton auf, das Auto zu verlassen. Dieses wurde aufs Gründlichste untersucht, während man uns laufend Fragen stellte. Plötzlich fiel einem Grenzer ein kleiner, schwarzer, länglicher Holzkasten auf. Was das denn sei und wem der Kasten gehöre, wollten die Grenzer wissen. Da uns die gesamte Untersuchung inzwischen allzu lächerlich vorkam, antwortete Eckart schelmisch, in dem Kasten bewahre er seine Pistole auf. Diese Antwort war dann wohl völlig verkehrt. Denn sofort versteiften sich die Körper dieser verbohrten Grenzsoldaten. Eckart korrigierte sofort seine Aussage. Dann wagte schließlich einer von ihnen, den angeblich so „gefährlichen" Kasten mit spitzem Finger vorsichtig anzuheben, um ihn zur weiteren Untersuchung ins Grenzhaus zu tragen. Pech für uns und unsere Späßchen. Es dauerte fast noch zwei Stunden, bis man uns den Kasten samt Klarinette zurückgab und wir die Reise auf der Landstraße entlang fortsetzen konnten. Die Autobahn Hamburg - Berlin gab es noch nicht. Kurz vor Berlin kamen wir wieder auf eine Autobahn. Nochmals eine Kontrolle auf DDR Seite, die aber schneller ging, da wir wohl im Osten schon angemeldet waren, und wir waren in Westberlin. Dort angekommen, hatten wir uns getrennt und zu zweit ein wenig umgeschaut. Nur wussten wir noch nicht, wo wir übernachten sollten. Also ging ich in eine Telefonzelle, Mobiltelefon o.ä. war völlig unbekannt, und klapperte am Telefon sämtliche Hotels ab, leider ohne Erfolg. Des ständigen Redens am Telefonapparat überdrüssig bat ich Eckart, meinen Part zu übernehmen. Aber auch er hatte trotz seines bajuwarischen Akzents kein Glück. Doch dann kam das große Wunder. Eckart, der ein Jahr lang mit uns nur bayerisch gesprochen hatte, sprach plötzlich und ohne Aufforderung nach vielen vergeblichen Anrufen bestes Hochdeutsch und bekam auch prompt Zimmer für uns. Ich staunte nicht schlecht ob dieses plötzlichen Sprachwandels. Sein Bayerisch war also in Hamburg nur Schau. Er konnte sehr wohl hochdeutsch sprechen, lehnte es aber meist in privater Umgebung in Hamburg ab. Das alles erinnert mich an meinen norwegischen Freund, der mir erzählte, er und die anderen Studenten aus Norwegen seien in Erlangen im Winter immer nur im leichten Hemd mit der Behauptung herumgelaufen, ein Norweger spüre niemals Kälte. Am nächsten Tag gab es für uns noch einmal einen Grund zur Sorge. Rainer war mit seinem alten VW Käfer auf die Ostseite Berlins gefahren. Dabei wurde er beim Grenzübertritt auf DDR-Gebiet nochmals einschließlich seines Autos kontrolliert. Die Konsequenz: Er wurde für ein paar Stunden auf der DDR-Seite festgehalten mit der Begründung, er hätte versucht, verbotenerweise westdeutsche Zeitungen in die DDR einzuführen. Die Wahrheit war aber eine völlig andere. In den VW Käfern der Nachkriegszeit war der Akku unter dem Hintersitz gelagert. Und da die Winter im Bayerischen Wald auch kalt sein können, hatte er die Batterie zusätzlich in eine Zeitung eingewickelt. Das war nun die Schikane: Diese alte, halb vergilbte und verölte westdeutsche Zeitung unter dem Hintersitz hätte nicht eingeführt werden dürfen. Zum Glück hatten wir einen Treffpunkt ausgemacht. Quintessenz des Berlinbesuches: Jeder sollte einmal diese geteilte Stadt besucht und die Schikanen der DDR-Grenzsoldaten, die ja schließlich auch Deutsche waren, erlebt haben. Unter diesem Motto habe ich ein Jahrzehnt später, diesmal mit meiner Familie, dem mit einer Mauer geteilten Berlin einen Besuch abgestattet und ähnliche negative Erfahrungen gemacht. Zum Glück sind diese Zeiten vorbei

Es war auch in den sechziger Jahren, dass man in Hamburg damit begann, auf dem St. Pauli- Fischmarkt auch einen allgemeinen Flohmarkt abzuhalten. Nur über den Markt zu laufen und zu gucken, war uns zu langweilig. Also kauften wir in der Großmarkthalle günstig ein oder zwei ganze Bananenstauden, besorgten uns einen Klapptisch und machten einen Stand auf. Dazu hatte Eckart seinen Sepplhut auf dem Kopf und ich fand noch den alten Chapeau Claque Zylinder meines Großvaters, der schon mächtig lädiert war. Der Bayer Rainer mit Hamburger Seglermütze und Willi waren ebenfalls locker gekleidet, und los ging es. Nun konnte man keineswegs bei uns eine größere Menge Bananen kaufen, sondern höchstens eine einzige zu einem sehr erhöhtem Preis. Wer aber dazu bereit war, der hatte die Wahl, von uns einen Witz oder eine lustige Begebenheit erzählt zu bekommen oder wir spielten dem fröhlichen Käufer ein Ständchen. Kurz gesagt, wir waren eine richtige Spaßtruppe. Die Leute lachten, nahmen uns nicht ernst und kauften uns eine Banane für eine Mark ab, ein wirklich stolzer Preis. Es gab sogar ein paar Käufer, die uns die einzelne Banane zum Wiederverkauf zurückgaben. Die Kasse füllte sich und am Abend hatten wir genug Geld zusammen, unsere Biere zu bezahlen. Aber sehr häufig mussten wir noch nicht einmal das. Denn abgewandelt heißt es: „Wo man Musik macht, da lass Dich ruhig nieder". So dachten auch einige Wirtsleute und hatten nichts dagegen, wenn Eckart und ich in einer Kneipe unsere Instrumente herausholten. Manchmal wurde mehr Bier gespendet als man allein trinken konnte. Die Gäste sangen fröhlich mit, was deren Kehle austrocknete und zur Freude des Wirtes den Bierhahn laufen ließ. Ganz beliebt war da am Hafen die Seemannskneipe „Bei Tante Hermine", wo die Schüler der Seefahrtsschule und echte „Fahrensleute" häufiger Gast waren. Unweit davon gegenüber lagen die „River Kasematten", ein bekanntes Jazzlokal Hamburgs. Die Gaststätte, mit dem rund zwei Meter langen Penis eines Wales über der Theke, war eine typische Hamburger Kneipe, die besonders von Insidern frequentiert wurde. Touristen verirrten sich nur selten dahin. Aber unseren Professoren hatten wir diesen heißen Tipp gegeben. Die gehbehinderte Wirtin, die in dem mehrgeschossigen alten Wohnhaus direkt am St. Pauli-Fischmarkt in der Hafenstraße nur ein Stockwerk über ihrer Kneipe wohnte, musste jeden Abend von einem der letzten Stammgästen in ihre Wohnung gebracht werden. Sehr Vertraute durften dann auch der alten Dame beim Ausziehen der Schuhe und beim Öffnen des Korsetts helfen. Die alten mehrstöckigen Häuser aus der Gründerzeit in der Hafenstraße wurden später von der „Szene" übernommen und bunt und grell bemalt. Da sie mehrere Jahrzehnte später geräumt und abgerissen werden sollten und es wiederholt Protestaufmärsche gab, waren die alten, bunt gemalten Hafenhäuser mit ihren aus den Fenster hängenden Betttüchern voller auffälliger Parolen mehrere Monate lang sehr häufig im Fernsehen zu sehen. Heute ist dieser alte, ursprüngliche Teil Hamburgs gesäubert und saniert, aber leider auch ohne jeglichen Charme. Während Eckarts Examenszeit fragte ich ihn, was er sich denn zum Examen wünsche. Ohne Zögern antwortete er: „einen Fackelzug"! Ich war überrascht, aber den Grund erahnte ich. Nur wenige Monate vorher war ein Professor zu einem besonderen Anlass, wie das unter Akademikern oft üblich ist, mit einem Fackelzug geehrt worden, an dem Tausende teilgenommen hatten. „Gut", erwiderte ich ihm, „ich will sehen, was sich da machen lässt". Doch nun begann der Behördenkrieg. Es ist nämlich keineswegs so einfach, mal eben mit einer größeren Gruppe durch die Straßen einer Stadt, in diesem Falle sogar einer Großstadt, zu laufen. Also machte ich mich auf zum Einwohnermeldeamt und zur Polizei. Ich wurde genauesten befragt, wer denn da mitlaufen wolle und warum, welche Route geplant sei und vieles mehr. Nach vielem Hin und Her bekam ich schließlich die höchstamtliche, schriftliche Bescheinigung, dass anlässlich des Examens von Herrn Eckart Rössler ein Fackelzug am Freitag, den 16.2.1968 von 19.15 bis 19.45 Uhr von der Ecke Isekai bis zur Eppendorfer Landstraße erlaubt sei. Siegel und Unterschrift. Mit diesem Papier in der Hand benachrichtigte ich unseren gesamten Bekannten- und Freundeskreis, sich zu dem Termin auf dem kleinen Platz Ecke Isekai und Heilwigstraße einzufinden. Vorher hatte ich noch beim Großhandel Fackeln gekauft. Als alles perfekt war, bat ich auch den nun examinierten Jubilar Eckart zum Treffpunkt zu kommen, wo im Dunkel des beginnenden Abends nicht nur etwa vierzig Studenten und Studentinnen, sondern auch zwei Polizeiwagen warteten. Von der Polizei eskortiert setzte sich nun die Schar fröhlicher, lachender Fackelträger mit Eckart an der Spitze in Bewegung. Den Abschluss bildete wieder die Polizei, um den nachfolgenden Verkehr mit Blaulicht vorzuwarnen. So ging es in allerbester Stimmung zu unserer Stammkneipe in der Nähe der Eppendorfer Landstraße, wo die Klavier spielende Wirtin in weiser Voraussicht schon eine Reihe Biergläser für die durstigen Kehlen vorgefüllt hatte. Es sollte ein langer Abend werden. Die amtliche Genehmigung zum Fackelzug für den Herrn Eckart Rössler prangte viele Jahre schön eingerahmt im Flur der Praxis meines Freundes im bayerischen Wald. Der Zufall will es, dass der damals genehmigende Regierungsoberinspektor Jahrzehnte danach während eines Urlaubes im bayerischen Wald diese von ihm selbst unterschriebene Erlaubnis in Eckarts Praxis wiedererkannte. Nach dem Examen blieb Eckart zunächst in Norddeutschland und ging nach in Westfalen, wo er seine erste Frau Ulli kennenlernte. Dort traf sich der Freundeskreis noch einmal zu einer fröhlichen Faschingsfeier, was ja in dem mehr evangelischen Hamburg nicht so sehr üblich war wie in der katholisch geprägten Gegend Westfalens. Obwohl wir beide sehr unterschiedlicher Natur sind, teils andere Interessenschwerpunkte und unterschiedliche Charaktere haben, hat unsere Freundschaft bis zum heutigen Tag keinen einzigen Riss bekommen. Auch seine zweite Frau haben wir, damit meine ich mich und meine Frau, ins Herz geschlossen. Wegen der großen Entfernung sehen wir uns heute seltener, schreiben und telefonieren aber regelmäßig. In den späteren Teilen meiner Erinnerungen wird Eckart immer wieder auftauchen müssen.

Abschied von Deutschland

Nach meinem Staatsexamen im Dezember 1968 war meine Finanzlage nicht gerade rosig, da ich zum Schluss des Studiums wegen der Vorbereitungen auf das Staatsexamen nicht mehr nebenbei arbeiten konnte. Zwar hatte ich von der Stipendienverwaltung zur ordentlichen Einkleidung für die Prüfungen Geld für einen dunklen Anzug, ein Paar schwarze Schuhe und ein weißes Oberhemd bekommen, aber das hatte auch nicht weit gereicht. Also bewarb ich mich mit dem Staatsexamen in der Tasche im Januar 1969 als angehender „Doktor" in Hamburg bei einer Druckerei, die hauptsächlich im Offset-Druckverfahren arbeitete. Weil ich eine ruhige Hand hatte, musste ich mit feinsten Werkzeugen die Druckplatten korrigieren, falls dies erforderlich war. Für die Stunde bekam ich 4,50 DM bezahlt, was ein sehr guter Lohn war und etwa 8 Euro von der Kaufkraft entsprach. Im April jedoch fing ich als sogenannter Medizinalassistent in der Chirurgie in Hamburg-Eppendorf an. Da mir aber die verkrustete Hierarchie dort nicht gefiel und auch mein offizielles Gehalt von rund 560 DM pro Monat brutto sehr knapp ausfiel, erinnerte ich mich an die Einladung nach Helsinki an die Universitäts-Frauenklinik von Professor Paavo Vara. Zwar war es in den sechziger Jahren üblich, nach dem Studium in die USA zu gehen. Aber ich hatte seit meiner Heidelberger Zeit eine gewisse Aversion gegen US-Amerikaner und außerdem auch keine Möglichkeit der Finanzierung. Als ich bei Professor Vara anfragte, antwortete er mir prompt. Er bot mir ein Stipendium der finnischen Ärztekammer von eintausend Finnmark an, was wegen des Wechselkurses etwa eintausendzweihundert D-Mark war. Zusätzlich freie Wohnung auf dem Klinikgelände und kostenloses Klinikessen. Seine einzige Bedingung war, ich dürfte nicht ohne mein Akkordeon nach Finnland kommen. Bei diesem Angebot konnte ich nicht nein sagen. Daraufhin verkaufte ich all meinen Besitz, was nicht viel war, einschließlich der ererbten Möbel meiner Mutter. Was ich sonst so benötigte, packte ich in mein Auto, einem alten DKW.

Verabredet war ein Aufenthalt für ein halbes Jahr. Doch es sollten viele Jahre mehr werden. Davon soll im zweiten Teil meiner Erinnerungen berichtet werden.

Im Herbst 2017

Diethard Friedrich

Der zweite Teil der Zeit von 1969 bis 1977 hat den Untertitel „Glücklich in Finnland". Im dritten und letzten Teil wird die Zeit von 1977 bis 2017 mit dem Titel: „Zurück in Deutschland" beschrieben.

Ich danke Frau Carmen Gohde und Herrn Dr. Eckart Rössler für die hilfreiche und kritische Unterstützung beim Abfassen meiner Biografie.

FSC
www.fsc.org

MIX

Papier | Fördert
gute Waldnutzung

FSC® C083411

Zeitfracht Medien GmbH
Ferdinand-Jühlke-Straße 7
99095 Erfurt, Deutschland
produktsicherheit@kolibri360.de